LOCUS

LOCUS

LOCUS

LOCUS

RECREATION

R50
隱現（夜之屋10）
Hidden (the house of night, book 10)
作者： 菲莉絲・卡司特＋克麗絲婷・卡司特（P. C. Cast & Kristin Cast）
譯者：郭寶蓮
責任編輯：廖立文　美術編輯：蔡怡欣
校對：呂佳真
法律顧問：全理法律事務所董安丹律師
出版者：大塊文化出版股份有限公司
台北市10550南京東路四段25號11樓
www.locuspublishing.com

讀者服務專線：**0800-006689**
TEL：(02) 87123898　FAX：(02) 87123897
郵撥帳號：18955675　戶名：大塊文化出版股份有限公司

總經銷：大和書報圖書股份有限公司　地址：新北市新莊區五工五路2號
TEL：(02) 89902588　FAX：(02) 22901658
排版：辰皓國際出版製作有限公司 製版：瑞豐實業股份有限公司
初版一刷：2013年4月

定價：新台幣 280元
Printed in Taiwan

隱現

Hidden

THE HOUSE OF NIGHT, BOOK 10

P. C. CAST + KRISTIN CAST
菲莉絲．卡司特＋克麗絲婷．卡司特 著　郭寶蓮 譯

1 蕾諾比亞

蕾諾比亞睡得很不安穩。熟悉的夢境栩栩如生，逾越了潛意識和幻想的縹緲國度，打從一開始就眞實得讓她心痛。

夢境始於一段回憶。先是數十年，然後兩百多年的光陰剝落，年輕純眞的蕾諾比亞身處貨艙，搭船從法國前往美國——從一個世界到另一個世界。就在這趟旅程中，蕾諾比亞遇見馬汀，這個應該成爲她的終身配偶的男人。然而，他死了，太年輕就死了，帶著她的愛一起進入墳墓。

在夢中，蕾諾比亞感覺得到船隻輕輕搖晃，聞得到馬和乾草、海水和魚，以及馬汀的味道。始終都是馬汀。他就站在她面前，憂愁地低頭看著她，一雙橄欖綠的眼眸閃爍著琥珀黃的亮點。而她剛剛才告訴他，她愛他。

「**不可能的**。」夢中的回憶不斷在腦海裡重播，只見馬汀伸出手，輕輕抓起她的一隻手，然後舉起自己的另一隻手，將兩隻手併在一起。「**妳沒見到我們之間的差異嗎？**」

做著夢的蕾諾比亞好痛苦，低聲發出一聲無言的哀叫。是他的聲音，那鮮明的克里奧爾腔①——低沉、性感、獨特——就是這又甜又苦的聲音和那悅耳的腔調，讓蕾諾比亞兩百多年來不敢踏足紐奧良。

「**沒有，**」年輕的蕾諾比亞邊低頭看他們併在一起的手——一白，一褐——邊回答他：「**我眼中見到的只有你。**」

陶沙市夜之屋的馳馬大師蕾諾比亞依然睡得很熟，但不安穩地輾轉反側著，彷彿她的身體試圖喚醒她的心。然而，今晚，她的心不依從。今晚，夢和昔日支配了她的心。

回憶的時序嬗遞，換到另一個場景，仍在同一艘船的貨艙裡，仍跟馬汀在一起，但時間是數天後。他拿出一只以皮繩繫住的深藍色小囊袋，掛在她的脖子上，對她說：「**親愛的，這個符袋可以保護妳。**」

霎時，回憶的影像晃動，時間往前跳躍一百年。業已年長，更有智慧，卻也更憤世嫉俗的蕾諾比亞捧著那只龜裂的皮革囊袋，眼睜睜看著脆弱的袋子裂開，內容物散落一地。她清楚記得，這符袋是他母親留給他的。如馬汀所言，裡頭共有十三樣東西，是馬汀愛她、保護她的證物。但在她佩戴符袋的百年間，多數內容物已朽壞難辨。蕾諾比亞回想起淡淡的杜松氣味、黏土岩小圓石化爲塵土之前的滑順觸感，以及在她指間粉碎的那根小鴿羽。然而，她最記得的，是她發現在這些因年久而分解的物品當中，有個東西沒被歲月摧殘時，內心湧起的莫大喜悅。那是一枚戒指，心形綠寶石，四周鑲著碎鑽，嵌在黃金指環上。

「你母親的心——你的心——我的心。」蕾諾比亞將戒指套進左手無名指時低聲說：**「我依然想你，馬汀。我從不曾忘記。我發過誓。」**

接著，回憶再次倒轉，把蕾諾比亞帶回馬汀身邊，但這次的情景並非兩人在貨艙裡相遇並墜入愛河。這段回憶陰暗駭人，即便在夢中，蕾諾比亞也清楚知道地點和日期：紐奧良，一七八八年三月二十一日，日落之後沒多久。

馬廄爆炸，起火燃燒，馬汀救了她，把她從火場中抱出來。

「喔，不！馬汀！不！」那時，她對他大喊，但現在，她低聲抽泣，掙扎著要醒來，害怕重新經歷這段回憶的可怕結局。

但她沒醒來，反而聽見她唯一的摯愛重複著兩百年前讓她心碎的話語，覺得傷口再次裸

① 譯按：克里奧爾人（Creole），在此指黑人與歐洲移民（特別是法蘭西人或西班牙人）的混血後裔。美國路易斯安那州曾爲法國殖民地，一七六二年將密西西比河以西，包括紐奧良的地區，割讓給西班牙，一八〇三年西班牙返還法國，同年法國拿破崙又將這地方賣給美國。因此，除了非洲人後裔，這個地區有不少在當地出生的歐洲人後裔和歐洲人與黑人混血的後裔，都是廣義上的克里奧爾人（這個字源自西班牙文，意謂土著、本地人），以別於第一代歐洲移民和黑人奴隸。

露發疼。

「親愛的，太遲了，我們相遇得太晚。但我會再見到妳，我對妳的愛不會到此結束，我對妳的愛永不停止……親愛的，我會再度找到妳的，我發誓。」

當馬汀在夢裡救了蕾諾比亞的命，抓住企圖囚禁她的那個邪惡人類，返回燃燒的馬廄，做著夢的蕾諾比亞終於醒來，痛苦地啜泣。她在床上坐起身，顫抖的手從臉上拂開被汗水浸溼的散髮。

醒來後，蕾諾比亞最先想到的是她的馬。透過心電感應，她可以感覺到慕嘉吉很激動，甚至驚慌。「噓，噓，小美人，回去睡，我沒事。」蕾諾比亞出聲說道，將鎮定的情緒傳送給跟她有特殊連結的黑色母馬。她很愧疚自己驚擾了慕嘉吉，低下頭，托著手，失神地轉動無名指上那枚綠寶石戒指。

「別蠢了，」蕾諾比亞以堅定的口吻告訴自己，「這不過是夢，我很安全，沒回到那裡。當時發生的事不可能傷我更深。」她欺騙自己。**我可能會再受傷。如果馬汀回來——真的回來——我的心可能再次受傷**。蕾諾比亞差點哭出來，但她緊抿著嘴，努力克制情緒。

他不可能是馬汀，她訴諸理性，堅定地告訴自己。崔維斯．佛斯特，奈菲瑞特雇來當馬廄幫手的人類，只是一個讓她分神的帥哥。「說不定這正是奈菲瑞特雇用他的目的，」蕾諾比亞咕噥著，「爲了讓我分心。至於他那匹高大漂亮的佩爾什馬，不過是個奇怪的巧合。」

蕾諾比亞閉上眼睛，阻斷過往的回憶浮現。接著，她再次出聲說：「崔維斯不可能是馬汀轉世。我知道我對馬汀的感覺出奇強烈，但這應該是因爲我很久沒談戀愛了。」她在心裡提醒自己，**妳從未再跟人類談戀愛，因為妳發誓絕不這麼做**。「所以，我早該找個吸血鬼談談戀愛，即便只是短暫交往也好。那樣才有益健康啊。」蕾諾比亞用幻想讓自己的心思忙碌，開始考慮幾個俊俏的冥界之子戰士，然後又一個個剔除。只不過，她幻想中見到的不是他們強壯結實的軀體，而是一雙雙熟悉的橄欖綠眼睛和親切的笑容……

「不！」她不該想這些，她不該想到他。

可是，萬一崔維斯裡面真的住了馬汀的靈魂呢？蕾諾比亞迷惘的心低喃著這誘人的可能性。**他承諾過，他會再來找我。或許他真的來了**。「那又如何？」蕾諾比亞起身，煩躁地踱來踱去。「我太清楚人類有多脆弱了，命如螻蟻，況且時下的世界遠比一七八八年危險。我的愛在心碎和火焰中斷送過一次。一次就夠了。」蕾諾比亞停步，把臉埋入掌心。她內心深處知道這是怎麼回事。「是我太懦弱。假使崔維斯不是馬汀，那麼，我不想對他敞開心扉，讓自己冒險再愛上人類。但如果眞是馬汀回來找我，我一定無法忍受必將再次失去他的結局。」

蕾諾比亞重重地坐下，坐在臥房窗邊那張老舊的搖椅上。她喜歡在這裡閱讀，有時睡不著，就在面向東方的窗子看日出，凝望馬廄旁的操場。蕾諾比亞知道這有多諷刺，吸血鬼竟然喜歡晨曦。然而，她克制不住自己。無論是不是吸血鬼，在骨子裡，她永遠都是那個女孩，愛早晨，愛馬，愛一個褐色肌膚，久遠之前就英年早逝的人類。

她的肩膀沮喪地垮下來。好幾十年來，她不常想起他。這次重燃的思念就像一把雙刃刀——一方面，她喜歡重溫他的微笑、氣味，以及碰觸，但另一方面，回憶也喚起他離開後她內心的空虛。兩百多年來，蕾諾比亞陷溺在悲傷中，哀悼一段逝去的愛，一個荒廢的人生。

「我們的未來，那時已燒毀，被憎恨、執念和邪惡化成灰燼。」蕾諾比亞搖頭，抹去淚水。她必須重新控制情緒。今天，邪惡仍在燃燒，將光亮和良善燒出一片黑色的荒地。她深吸一口氣，集中精神，把心思轉向馬兒，尤其是她的慕嘉吉。不管周遭世界多麼紛亂，馬兒總能幫助她平靜下來。現在，冷靜多了，蕾諾比亞再次透過她十六歲被標記時妮克絲觸摸的靈魂，以及對馬兒的感應力，輕易就找到她的母馬。一察覺自己的煩亂映現在慕嘉吉身上，她登時愧疚起來。

「噓，」蕾諾比亞再次安撫她，透過她和母馬的連結出聲傳送她的撫慰，「我只是太蠢，太沉溺。沒事的，我跟妳保證，我的寶貝。」蕾諾比亞將一股愛意滿滿的暖流灌注到那匹黑色母馬身上。一如往常，慕嘉吉隨即恢復平靜。

蕾諾比亞閉上眼睛，吐出長長一口氣。在心裡，她看得見她那匹黝黑、美麗如夜色的母馬平靜下來，彎起一隻後腿，進入無夢的好眠中。

馳馬大師專注於她的母馬，掩息牛仔來到以後在她心裡掀起的風暴。**明天**，昏昏欲睡的她對自己承諾，**明天我要清楚地告訴崔維斯，除了主雇關係，我們之間再無其他牽連。只要跟他疏遠，他眼睛的顏色和他給我的感覺，將變得無所謂。非得如此不可……非得如此……**

終於，蕾諾比亞睡著了。

奈菲瑞特

影疾雖然跟奈菲瑞特沒有連結關係，仍迅速聽從她的召喚。幸好這一夜的課程都已結束，所以，這隻大緬因貓在馬場跟她碰面時，四周昏暗空蕩，沒半個學生。龍・藍克福特居然也恰巧不在，這實在太好了。來這裡的途中，她只見到幾個紅雛鬼。想到自己巧妙地把惡棍紅小鬼弄進夜之屋，奈菲瑞特忍不住滿意地面露微笑。看到他們，就彷彿看到他們可能製造的混亂，尤其是在她這次的計畫得逞之後。而現在，她要做的就是確保柔依的守護圈被破壞，而她的死黨好友史蒂薇．蕾將因失去愛人而傷心欲絕。

一想到柔依即將飽受的痛苦折磨，奈菲瑞特就樂不可支。不過，她向來知所節制，不可能輕易就得意忘形，畢竟獻祭的施咒儀式還沒完成，她的命令也尚未被執行。即使今夜校園罕見地靜謐，幾乎像一所廢棄的學校，事實上隨時仍可能有人闖進馬場。奈菲瑞特得加快速度，悄然來去。反正稍後有的是時間來品嘗耕耘之後的甜美果實。

她輕聲細語，哄影疾靠近。等他靠得夠近，她蹲下來，同他一般高。奈菲瑞特以爲他會對她存著戒心，畢竟貓的警覺性高。比起人類、雛鬼，甚至成鬼，貓更難愚弄。譬如說，奈菲瑞特自己的貓史蓋拉，就不肯搬到她位於馬佑大樓頂層的新居，寧可潛伏在夜之屋的陰暗角落，睜著他那雙綠色的大眼睛看著她，彷彿了然一切。

但影疾沒那麼警覺。

在奈菲瑞特的召喚下，影疾緩緩地靠近。這隻大貓並不友善，沒有摩蹭她，在她身上留下氣味，但他還是靠近了。奈菲瑞特沒期望他愛她，她只在乎他是否服從，因爲，她要的是他的命。

黑暗的不死伴侶、特西思基利、夜之屋前女祭司長，伸出左手撫挲緬因貓背上的虎紋時，心裡只微微感到遺憾。他的毛濃密柔軟，身體強健而輕盈，一如他挑選的主人龍．藍克福特，正值生命的黃金階段。眞可惜，爲了更遠大、更崇高的目標，她需要他的命。

奈菲瑞特雖略感遺憾，卻毫不猶豫。她利用女神恩賜的感應力，透過掌心傳遞溫暖給已經信任她的大貓，讓他進一步卸下心防。她的左手撫摸著他，讓他舒服地弓起身子打呼嚕，右手卻悄悄地拿出銳利如剃刀的儀式刀，迅捷地、乾淨利落地劃開影疾的喉嚨。

大貓沒發出半點聲音。他身體抽搐著，試圖掙脫她的掌心。但她左手握拳，緊緊壓住他，緊到他鮮血噴出，濺上她那件綠色絲絨洋裝的上半身，潮溼而溫熱。

始終流連在奈菲瑞特身邊的黑暗絲線怦怦顫動，雀躍地期待著。

但奈菲瑞特沒理會它們。

貓死得比奈菲瑞特想像的快，這正是她所樂見的，畢竟她不希望他瞪著她。然而，這隻戰士的貓雖已癱倒在馬場的沙地上，無力抵抗，氣如遊絲，一雙大眼睛卻仍直直地瞅著她不放。

趁他還沒完全斷氣，奈菲瑞特開始施咒。她在影疾垂死的身體四周，用儀式刀在沙地上畫一個圓圈，讓他的血匯聚在圓圈裡，形成一道血的小小城河。

然後，她左手撐地，手掌浸入新鮮溫熱的血泊，在血城河外站起身來，高舉雙手——一手沾滿血，另一手拿著染紅的儀式刀——開始吟誦：

以這獻祭，我於此下令，

黑暗遵我敕命。

元牲，聽命於我！

利乏音的命非取不可。

奈菲瑞特停頓一下，讓陰冷黏稠的黑暗絲線拂過她的身軀，聚集在血城河的四周。她可以感覺到它們的急切、需求、欲望和可怖。然而，她感受最強烈的，是它們的力量。

她把儀式刀浸入血泊，然後以刀尖在沙地上寫下兩行字，完成施咒：

獻上鮮血、痛苦與衝突，

我要工具人當我的刀斧！

奈菲瑞特心裡想著元牲的影像，舉步跨入血城河的圓圈內，一刀刺入影疾的身軀，將他釘在馬場的沙地上，並釋放黑暗的卷鬚，讓它們享用鮮血與痛苦的盛宴。

等貓的血徹底乾涸，毫無生命跡象，奈菲瑞特開口說：「犧牲已獻，咒語已施，現在去執行我的命令，逼迫元牲殺了利乏音，讓史蒂薇．蕾毀掉守護圈，遏止揭發眞相的施咒儀式。立刻行動！」

如一窩騷動的蛇，黑暗的爪牙鑽入黑夜，竄出馬場，奔向薰衣草田，奔向正在那裡舉行的儀式。

奈菲瑞特遠遠望著它們，面露滿意的微笑。但是，有一條粗如手臂的黑暗卷鬚，迅疾穿越從馬場通往馬廄的門。緊接著，隱約傳來玻璃碎裂的聲響，引起奈菲瑞特的注意。

特西思基利好奇地往前滑行，以暗影爲掩護，小心不發出半點聲音，望入馬廄內。她睜大翠綠眸子，又驚又喜。那條粗厚的黑暗絲線笨手笨腳，竟撞落一個吊在釘掛上的煤氣燈。釘掛不遠處，有數堆整齊堆置的乾草。這些乾草都是蕾諾比亞替馬匹精心挑選的糧秣。奈菲瑞特看得出神。一開始，只有一小簇乾草著火，發出劈啪聲，接著黃焰發威，轟的一聲，所有乾草陷入火海。

奈菲瑞特望著一長排欄門緊閉的木製廄欄，只隱約見到幾匹馬的晦暗輪廓。多數的馬兒都睡了，有少數幾匹則悠悠地嚼著草，準備迎接即將到來的拂曉。接著他們會從日出睡到日落，直到學生又開始來上一堂堂似乎永不結束的課。

她再次瞥向乾草，一大捆草已被火焰吞噬。濃煙的氣味飄向她，細碎爆裂聲清晰可聞，火勢一發不可收拾，宛如脫韁野獸。

奈菲瑞特轉身背對馬廄，牢牢關上馬廄與馬場之間的厚門。**看來，今晚過後，傷心的人不只史蒂薇·蕾一個**。她心滿意足地想著，離開馬場和她親手誅殺一隻貓的現場，沒注意到有隻小白貓慢慢走向一動也不動的影疾，蜷縮在他的身邊，閉上眼睛。

蕾諾比亞

馳馬大師在令人心悸的不祥預感中醒來，茫然地以雙手搓臉。她在窗邊的搖椅上睡著了，這突然驚醒的感覺竟然像是噩夢。

「眞蠢，」她咕噥著，睡意猶存，「我得平靜下來才是。」冥想向來有助於她澄清思慮，鎮定心神。於是，蕾諾比亞毅然決然地深深吸一口淨化的空氣。

這一吸氣，蕾諾比亞聞到了——火。馬廄燃燒的氣味。她咬緊牙。**退去，往昔的鬼魅！我這把年紀了，不玩這種遊戲**。接著，不祥的劈啪聲驅散她的最後一絲睡意，她迅速走到窗邊，拉開厚重的黑色布簾。馳馬大師俯望著她的馬廄，驚愕地倒抽一口氣。

不是夢。

不是她的想像。

是活生生的夢魘。

她怔怔地望著火舌舔舐馬廄的牆壁，眼角瞥見馬廄的雙扇門從裡頭被推開。在洶湧的濃煙和烈火中，她看見那個牛仔的高大身影。他正牽著一匹壯碩的灰色佩爾什馬和一匹色如黑夜的母馬從裡面衝出來。

崔維斯放開這兩匹母馬，驅趕她們奔向操場，遠離燃燒的馬廄。然後，他返身衝進熊熊燃燒的馬廄。

這景象立即燒盡她的恐懼和疑惑，蕾諾比亞整個人清醒過來。

「不，女神，別讓舊事重演。我不再是驚慌失措的小女孩。這次，我絕不讓他步上同樣的結局！」

2 蕾諾比亞

蕾諾比亞衝出房間，跑下樓梯，來到一樓。站在馬廄的雙扇門外，她看見陣陣濃煙從底下的門縫竄出。她克制住驚慌的情緒，用手掌貼著木門。摸起來不燙，於是她拉開門，一邊走進馬廄，一邊眼睛掃視四周，迅速評估情況。火燒得最猛的位置在遠端堆放乾草和飼料的地方，接近慕嘉吉的廄欄，也接近佩爾什馬邦妮和崔維斯棲身的偌大產駒房。

「崔維斯！」她大喊，以手遮臉，屏擋大火的熱氣，往馬廄裡頭奔跑，沿路打開一間間廄欄，將馬兒放出來。**出來，普西芬妮——快走**！蕾諾比亞提醒嚇得發呆，不願離開廄欄的花色母馬。馬兒經她點醒，穿過她身邊，奔出馬廄時，蕾諾比亞回頭繼續喊：「崔維斯！你在哪裡？」

「我在把最靠近火的馬放出去！」他喊道，一匹灰色年輕母馬從崔維斯發出聲音的方位衝過來，險些踐踏到她。

「放輕鬆！放輕鬆，安裘。」蕾諾比亞安撫受驚的馬，引導她向出口移動。

「東側出口全是火，我——」崔維斯的話還沒說完，馬具房的窗戶轟然爆開，火燙的玻璃碎片飛濺過半空。

「崔維斯！離開那裡，打九一一。」蕾諾比亞邊喊，邊打開最靠近的一間廄欄，放出一匹閹馬。她氣自己離開房間時沒把手機帶著，不然她就能自己打電話。

「我打了。」有個不熟悉的聲音說道。蕾諾比亞的視線穿越火焰和濃煙，看見有個女雛鬼牽著一匹驚嚇萬分的栗色母馬跑向她。

「沒事的，蒂娃。」蕾諾比亞很自然地安撫起馬兒，並從女孩手中接過轡繩。蕾諾比亞摸了摸母馬，她立刻平靜下來。蕾諾比亞解開轡繩，鼓勵母馬跟著其他逃命的馬兒奔出最近一道門。然後，她把女孩拉到身邊，避開一股升騰的熱氣，並問她：「還有多少馬兒——」

蕾諾比亞打住話語，因爲她忽然見到女孩額頭上的弦月是紅色的。

「我想，沒剩多少。」紅雛鬼顫抖著手抹去臉上的汗水和灰渣，喘著氣回答。「我—我去救蒂娃，因爲我一直很喜歡她，心想她應該記得我。她很害怕，怕死了。」

蕾諾比亞認出這女孩了。是妮可。她還沒死而復活，加入達拉斯那幫狐群狗黨之前，曾經很懂得跟馬相處，有騎馬的天分。不過，這會兒首要之務是確保馬兒——和崔維斯——安全，沒時間管這孩子的其他事。「妳做得很好，妮可。妳可以再回去救馬嗎？」

「可以。」妮可用力點頭。「我不希望馬兒燒死。妳叫我怎麼做，我就怎麼做。」

蕾諾比亞把手搭在女孩的肩膀，說：「妳把廄欄的門打開，然後讓到一旁，我會把他們引導到安全的地方。」

「好，好，這個我辦得到。」妮可點點頭，喘著氣說。她看起來很害怕，卻毫不遲疑地跟著蕾諾比亞跑回高溫的馬廄。

「崔維斯！」蕾諾比亞邊咳邊喊，試圖看穿愈來愈濃的煙。「你聽得到我說話嗎？」

劈啪作響的火焰聲中傳來他的聲音。「聽到了！我在這裡，廄欄的門卡住了。」

「快打開！」蕾諾比亞克制住驚慌的情緒，說：「把所有的廄欄打開！我可以把馬兒喚到我身邊，引導他們到安全的地方，你跟著他們走。」

「全打開了！」一會兒後，崔維斯從濃煙與熱氣的深處喊道。

「我這邊也都打開了！」妮可在比較靠近的地方喊道。

「現在，你們兩個跟著馬兒走，離開馬廄！」蕾諾比亞說完立刻轉身，奔離大火，跑向出口那道雙扇門。她讓門開著，站在門口，舉起雙手，打開手掌，集中意念，想像自己從另一個世界和妮克絲的神祕國度汲取力量。蕾諾比亞敞開心，敞開靈魂，也敞開女神賜予的天賦，大聲喊道：「來，漂亮的兒女們！循著我的聲音和我的愛走出來，好好地活著！」

頓時，馬兒從火焰和濃煙中狂奔而出。蕾諾比亞可以清晰地感受到他們的恐懼。火焰和死亡的恐懼，她深刻明白。她趕緊將能量和平靜傳遞給一匹匹奔過她身邊，衝向操場的馬。紅雛鬼踉蹌地跟在他們身後，邊咳邊說：「就這些了，馬兒全都出來了。」語畢，她癱軟倒在馬廄外的草地上。

蕾諾比亞連對妮可點個頭的工夫都沒有，一心只想著身後那群受驚不安的馬兒，而雙眼則巴巴地望著前方愈來愈濃的煙和飆竄的火舌。怎麼沒見到崔維斯？

「崔維斯！」她喊道。

沒有回應。

「火蔓延得好快，」仍在咳嗽的紅雛鬼說：「他說不定死了。」

「不，」蕾諾比亞堅定地說：「這次他不會死。」她轉身看著馬群，呼喚她摯愛的黑色母馬。「慕嘉吉！」馬兒嘶鳴一聲，朝她跑來。蕾諾比亞舉起手，要她停步，然後對她說：「寶貝，冷靜下來，幫我看著其他孩子，把妳的力量和平靜，以及我的愛傳遞給他們。」母馬不願意，但還是乖乖聽話，開始在受驚的馬群四周走動，把他們集結在一起。蕾諾比亞見狀放下心來，轉身，深吸兩口氣，衝入烈焰熊熊的馬廄。

熱氣逼人，濃煙密布，置身其中彷彿在滾燙的液體裡呼吸。有那麼一剎那，蕾諾比亞的思緒飄回紐奧良那個可怕的夜晚，以及那間燃燒的穀倉。她背上那道隆起的疤痕隨著糾纏不休的痛苦回憶而發疼。這一刻，蕾諾比亞被驚恐的情緒攫住，困在往事的回憶裡。

接著，她聽見他咳嗽。驚恐消失，希望燃起，當下的情境與她意志力的眞實力量戰勝了恐懼。「崔維斯！我看不見你！」她扯開嗓門喊道，同時撕下睡袍的下襬，走到最近的廄欄，將布放入馬的飲水槽裡浸溼。

「出——去——」他一邊咳嗽一邊說。

「我絕不會離開。我曾眼睜睜看著一個人爲我而慘遭火焚，那可不好受。」蕾諾比亞將濡溼的布當成斗篷披在頭上，循著崔維斯的咳嗽聲，走入濃煙和高溫的深處。

她發現他倒在一間敞開的廄欄旁，正努力撐起身子，但僅能勉強跪起來，趴在那裡咳嗽、乾嘔。蕾諾比亞毫不遲疑，跨入廄欄，再次把撕下的布浸入飲水槽。

「妳在做什麼？」他抬頭覷著她。「不！妳快出——」

「我沒時間跟你爭辯。躺下。」見他動作慢吞吞，蕾諾比亞乾脆伸腳往他雙膝一勾，把他撂倒。他悶哼一聲，躺在地上。她不予理會，逕自將溼布蓋在他的臉和胸膛。「對，就像這樣，躺平。」蕾諾比亞喝令道，走回水槽邊，迅速把自己的臉和頭髮打溼，然後隨即抓起他的雙腳，開始往外拖，不讓崔維斯有機會抗拒或亂動，搞砸她的計畫。

他幹麼長得這麼魁梧、這麼重？蕾諾比亞心頭迷濛，四周烈焰怒吼，她確信自己聞到了頭髮燒焦的氣味。**唔，馬汀的塊頭也很大……**接著，她的腦袋停止思考，身體彷彿進入自動運轉模式，在沒人支配的情況下，只憑藉著原始的本能，一心一意要將這個男人拖離險境。

「是她！是蕾諾比亞！」幾隻強壯的手忽然出現，試圖接過她手中的重負。但蕾諾比亞抗拒。**這次我不會讓死神贏！這次絕對不行！**

「蕾諾比亞老師，沒事了，妳逃出來了。」她感覺到冷冽的空氣，她的心思終於意會到當前的處境。她倒抽一口氣，吸入乾淨的空氣，咳出熱氣和煙塵。幾隻手溫柔地把她攙扶到草地上坐下，用面罩蒙住她的口鼻。登時，更甜美的空氣灌入她的肺。她吸入氧氣，心思恢復清明。

操場上已布滿人類消防員，強力水柱的水龍正往火海中的馬廄拉。兩位人類救護員圍過來，盯著她，一臉不解，顯然很驚訝她這麼快就復原。

她把臉上的氧氣罩拿開，說：「我沒事。快看看他！」她一把拉開崔維斯身上那塊冒煙的溼布。他一動也不動。「他是人類，救他！」

「是的，夫人。」緊急救護員之一喃喃說道，兩人開始查看崔維斯的狀況。

「蕾諾比亞，喝下這個。」一只酒杯塞入馳馬大師手中，她抬頭一看，發現夜之屋醫護室裡的兩名吸血鬼療癒師瑪格瑞塔和彭菲瑞多蹲在她旁邊。蕾諾比亞把摻了大量血液的酒一口喝光，頓時精神百倍，全身刺刺麻麻。

「老師，妳得跟我們回醫護室。」瑪格瑞塔說：「妳需要更多治療，才能完全復原。」

「待會兒。」蕾諾比亞把高腳酒杯往旁邊一丟，不理會療癒師，也無視於警笛與人聲嘈雜的混亂現場，爬到崔維斯的頭部旁邊。牛仔已經戴上氧氣罩，救護員正忙著在他的手臂上裝點滴管。他雙眼緊閉，即使臉滿灰渣，仍看得出燙傷發紅的痕跡。他的T恤沒塞進牛仔褲裡，顯然是匆忙穿上的。裸露的強壯手臂已經起水泡，而整隻手掌被燒得血淋淋。

她一定不由自主地發出了聲音，洩漏了她心痛的感覺，因爲崔維斯突然睜開眼睛。那雙眸子，分明就是她記憶中的那對眼睛——威士忌褐色當中染上一層橄欖綠。兩人四目相交，緊黏不放。

「他不會有事吧？」她詢問旁邊的救護員。

「我見過比他還慘的。他肯定會留下傷疤，不過我們得盡速將他送到聖約翰醫院。他的吸入性傷害遠比燒傷嚴重。」這個人類停頓一下，接著說：「他運氣很好，妳如果晚一步找到他，可能就來不及了。」蕾諾比亞的目光一直盯著崔維斯的眼睛，但仍聽得出救護員說話時面帶笑容。

「其實，我花了兩百二十四年才找到他。我很高興我沒晚那麼一步。」

崔維斯想說什麼，但話語被劇烈的咳嗽淹沒。

「不好意思，夫人，輪床來了。」

蕾諾比亞讓開，好方便他們將崔維斯移到輪床上，但兩人依舊目光交纏。他們將輪床推向救護車時，她始終陪在他身旁。被抬上救護車之前，他撥開氧氣罩，以粗啞的聲音問：「邦妮呢？她還好嗎？」

「她很好，我可以感應到她。她跟慕嘉吉在一起。我會確保她安全，我會確保他們每一個都平安。」她要他放心。

他朝她伸出手，她小心翼翼地碰觸他傷痕累累、血跡斑斑的手掌。「包括我嗎？」他費力地以沙啞的聲音問道。

「沒錯，牛仔。你可以用你那匹高大美麗的母馬來打賭。」蕾諾比亞可以感覺到周圍每個人——無論人類、雛鬼或成鬼——都看著她，但她不管，低頭輕吻他的唇。「你要的馬兒和幸福，在我這裡。這次，我要確定**你**平安沒事。」

「太好了。我媽總說，我需要找個人來照顧。現在，她如果知道我找到了，應該可以好好安息。」他的聲音粗啞，好像喉嚨裡裝滿了砂紙。

蕾諾比亞笑著說：「你是找到了，不過，我想，這會兒該好好休息的人是**你**。」

他用指尖碰觸她的手，說：「我想，我是可以休息了。我一向以來都在找回家的路，現在我找到了。」

蕾諾比亞凝視他那雙帶著橄欖綠的琥珀色眼眸。這對眸子是如此地熟悉，如此地像馬汀的眼睛。她覺得，透過這雙眼睛，她可以看見一個同樣熟悉的靈魂，看見他的仁慈、堅強、誠實和愛——而就是因為這些特質，他回到她的身邊了。蕾諾比亞的內心深處明白，即便這個高瘦結實的牛仔除了眼眸，無一處像她失去的愛人，她還是從他身上找回了她的心。她激動得說不出話，只能微笑、點頭，然後翻轉手掌，讓他的指尖棲在她的掌心——溫暖、強壯、充滿生命力的手指。

「我們得送他去聖約翰醫院了，夫人。」緊急救護員說。

蕾諾比亞不情願地抽回手，抹了抹淚水，對救護員說：「先由你們照顧他，不過我要他盡速回來。」她那雙如暴雨雲般灰色的眼睛移向穿著白色外套的人類。「好好照顧他。跟我的火爆脾氣相比，這場火是小巫見大巫。」

「是，是的，夫人。」緊急救護員結巴地說，快手快腳地將崔維斯抬上救護車。在他們關上車門，亮起警示燈，駛離現場之前，蕾諾比亞很確定自己聽到了崔維斯的咯咯笑聲變成劇咳。

她站在原地，視線追隨著救護車，心裡掛著崔維斯。旁邊有人故意清了清喉嚨，喚回蕾諾比亞的注意力。原本眼中只有崔維斯的她轉過頭來，這才見到剛剛視而不見的景象。整個校園擁擠得快爆炸。馬兒在盡可能靠近東牆的地方焦躁地走來走去，消防車停在馬廄邊的空地上，巨大水柱對著仍在燃燒的建物猛噴水。受驚嚇的雛鬼和成鬼一簇簇地聚在一起，滿臉無助。

「冷靜，慕嘉吉……冷靜，沒事了，寶貝。」蕾諾比亞閉上眼睛，集中精神，施展兩百多年前女神賜予的天賦。她感受到美麗的黑色母馬立刻有所回應，不再驚惶不安，釋放出最後一絲恐懼與焦躁。接著，蕾諾比亞把注意力轉到那匹高大的佩爾什馬身上。她正焦慮地刨著地面，耳朵猛烈拍彈，目光搜尋著崔維斯。「邦妮，放心，他沒事，妳不必害怕。」蕾諾比亞輕聲細語，將平靜的情緒傳遞到邦妮身上。跟慕嘉吉一樣，邦妮立即平靜下來。蕾諾比亞滿心喜悅，終於有餘力把注意力轉向其他馬匹。「普西芬妮、安裘、蒂娃、小餅乾、奧克玉米餅，學學慕嘉吉，要冷靜，要堅強。大家都安全了。」她逐一叫喚馬兒，把溫暖和撫慰傳送給他們每一個。

旁邊的人又開始清喉嚨，打斷她的思緒。蕾諾比亞不悅地睜開眼睛，看見有個人類站在她面前。那人穿著消防員的制服，揚起眉毛，絲毫不掩飾他的好奇，直瞅著她瞧。「妳在跟馬說話呀？」

「我不只是跟他們說話。你看清楚。」她抬手指向他身後的馬群。他轉頭，面露驚訝。

「他們變得好平靜喔。眞詭異。」

「詭異這個詞帶有負面意涵，我比較喜歡『神奇』。」她對消防員點一下頭，便逕自邁開大步，走向圍聚在艾瑞克・奈特和潘特西莉亞老師身邊的雛鬼。

「夫人，我是艾德門隊長，史帝夫・艾德門。」他說，幾乎得小跑步才跟上蕾諾比亞。

「我們正努力控制火勢。我得知道這裡是由誰負責。」

「艾德門隊長，我自己也想知道。」蕾諾比亞冷冷地說。接著，她補上一句：「跟我來，我會把事情弄清楚。」馬術老師加入艾瑞克、潘特西莉亞和一群雛鬼當中，裡頭包括一位冥界之子戰士、克拉米夏、夏琳，以及幾個五、六年級的藍雛鬼。「潘特西莉亞，我知道桑納托絲和柔依及她的守護圈成員在一起，在席薇雅・紅鳥的薰衣草田舉行儀式。不過，奈菲瑞特人呢？」蕾諾比亞劈頭就問。

「我，我不曉得！」文學課老師聲音顫抖，視線越過蕾諾比亞的肩頭，望向燃燒的馬廄。「我一看見火災，就去她的寢室找她，但沒見到她的人。」

「打了她的手機嗎？難道沒人打電話給她？」克拉米夏說。

「她沒接電話。」艾瑞克說。

「太好了。」蕾諾比亞低聲咕噥。

「我猜，由於妳剛剛提到的人都不在，所以，現在這裡由妳負責？」艾德門隊長問。

「對，看樣子是。」她說。

「喔，好，那妳得盡快找一份師生名冊。妳和其他老師應該立刻清查名單，清點人數，確定每位學生都在。」他伸出拇指，往不遠處的一張長椅比了比。「那個女孩，就是額頭上有紅色月亮的那個，是唯一一個出現在馬廄附近的學生。她沒受傷，只是受了點驚嚇。她的肺部很快就被氧氣清乾淨了，速度快得出奇。不過，我想，最好還是把她送到聖約翰醫院檢查一下。」

蕾諾比亞望向妮可。她坐在長椅上，戴著氧氣罩，大口吸氣，有個救護員正在反覆檢查她的生命跡象。瑪格瑞塔和彭菲瑞多站在一旁，怒目看著救護員，好似他是一隻惱人的蚊蟲。

「我們的醫護室比人類的醫院更能妥善照顧受傷的雛鬼。」蕾諾比亞說。

「夫人，妳說了算，反正這裡是妳當家。我知道你們吸血鬼的生理機能很特別。」他停頓一下，繼續說：「我無意冒犯喔。其實我高中時期的死黨就被標記了，而且順利蛻變。以前我們感情很好，他變成吸血鬼後我也一樣喜歡他。」

蕾諾比亞擠出微笑。「我沒被冒犯到，艾德門隊長。你說得沒錯，我們吸血鬼的生理需求確實跟人類不同。妮可留在這裡，不會有事的。」

「那就好。我想，我們最好派一些消防員到馬場巡一巡，看附近還有沒有其他學生。」隊長說：「看來火勢已經控制住了，不過還得巡一下緊臨的建築。」

「我想，你們別把時間浪費在馬場了。」蕾諾比亞聽從直覺，說：「請打火弟兄專心去滅馬廄的火，確定沒人困在火場裡。這場火不是自己燒起來的，原因得好好調查。我會派我們的戰士從馬場開始，逐一巡視鄰近校舍。」

「是的，夫人。看來我們算及時趕到。馬場被煙燻了，消防水柱也會造成一些損害，但情況其實比外表的樣子好。我想，這棟建築是用很好的大石頭打造的，所以主體結構依舊良好。雖然有些地方需要重建，原本的骨架卻顯然很耐用。」消防隊長舉起手指，點了一下帽簷，轉身走開，大聲對旁邊的弟兄下令。

嗯，起碼這算好消息。蕾諾比亞心想，努力把目光從冒煙的馬廄移開，轉身面對身旁的師生。「龍老師呢？會在馬場裡嗎？」

「我們也找不到龍老師。」艾瑞克說。

「找不到龍老師？」馬廄跟偌大的馬場只有一牆之隔。之前她整個心思都放在別的地方，沒想到龍老師，但冥界之子的領導人在這種緊急時刻缺席，眞的很不尋常。「奈菲瑞特和龍老師都沒見到人——我不喜歡這樣。對學校來說，事情似乎不太對勁。」

「蕾諾比亞老師，我看到她了。」

所有人的目光轉向一個嬌小的女孩。她一頭披垂而下的濃密黑髮襯著精緻五官，看起來就像個洋娃娃。蕾諾比亞迅速認出她來，是夏琳——新來的雛鬼，而且是唯一一個剛被標記就擁有紅色記印的雛鬼。幾天前蕾諾比亞第一次見到她時，就覺得這女孩有些奇特。「妳見到奈菲瑞特？」她瞇眼追問。「什麼時候？在哪裡？」

「才大約一個小時前。」夏琳說：「我坐在宿舍外面，正在看樹。」她緊張地聳聳肩，繼續說道：「我以前失明，現在看得見，所以很喜歡看東看西。」

「夏琳，妳看到奈菲瑞特在幹麼？」艾瑞克．奈特催促她。

「喔，對。我看見她沿著人行道走向馬場。她，呃，她看起來非常，嗯，**陰暗**。」夏琳打住話語，一臉不自在。

「陰暗？什麼意思——」

「夏琳看人的方式很特別。」艾瑞克打岔，蕾諾比亞看見他把手放在夏琳的肩上安撫她。「既然她覺得奈菲瑞特看起來陰暗，或許最好別讓人類消防員在馬場裡走來走去。」

蕾諾比亞想進一步追問，但艾瑞克注視著蕾諾比亞的雙眼，若有似無地搖搖頭。一股不祥之兆讓蕾諾比亞不寒而慄，脊椎發麻。於是，她心裡做了個決定。「埃科西斯，麻煩你和潘特西莉亞去行政辦公室。如果戴安娜還沒醒，把她叫醒，跟她拿學校人員的名冊，分發給冥界之子戰士，要他們清點所有學生，然後叫學生返回寢室之前先跟他們的導師報到。」戰士和潘特西莉亞疾步離去後，蕾諾比亞看著克拉米夏那雙直率的眼睛。「妳可以叫這些雛鬼——」蕾諾比亞頓住，比了比在操場上晃來晃去，滿臉茫然的學生——「叫他們去找導師報到嗎？」

「我是詩人，連困難的抑揚格五音步都懂，這麼幾個倦睏、受驚的學生當然叫得動。」

蕾諾比亞對她微笑。在克拉米夏還沒變成紅雛鬼，寫起預言詩，贏得吸血鬼桂冠詩人的稱號之前，蕾諾比亞就喜歡她。「謝謝妳，克拉米夏，我就知道我可以仰賴妳。動作要快一點。應該不用我告訴**妳**，天快亮了。」

克拉米夏哼一聲，說：「哪用得著妳說？如果我不趕快進屋內，恐怕會被燒烤得比馬廄還酥脆。」

克拉米夏跑開，呼喚散落在操場上的雛鬼。蕾諾比亞轉身對艾瑞克和夏琳說：「現在，我們三個去巡馬場。」

「好，」艾瑞克說：「我們走吧。」

不過，夏琳沒有要走的意思，而且蕾諾比亞注意到，她搖晃肩膀，甩開艾瑞克的手。但這只是不經意的動作，她沒有惱怒或不悅的意思。接著，這名年輕的紅雛鬼抬頭望著天空。蕾諾比亞察覺，她這個舉動別有意涵——是一種等待或欲求。

「怎麼了？」蕾諾比亞問女孩，雖然在這個時刻她似乎不該分心留意這個恍神、奇怪的紅雛鬼。

依舊仰望著天空的夏琳說：「需要雨時，雨都到哪裡去了？」

「什麼？」艾瑞克對著她搖頭。「妳在說什麼啊？」

「雨啊，我眞的、眞的很希望現在下雨。」女孩的視線從天空轉向他，然後聳聳肩，有點尷尬地說：「我發誓我聞到空氣裡有雨的氣味。雨水可以幫助消防員，確保火勢不會蔓延到校園其他地方。」

「人類會控制住火勢的，現在我們得去巡視馬場。想到奈菲瑞特去過那裡，我就覺得不對勁。」

蕾諾比亞開始朝馬場走去，認定他們兩個會跟上來，不料夏琳依舊杵在原地，於是她轉身，準備叫喚這個雛鬼，責備她幾聲。但艾瑞克搶在她前面開口了。

「喂，這件事很重要。」他低聲急促地告訴夏琳：「我們快跟蕾諾比亞去巡視馬場吧。別的事消防員會料理。」但夏琳繼續抗拒，不願走向馬場。於是，他稍微提高聲音說：「妳到底是怎麼了？桑納托絲、龍老師，連柔依和她那群朋友都不在學校，我們得更謹慎才是，別讓別人知道我們可能——」

「艾瑞克，我同意，蕾諾比亞的確說得沒錯。」夏琳打斷他。「我只是，我只是想知道她會怎麼樣。」

蕾諾比亞循著夏琳的視線，望向仍坐在長椅上的妮可。她滿臉灰渣，肌膚粉紅，左右兩側各站著一名醫護室的成鬼。

「她跟達拉斯那群紅雛鬼是一夥的。如果她跟這場火災有關係，我也不意外。」艾瑞克說，不悅之情寫在臉上。「蕾諾比亞，我認為妳應該把妮可送到醫護室，將她關在那裡，直到我們查明這場火災的起因。」

蕾諾比亞還沒回答，夏琳搶先一步說話，語氣堅定、睿智，不像一個十六歲的少女。「不。把她送到醫護室，確定她無恙，但別把她關起來。」

「夏琳，妳在胡說什麼。妮可跟達拉斯那幫壞蛋是一夥的。」艾瑞克說。

「現在她沒跟他們一夥了。她變了。」夏琳說。

「她剛剛幫我把馬放出來。」蕾諾比亞說：「如果她跟這場火災有關，大可趁著濃煙溜走，我根本不會察覺她來過現場。」

「有道理。她的顏色不一樣了，變得比較好看。」接著，夏琳堅定、睿智的表情和語氣頓時消失，睜著無邪的大眼睛，對蕾諾比亞說：「喔，對不起，我話太多了。我應該學著別亂說話。」

「今晚校園發生了什麼可怕的事？」有個聲音，響亮如雷鳴，遠遠傳過來。蕾諾比亞轉過頭去，看到一群吸血鬼和雛鬼從校園另一頭疾步走來，桑納托絲帶頭，兩旁是柔依和史蒂薇．蕾。怪的是卡羅納也在其中，以防衛的姿態張開翅膀，大步走在桑納托絲後面，彷彿已搖身一變，成爲死神的守護天使。

就在這時，夜空敞開，開始下雨。

3 柔依

在看到救火車和濃煙之前，我就知道情況不妙。當桑納托絲透過儀式，目睹奈菲瑞特的罪行，我就知道夜之屋已陷入混亂。這一晚，奈菲瑞特與黑暗為伍的事證已確鑿無疑，桑納托絲立刻採取行動揭發她，絲毫沒有耽擱時間。從阿嬤的薰衣草田返校的途中，死神的女祭司長打了通緊急電話到義大利，正式向吸血鬼最高委員會報告，奈菲瑞特已選擇黑暗作為伴侶，不再是妮克絲的女祭司。奈菲瑞特的眞面目終於被揭穿。打從發現她令人噁心的一面，我就一直期待這一天的到來。只是，現在願望實現了，我內心卻有一種可怕的感覺，覺得揭發奈菲瑞特並不會迫使她為她的謊言和背叛付出代價，反而會讓她更肆無忌憚，為所欲為。

一切是那麼可怕，令人困惑，彷彿這一整晚是血腥恐怖電影的後半場。揭發眞相的儀式、目睹我母親被殺害的經過，還有龍老師、利乏音、卡羅納和元牲的遭遇及變化……元牲？還是西斯？**不，我不能想這個問題！現在不能**。現在，馬廄著火了，事態嚴重。馬兒焦躁地嘶鳴，聚在東牆邊。蕾諾比亞好像被火燎傷了，滿身灰渣。艾瑞克、夏琳和一小撮雛鬼站在那兒，神情怔忡，全身溼答答——當然，因爲此刻已下起滂沱大雨。還有妮可，那個超級惡毒的紅雛鬼、達拉斯陰狠至極的女友，正癱坐在長椅上，旁邊圍著兩個人類救護員，彷彿當她是圖畫裡長著金色翅膀的小耶穌。

我好想按個鍵，關掉這部恐怖電影，窩在史塔克的身邊，平平安安地睡個覺。唉，我好想閉上眼睛，回到之前那種日子：人生最大的難題就是跟三個男友糾纏不清的四角習題。

我在心裡搖醒自己，努力甩開內心和外在的混亂場景，專注在蕾諾比亞身上。

「對，馬廄著火了。」她跟大家解釋。「我們還不曉得是誰幹的，或是怎麼發生的。你們有誰見到奈菲瑞特嗎？」

「我們沒見到她本人。不過，在柔依阿嬤的土地所記憶的影像中，我們看到了她。」桑納托絲抬高下巴，堅定有力的聲音穿過雨聲。「奈菲瑞特已跟白牛爲伍，把柔依的母親當祭品獻給了他。她成了可怕的敵人，與所有追隨光亮與女神的人爲敵。」

我看得出這話令蕾諾比亞震驚。幾個月前，馬術老師已察覺奈菲瑞特背離女神，但感覺是一回事，確定心裡想的果然是事實，又是另一回事，尤其這個事實可怕到幾乎讓人難以想像。蕾諾比亞清了清喉嚨，說：「最高委員會罷黜她了嗎？」

「我已把今晚所目睹的一切跟他們報告。」桑納托絲以陶沙夜之屋女祭司長的身分說：

「最高委員會下令奈菲瑞特前往晉見，她們會針對她背叛女神和夜之屋的行徑做出審判。」

「如果你們順利完成了儀式，那她一定也已知道你們發現了真相。」蕾諾比亞說。

「對，所以她才會派她那頭怪獸來找我們——企圖殺害利乏音，破壞我們的守護圈，阻撓揭發真相的儀式。」史蒂薇．蕾說，把手滑入利乏音的臂彎，挽著他。利乏音則一派英挺威武的模樣，站在她的身邊。

「看來她沒得逞。」艾瑞克．奈特說。

他跟夏琳站得很近。見到這景象，我想起這陣子艾瑞克老是出現在夏琳的身邊。事有蹊蹺喔……

「對，是沒得逞，」史蒂薇．蕾開口說：「龍老師出現，成功阻擋了元牲一陣子。」她停了一下，回頭看卡羅納，對他露出溫暖、甜美、史蒂薇．蕾式的笑容，然後才繼續說：「真正救了利乏音的人是卡羅納，卡羅納救了他的兒子。」

「龍老師！原來他去了那裡，跟你們在一起。」艾瑞克說，目光搜尋我們的身後，顯然以為能見到龍老師。

我的心揪緊，用力眨眼，免得放聲大哭。見沒人說話，我深吸一口氣，決定說出這個可怕的壞消息：「龍老師當時是跟我們在一起，他努力奮戰，保護我們，嗯，還有保護利乏音，可是……」我支支吾吾，無法往下說。

「可是元牲把龍老師刺死了，打破了封住守護圈的咒語，讓原本動彈不得的我們可以脫身，去保護利乏音。」史塔克一口氣幫我把話說完。

「然而，太遲了。」史蒂薇．蕾補充道：「要不是卡羅納及時現身救了利乏音，利乏音也會沒命。」

「龍．藍克福特死了？」蕾諾比亞表情木然，臉色蒼白。

「是的。他死得恰如一個戰士，無愧於自己，無愧於誓言。他已在另一個世界跟他的配偶重逢。」桑納托絲說：「我們都親眼見證了那一幕。」

蕾諾比亞閉上眼睛，低下頭。我看見她嘴唇顫動，彷彿低喃著禱詞。她抬起頭時，滿面怒容，灰色瞳眸猶如暴雨雲。「火燒我的馬廄，製造混亂，正是要讓奈菲瑞特趁亂逃走。」

「很有可能。」桑納托絲說。接著，女祭司長頓住，彷彿專心聆聽著在雨聲、消防員和馬兒的聲音背後的什麼東西。她瞇起眼睛，說：「死神來過，就在一會兒工夫之前。」

蕾諾比亞搖搖頭。「沒有。消防員正在清理馬廄，應該沒人葬命火窟。」

「我感覺到的不是雛鬼或成鬼的靈魂。」桑納托絲說。

「所有的馬也都逃出來了！」妮可忽然開口說話，那口氣讓我驚訝。我的意思是，之前妮可一開口，不是譏諷訕笑就是惡言惡語，但眼前這個妮可，看起來就跟一般孩子沒兩樣——正正常常，因馬兒險遭火焚、邪惡橫行於世，而心情沮喪。

然而，跟我一樣，史蒂薇．蕾很清楚妮可的眞面目。

「妳在這裡幹麼，妮可？」史蒂薇．蕾說。

「她剛剛幫蕾諾比亞和崔維斯把馬兒放出來。」夏琳說。

「是喔，我相信她會這麼做——就在她放完火之後。」史蒂薇．蕾說。

「賤人，別這樣跟我說話！」妮可不悅地說，語氣聽來熟悉多了。

「說話有分寸一點啊，妮可。」我說，上前一步站在史蒂薇．蕾身邊。

「夠了！」桑納托絲舉起手，掀起一股能量，在雨中劈啪作響，把大家嚇了一跳。「妮可，妳是個紅雛鬼，早該效忠你們這個族類唯一一位女祭司長。**不准**咒罵她，懂嗎？」

妮可雙臂交叉，抱在胸前，點一下頭。在我看來，她完全沒有愧疚的意思。撇開今晚發生的其他事情不談，她這種態度讓我火冒三丈。所以，我看著她，直接對她說出我心裡的話。「妳要搞清楚，這裡沒人會再忍受妳那德性。從現在開始，情況不一樣了。」

「首先，妳想傷害柔依的話，得先過我這一關。」史塔克說。

「妳曾經企圖利用我殺害史蒂薇．蕾。這種事以後絕不會再發生。」利乏音開口說。

「柔依、史蒂薇．蕾，」桑納托絲厲聲說：「要想被當作女祭司長來尊重，就得留意妳們自己的言行舉止。妳們的戰士也一樣。」

「她想殺我們欸，我們兩個欸。」史蒂薇．蕾說。

「那是以前的事！」妮可對史蒂薇．蕾咆哮。

「古代的黑暗再度橫行於世上，如果你們只是一群愛鬥嘴的小鬼，要怎麼跟它龐大的勢力對抗？」桑納托絲靜靜地說，聽起來既不鏗鏘有力，也不睿智，反倒顯得疲憊和無力。這樣的語氣，比剛才振動能量的力道更嚇人。

「桑納托絲說得對。」我說。

「妳在說什麼，柔？妳明知妮可的眞面目是怎麼回事。」史蒂薇．蕾指著她。「就像妳知道奈菲瑞特的眞面目，即使當時沒人相信妳。」

「我要說的是，桑納托絲說我們不該鬥嘴是對的。如果我們不團結，不堅強，根本沒辦法對抗奈菲瑞特。」我看著妮可。「所以，妳要不加入我們，要不滾蛋。」

「當柔依開始飆髒話，就表示她是認眞的。」愛芙羅黛蒂說。

「我同意她的話。」戴米恩說。

「我也同意，」達瑞司附和。

「我也是。」簫妮說。站在她身後的依琳則迅速接口說：「對。」

「我已經決定站在哪一邊了。」卡羅納嚴肅地說：「我想，其他人也都該做個決定了。」

「我才剛來這裡，但我知道選哪一邊才正確。我選擇跟他們在一起。」夏琳挪步，過來站在我們身邊。艾瑞克跟著她移動。他什麼都沒說，但他直視我的眼睛，點點頭。我對他微笑。有了這群朋友的呼應，我轉身面對桑納托絲，說：「不是我們愛鬥嘴，我們只是厭煩了被人使喚來使喚去。這些人自詡懂得怎麼做才對，卻一直把事情搞砸——比我們還糟糕。」

「糟糕得多。」愛芙羅黛蒂冷冷地說。

「妳這是幫倒忙。」我不由自主地對愛芙羅黛蒂說。然後，我告訴妮可：「所以，看妳要選擇哪一邊。」

「好，我選擇妮可這一邊。」她說。

「這代表妳選擇自私那一邊。」史蒂薇．蕾說。

「或者，討厭鬼那一邊。」依琳說。

「或者，不討喜那一邊。」愛芙羅黛蒂補上一句。

「桑納托絲走了。」蕾諾比亞急忙地說，指著女祭司長的背部。

「果然如我所料，」卡羅納聲音裡的怒火好似可以把雨撲熄，「她要回她文明的最高委員會，拋下我們獨自跟邪惡搏鬥。」

桑納托絲停步，轉身，黝暗的目光狠狠盯著長翅膀的不死生物。「誓約戰士，住嘴。我言出必行，不下於你。我是在跟隨死神的足跡。可悲的是，跟著這足跡，此刻我無法離開這所學校，在可預期的未來也不能離開。」語畢，桑納托絲繼續走開，走向冒煙的馬場入口。

「拜託，她說話有夠誇張。」愛芙羅黛蒂翻了翻白眼。「她都說了，死的不是成鬼，也不是雛鬼或馬，那，到底是啥鬼東西呀？難道死一隻蚊蟲也要大驚小怪？」

「妳有毛病啊？」妮可對著愛芙羅黛蒂搖頭。「看來妳的母夜叉本性怎樣都改不了。妳說話之前可不可以先用大腦想一下？桑納托絲說的當然不是蚊蟲之類的，她說的一定是貓咪。這裡唯一會讓她在乎的其他動物就是貓。」

這番話說得愛芙羅黛蒂啞口無言，也讓現場一片靜默。大家都明白，妮可說得沒錯。

我倒抽一口氣。「啊，不！我的娜拉！」

愛芙羅黛蒂對妮可皺起眉頭，說：「放心，我們的貓都在火車站——就連那隻不屬於我們的臭狗也在那裡。」

「女爵才不臭。」戴米恩說：「不過，我很高興她和坎咪都平安沒事。」

「萬一小惡魔有個三長兩短，我會活不下去。」簫妮說。

「我也是！」依琳附和。不過，她的語氣聽起來更像辯解，而非擔憂。

「我愛娜拉。」史蒂薇・蕾看著我的眼睛，我們兩人用力眨眼，克制淚水。

「我們的愛貓都很安全。」達瑞司低沉的嗓音讓我安心不少，但接著，艾瑞克開口了。

「不能因爲死的貓不屬於你們，就覺得沒什麼。」艾瑞克的口吻比平常成熟。「眞不曉得現在誰站在自私那一邊？」

我嘆了一口氣，準備附和艾瑞克，這時妮可冒出惱怒的聲音，邁步離去，循著桑納托絲走去的方向。

「妳要去哪裡？」史蒂薇・蕾喊道。

妮可沒停步，也沒轉身，但她的聲音飄進我們的耳裡。「不管死的貓是**誰的**，自私這一邊要去幫桑納托絲，因爲自私這一邊喜歡動物。動物比人友善。就這樣。」

「我聽不懂她在說什麼。」愛芙羅黛蒂說。

我賞她一個白眼。

「她在裝模作樣，那女孩不能信任。」史蒂薇・蕾瞪著妮可的背影。

「我倒可以告訴你們，妮可幫我把馬放出來，差點被煙嗆昏。」蕾諾比亞說。

「而且她的顏色改變了。」夏琳低聲說。

「噓。」艾瑞克碰一下她的肩膀。

「她曾經想殺我欸！」史蒂薇．蕾聽起來彷彿快氣炸了。

「喂，拜託，誰不想殺妳或柔依啊？嗯，還有我。算了啦。」愛芙羅黛蒂直截了當地說，並舉起手，阻止史蒂薇．蕾回嘴，然後接著說：「省省力氣吧，除非妳和史塔克還有那些白天會燒起來的紅雛鬼打算躲在這裡度過白天，不然我們最好早點上身障車，回火車站。喔，對了，鳥男孩也快從百分之百的男孩變成百分之百的鳥了。我想，這種事當著大庭廣眾發生可不怎麼好看。」

「我眞恨她又說對了。」史蒂薇．蕾告訴我。

「還用得著說。」我說：「好，你們去把要回火車站的人集合起來，好嗎？我去看看桑納托絲和死神或什麼鬼的是怎麼回事，待會兒在巴士上跟大家碰頭。」

「妳的意思應該是說，妳和我一起去看看桑納托絲和死神或什麼鬼的是怎麼回事，待會兒在巴士上跟大家碰頭。」史塔克糾正我。

我捏緊他的手。「我就是這個意思。」

「還有我。」卡羅納說：「我也跟你們一起去找桑納托絲，但我不回火車站。」他的嘴角微微上揚，目光從我身上移向他的兒子。「不過，我很快會再見到你們的。」

史蒂薇．蕾放開利乏音的手，撲進卡羅納的懷中，緊緊抱住他。這舉動嚇到了他，也嚇到了我們其他人，只有利乏音臉上綻開大大的笑容。「對，我們很快會再見面。再一次謝謝你來救你兒子。」

卡羅納笨拙地拍拍她的背。「不客氣。」

史蒂薇．蕾又牽住利乏音的手，兩人走向停車場。「好，我們去車上等你們。不過，記得，太陽就快升起來嘍，跟鐵一樣鐵定喔。」

愛芙羅黛蒂搖搖頭，勾住達瑞司的手臂。「『跟鐵一樣鐵定』，這是什麼鬼話呀？你想，她八年級有沒有念完？」

「反正妳去幫她招呼大家上車啦。」我說。

幸好，這時除了下雨，還刮起風，淹沒了愛芙羅黛蒂的回答。就這樣，她和達瑞司、守護圈的其他成員，以及夏琳和艾瑞克，都走開了。現在，只剩下我和史塔克、蕾諾比亞及卡羅納。

「準備好了嗎？」史塔克問我。

「嗯，當然。」我撒謊。

「那就去馬場嘍。」蕾諾比亞說。

跟在桑納托絲和妮可之後走向馬場時，我試圖做好心理準備，等著目睹可怕的情景。只是，我的驚嚇額度今晚已經滿了。所以，我只能伸手抹掉臉上的雨水，一步一步往前走。除了舒服的床，我對任何事物都沒有心理準備。

馬場裡的空氣溫暖乾燥，但有濃煙的味道。腳底下的沙又髒又溼。**龍老師一定不喜歡他上課的地方被弄得這麼亂**。我心裡這樣想著，卻見卡羅納指著燈光昏暗的馬場中央。我望過去，只辨識得出桑納托絲和妮可的模糊身影。

「那裡——就在那裡。」他說。

「我們眞應該點根火炬。」我們走過濡溼的沙地時，蕾諾比亞咕噥道：「那些人類撲滅馬廄的火時，連同煤氣燈一起滅了。」

我什麼話都不想說。不過，其實我很高興光線昏暗，什麼都看不清楚，因爲我知道，無論桑納托絲和妮可看到什麼，都一定很嚇人。我沒把心裡的話說出口，只抓緊史塔克的手，從他堅定的手借一點力量。

「走路小心。」桑納托絲在我們走近時說道，但她跪在馬場的沙地上，沒抬頭看我們。

「這裡有施咒的跡象。我要保留現場，仔細檢查，找出這樁暴行的罪魁禍首。」

我越過她的肩頭往地下看，一時之間不明白自己看見了什麼。沙地上畫了一個圓圈，圈圈裡的沙子看起來黝黑、詭異。圓圈正中央有兩團毛茸茸的東西。這兩團東西的旁邊沙地上寫了兩行字。我瞇起眼睛，想看清楚。

「到底是什麼啊？」我問。

紅吸血鬼的夜間視力比較好，所以當史塔克伸手摟住我，我知道不管那是什麼東西，情況絕對不妙，非常不妙。我正要追問，妮可從口袋裡拿出手機。「這東西有閃光燈，可能會刺痛眼睛，不過起碼可以拍張照片。」

她說得沒錯。下一秒，我就眨眼流淚，眼前冒出斑斑黑點。至於卡羅納，不死生物的視力不像吸血鬼那麼容易受光線影響。他凝重地說：「我知道這是誰的『傑作』。你們沒感覺到她來過這裡嗎？」

我眨了眨眼，視野逐漸清晰。我往前靠近時，史塔克試圖拉住我，但太遲了，我已明白自己看見什麼。「影疾！他死了！」

「被當作黑暗儀式中的祭品了。」桑納托絲說。

「還有圭妮亞。」妮可說。

我覺得自己快吐了。「龍老師和安娜塔西亞老師的貓？兩隻都遇害了？」

桑納托絲伸手輕輕撫摸影疾，然後撫摸蜷縮在他身邊的小貓。「這隻小的沒被當成祭品。她是因爲過度悲慟而停止心跳，不再呼吸。」女祭司長起身，對卡羅納說：「你說你知道這是誰幹的。」

「是的，妳也知道。奈菲瑞特拿戰士的貓獻祭，來酬謝黑暗，讓黑暗聽她使喚。黑暗所要的代價就是鮮血、死亡和痛苦。黑暗會一次又一次地索取這種代價，永不滿足。」他指著沙地上的字。「這些字足以證明我說的話。」

就著昏暗的光線，我看清楚了兩隻可憐的貓，但看不清楚旁邊沙地上的字。不必我開口問，史塔克摟緊我，開口唸出來：

獻上鮮血、痛苦與衝突，
我要工具人當我的刀斧！

「所謂工具人，就是奈菲瑞特稱爲元牲的那個東西。」卡羅納解釋。

「喔，天哪，這不僅證明這樁暴行是奈菲瑞特幹的，」桑納托絲的黑色眸子看著我，「也證明奈菲瑞特不是隨意挑上妳母親，作爲獻給黑暗的祭品。她是爲了創造她的工具人元牲，拿妳母親作爲酬謝。」

我的膝蓋癱軟，緊緊靠著史塔克，彷彿只有憑藉他的手臂支撐，我才能繼續站著。

「我就知道那該死的公牛小鬼不是好東西，」史塔克說：「絕不可能是妮克絲恩賜的禮物。」

「沒錯，工具人是黑暗利用痛苦和死亡製造出來，供奈菲瑞特差遣的生物。」桑納托絲說。

我透過占卜石見到的情況不盡如此，但我不能告訴他們。史塔克摟著我，龍老師剛死，兩隻貓咪慘遭不幸，我怎麼能說呢？可是，此時的我太脆弱——太疲憊，太難過，太困惑，怕無力看管自己的舌頭，不慎脫口說出西斯的名字。所以，我像個白痴，劈里啪啦地說：「元牲不只是這樣的生物！還記得有一次課後他問妳什麼嗎？他想知道他是誰，是**什麼**。妳說，他可以自己決定，不讓過往牽制未來。如果他是一個完全出自黑暗，純然屬於奈菲瑞特的工具人，怎麼會想了解自己是誰呢？」

「妳說得對。我確實記得元牲來問我這個問題。」桑納托絲點點頭，視線移向兩隻貓的屍體。「或許元牲不完全是一個空洞的工具。或許他和我們之間的互動，尤其是和妳的互動，觸動了他某部分的良知。」

我的情緒忽然激動起來，惹得史塔克投來驚訝、質問的目光。「那麼，他說的是實話！」我進一步解釋：「今晚，元牲在逃走之前說，『我選擇了不一樣的未來，我選擇了新的未來。』他的意思是，他並不想傷害利乏音或龍老師，可是一旦被奈菲瑞特控制，他就身不由己。」

「有道理。」桑納托絲點點頭，說話速度放慢，彷彿正試圖釐清這一團迷霧。「奈菲瑞特察覺她即將無法控制工具人，所以非得拿龍．藍克福特的愛貓當祭品不可。我們全都看見，元牲從牛變成男孩，逃走的時候又變回牛的樣子。」

「你們一定也注意到了，他變回元牲，見到自己對龍老師所做的事時，有多驚嚇。」我說。

「這改變不了元牲殺死龍老師的事實。」史塔克說。我可以感覺到他整個人繃緊，表情冰冷。我眞討厭他這個樣子。

「萬一因爲奈菲瑞特拿影疾來獻祭，他才會殺死龍老師呢？」我問，試圖提醒史塔克，正確答案或許不只一個。

「柔依，就算這樣，龍老師還是死了呀。」史塔克說，放下摟著我的手，往後退一小步。

「而且，就算這樣，元牲也不會變得比較不危險。」卡羅納說。

「但或許他不像我們一開始所以爲的那麼可怕。」桑納托絲邊推敲，邊說：「如果每次奈菲瑞特想操控他，就得大費周章，執行這種程度的獻祭儀式，那麼她就必須謹愼挑選利用他的時機和方式。」

「他一次又一次地說，他選擇了不一樣的未來。」我頑固地強調。

「柔，這不會讓元牲變成好人啊。」史塔克說，對著我搖頭。

「你們知道的，人會變。」妮可忽然開口，大家驚訝地看著她。顯然不只我一個人忘記她在場。

我不想出聲附和妮可，所以我咬緊下唇，焦慮地保持緘默。

「元牲不是人，無所謂好壞。」在昏暗的馬場裡，卡羅納低沉的聲音像炸彈，轟炸著我原已衰弱的神經。「元牲是工具，被創造來當奈菲瑞特的武器。所以，他有良心嗎？有能力改變嗎？」他聳聳肩。「這個問題，我們只能臆測。而且，老實說，這個問題重要嗎？長矛就算有良心，一樣是矛。重要的是誰在使用這個武器。顯然是奈菲瑞特在操控元牲。」

「你知道這件事有多久了？」我質問卡羅納。史塔克望著我，一副我已失去理性的表情，但我克制不住。雖然我不曉得該怎麼告訴他們，但我確實相信我透過占卜石看見西斯在元牲的裡面。「如果你知道元牲的眞面目，那你之前爲什麼不說？」

「沒人問我啊。」卡羅納說。

「胡說八道。」我說，我把我對自己，對元牲與西斯這個謎題的憤怒、沮喪和困惑，一股腦地發洩在卡羅納身上。「你還有什麼事情隱瞞我們？」

「妳還想知道些什麼？」他毫不遲疑地說：「小心點啊，小女祭司，或許妳不會眞的想聽到妳想問的答案。」

「還記得你應該是跟我們站在同一邊吧？」史塔克說，跨前一步擋在我和卡羅納之間。

「我記得的事可比你知道的多，紅鬼。」卡羅納說。

「什麼意思？」史塔克吼道。

「意思是，你並非一直都是好人。」妮可大聲說。

「不許妳這樣說他！」我衝著她怒吼。

「你們又鬧內鬨了！」桑納托絲大聲叱喝，激越的聲音翻攪著四周的空氣。「我們的敵人已經把我們的家園搞得天翻地覆，她犯下的命案不只一樁，不只兩樁，而是一樁又一樁。她已經跟我們所知最可怕的邪惡爲伍，你們卻在這裡相互攻擊。如果我們不能團結，她已經擊敗我們了。」

桑納托絲難過地搖搖頭，轉身背對我們，面向那兩隻貓。她跪在他們旁邊，再次以手逐一輕撫他們。這次，貓咪上方的空氣開始閃著微光，出現影疾和圭妮亞發亮的輪廓。只是，這兩隻貓的樣子不是冰冷地躺在沙地上的成貓，而是幼貓。肥嘟嘟，惹人疼愛的小貓咪。

「去找女神吧，小貓咪。」桑納托絲輕聲細語地告訴他們：「妮克絲和你們最愛的人都在等著你們。」小影疾伸出毛茸茸的腳掌，嬉鬧地拍了拍桑納托絲鼓脹翻飛的袖子，然後兩隻貓咪消失在一陣亮光中。我發誓，我聽見遠方傳來安娜塔西亞銀鈴般的笑聲，可以想見她和龍老師正熱切地迎接他們的貓咪來到另一個世界。

另一個世界……

我媽在那兒，還有龍老師、安娜塔西亞和傑克。如果我看錯了，其實西斯沒在元牲裡面，那麼現在西斯也在那裡。我自己去過那兒，知道另一個世界眞的存在，眞確得就像我知道自己存在。我也知道那是個不可思議的神奇地方，雖然我時辰未到，還不能留在那裡，但那裡的美依舊縈繞在我的心和靈魂裡，形成一個奇妙、安全的小泡泡，與我四周的現實世界大相逕庭。

「如果我們輸了，眞的有那麼糟嗎？」

直到史塔克搖晃我的肩膀，我才意識到自己居然說出了這句話。「妳在說什麼啊，柔？

我們不可能輸，因爲奈菲瑞特不可能贏，邪惡不可能贏。」

我看得出他的憂慮，感受得到他的害怕。我知道我把他嚇壞了，但我克制不了自己。我實在厭倦了一天到晚都是死亡和黑暗、愛和光亮之間的鬥爭。**為什麼事情不能就這樣結束**？**只要能就此了結，我什麼都願意！**「最糟還能怎樣？」我聽見自己這麼問，接著絮絮叨叨地自問自答起來。「奈菲瑞特會殺了我們。不過，死也沒那麼糟啊。」我揮手指向兩隻貓咪剛剛顯靈的地方。

「啐，自暴自棄到這種程度？」妮可嫌惡地低聲咕噥。

「柔依．紅鳥，對任何人來說，死亡都不是最可怕的遭遇。」桑納托絲說：「沒錯，似乎黑暗正當道，尤其今晚發生這些事之後，但愛和光亮猶存啊。想一想，席薇雅．紅鳥如果聽到妳這些話，會有多傷心。」

我的內心湧起一股罪惡感。桑納托絲說得對，的確有比死亡更糟的事，而這些事得由死者遺留在世上的人來承擔。我低下頭，靠近史塔克，握住他的手。「對不起，你們說得對，我不該那樣說。」

桑納托絲對我露出慈祥的笑容。「回火車站吧。祈禱，睡覺，從妮克絲告訴我們的話語中尋求撫慰與指引：**牢牢記住今晚在這裡療癒傷痛的經歷，你們需要這力量和寧靜，迎接迫**

近的戰役。」她遲疑了一下，重重地嘆一口氣，接著說：「妳的年紀是這麼輕。」

我好想大叫，**我知道！我年紀太輕，拯救不了世界！**但我只是沉默地站在原地，覺得自己愚蠢又沒用，看著桑納托絲彎腰抱起影疾和圭妮亞的身軀，以蓬鬆的長裙裹住他們，溫柔地將他們抱緊，彷彿他們是熟睡的小寶寶。接著，她對卡羅納說：「跟我來。我必須向冥界之子宣布他們的御劍大師的死訊。在這同時，我要你們替龍老師和這兩個小傢伙搭火葬柴堆。在點燃柴堆時，我會正式宣布你爲死神的戰士。」桑納托絲沒再多看我一眼，逕自走離馬場。卡羅納跟在她身後，瞄都沒瞄我和史塔克一眼。

「對了，你們這一邊遜斃了。」妮可搖搖頭，也逕自離去。

我可以感覺到史塔克盯著我，我握住的他那隻手似乎變得僵硬了。我抬頭看他，確信他正準備抓住我的肩膀搖晃，或對我咆哮，或最起碼再次問我，我到底哪根筋不對勁。

但是，他只是張開雙臂，對我說：「過來，柔。」他只是愛我。

4 元牲

元牲奔跑，不知道也不在乎他的身體要把他帶往何方。他只知道他必須遠離守護圈，遠離柔依，免得又犯下暴行。他的腳，已完全變成獸蹄的腳，奔過肥沃土壤，以非人的飛快速度，帶著他穿越冬天休眠的薰衣草田。風咻咻地吹過身旁，複雜的情緒朝元牲襲來。

困惑——他無意傷害任何人，卻殺了龍老師，說不定也殺了利乏音。

憤怒——他被利用，被控制，做出違反他意願的事！

絕望——永遠不會有人相信他無意傷害任何人。他是一頭野獸、黑暗的產物、奈菲瑞特的工具人。所有人都會恨他，柔依會恨他。

孤單——然而，不，他**不是**奈菲瑞特的工具。不管這一晚發生什麼事，不管她爲什麼能控制他，他不屬於奈菲瑞特，也**不會**屬於她。尤其在看到今晚目睹的事情……感受到今晚的感覺之後。

元牲感受到了光亮。即使他無法擁抱光亮，他已從神奇的守護圈認識它的良善力量，從元素的召喚中察覺它的美。在噁心的黑暗絲線占據並控制他裡面的那頭野獸之前，他見到了震懾靈魂的儀式，深深為之著迷。當光亮洗滌大地和他身上的黑暗痕跡，儀式達到最高潮。但他的淨化只維持頃刻，僅足以讓他明白自己鑄下什麼錯。然後，縱使戰士們對他的忿恨合情合理，無可厚非，當他們的憤怒和憎恨朝元牲席捲而來，他僅存的人性，只夠他趁隙逃逸，**沒有**殺害柔依。

當野獸變回男孩的痛苦蔓延全身，他戰慄、呻吟，醒覺後裸胸赤足，只穿一件撕裂的牛仔褲。元牲疲憊不堪，呼吸困難，全身顫抖，步履蹣跚。他內心交戰，痛恨自己，在黎明前的黑暗中漫無目的地遊走，不知道也不在乎身在何處。終於，他無法再對身體的需求置之不理，循著水的聲音和氣味，來到水晶般澄澈的溪邊。元牲跪下來，大口飲水，直到內裡的火焰澆熄。然後，強烈的疲憊和傷感掩至，他癱倒。內心的交戰敵不過無夢的昏睡，元牲沉沉睡著。

她的歌聲喚醒元牲。那歌聲是如此安詳，如此恬靜，所以一開始他不想睜開眼睛。然而，真正觸動元牲的，不只是那宛如心跳的韻律，更是歌聲裡的感情。那感情不同於他汲取自任何對手，促使他從男孩變身為野獸的猛烈情緒。那情感，來自她的歌聲本身──喜樂、歡欣、感恩。他並未跟著她一起體驗這些感覺，但這些感覺讓他得以想見喜悅，得以讓幸福的可能性嬉遊在他醒來的心裡。元牲不懂歌詞，但他不需要懂。她的昂揚歌聲超越了語言。

更加清醒之後，元牲想尋找歌聲的主人，想問她喜樂的問題，想了解他怎樣才能自己創造這種喜悅。元牲睜開眼睛，坐起來。他睡著的地方就在小溪畔，不遠處有一間農舍。蜿蜒的清澈溪水緩緩淌過細沙和石頭，譜出優美的潺潺樂章。元牲的視線沿著溪水往前移動，看見左邊有位婦人，穿著無袖洋裝，皮革製的長長流蘇上綴著珠子和貝殼。她赤足隨著歌曲節奏翩然起舞，舞姿優雅動人。雖然太陽才剛躍上地平線，清晨的空氣仍冷冽，她卻臉頰通紅，渾身散發出溫暖和活力。她手上那束乾燥植物冒著煙，輕煙繚繞著她，似乎也隨著歌聲裊裊舞動。

光是看著她，元牲就覺得滿心歡喜。他不需要把她的喜樂汲取過來，也能感受到，因為它清晰地在她四周湧動。婦人的喜悅滿溢而出，感染到他，他也隨之精神昂揚。她把頭往後甩，那一頭長及纖腰，穿插著青絲的銀髮也跟著往後拋。她高舉赤裸的手臂，彷彿要擁抱逐漸上升的太陽。接著，她以充滿律動的步伐開始繞圈。

元牲完全沉浸在她的歌聲中，沒察覺她已經轉身面向他，看見他。當兩人四目相交，他認出她來。是柔依的阿嬤，前一晚坐在守護圈正中央的婦人。他以為她發現他忽然出現在溪畔的長草之中，會驚愕得倒抽一口氣，或放聲尖叫，沒想到她只是打住歌聲，停下喜樂之舞，然後以清晰、平靜的聲音說：「我看見你了，**楚卡努思迪納**。你是昨晚殺死龍老師的變形人。你也想殺死利乏音，但沒成功。而且你衝向我摯愛的孫女，似乎也想傷害她。你來這裡，是爲了殺我嗎？」

她再次高舉雙手，深吸一口冷冽新鮮的早晨空氣，然後說：「若是如此，我要對天空說，我叫席薇雅．紅鳥，今天是死去的好日子，我將滿心歡喜地去崇高的大地之母那裡跟祖先見面。」語畢，她對他微笑。

就是這個微笑瓦解了他。他感覺自己整個人粉碎，以他自己都認不得的顫抖聲音說：「我來這裡不是爲了殺妳。我來這裡，是因爲我無處可去。」

接著，元牲開始哭泣。

淚眼朦朧中，元牲看見席薇雅．紅鳥只遲疑了一下，就再次仰起頭，然後點個頭，彷彿她問了一個什麼問題，已獲得答案。接著，她優雅地走向他，衣服上的皮革流蘇隨著她的步伐，在清晨涼風的輕拂下擺動。

她毫不猶豫地靠近他，盤起赤裸的雙腳坐下，雙手摟住他，把他的頭拉過去靠在她的肩膀上。

元牲不曉得兩人像這樣坐了多久，他只知道他哭泣時，她抱著他，輕輕搖晃，低聲唱歌，和著她的心跳節奏撫拍他的背。

終於，他抽身離開，羞愧地將頭別開。

「別這樣，孩子。」她說，抓住他的肩膀，強迫他看著她的眼睛。「在你轉身之前，先告訴我，你爲什麼哭泣。」

元牲抹抹臉，清清喉嚨，開口說話。「因爲我覺得很抱歉。」他覺得，自己的聲音居然如此稚嫩，而且聽起來非常愚蠢。

席薇雅．紅鳥看著他的眼睛。「還有呢？」她鼓勵他說下去。

他嘆出長長一口氣，向她承認。「也因爲我好孤單。」

席薇雅的深色眸子睜大。「外表的你不比眞實的你。」

「對，我是黑暗的怪物，一頭野獸。」他說。

她嘴角上揚。「野獸會難過得哭泣？黑暗有感受孤單的能力？我不這麼認爲。」

「那爲什麼我覺得哭是一件愚蠢的事？」

「你想一想，」她說：「哭泣的是你的靈魂。它哀傷，因爲它覺得難過和孤單。至於蠢不蠢，你自己決定。至於我，我早就認爲，眞誠的淚水一點都不丟臉。」席薇雅．紅鳥站起來，向他伸出看似柔弱，實則不然的小手。「跟我來，孩子，我的家爲你敞開。」

「妳爲什麼這麼做？妳昨晚已目睹我殺了一名戰士，重創另一人，還差點殺了柔依。」

她側著頭，端詳他。「你差點殺了柔依嗎？我不這麼認爲。起碼我認爲我眼前這個男孩不會殺她。」

元牲覺得自己的肩膀垮下來。「可是，只有妳這麼相信，沒有其他人會相信。」

「嗯，**楚卡努思迪納**，當下只有我一人跟你在一起，我相信還不夠嗎？」

元牲再次抹抹臉，站起來，重心有點不穩。然後，他小心翼翼地握住她纖弱的手。「席薇雅・紅鳥，這一刻，有妳相信就夠了。」

她捏捏他的手，面露微笑，說：「叫我阿嬤。」

「阿嬤，妳剛剛稱呼我什麼？」

她笑著說：「**楚卡努思迪納**啊，在我們的族語，這個詞的意思是公牛。」

他覺得自己渾身發燙，接著發冷。「我變成的野獸比公牛還可怕。」

「那麼，或許稱呼你**楚卡努思迪納**可以消除你裡面的部分可怕。孩子，稱呼是有力量的。」

「**楚卡努思迪納**，我會記住這個稱呼的。」元牲說。

元牲跟著神奇的老婦人走向她的家，依然覺得自己步履有點蹣跚。小農舍座落於冬眠的薰衣草田之間，是一間石砌的房子，門前有寬敞、恬適的露台。阿嬤領他到客廳的皮革大沙發坐下，拿了一條手工織毯裹住他的肩膀，對他說：「我要你的靈魂在這裡好好休息一下。」當元牲安靜地坐在那裡休息，阿嬤在一旁輕聲唱歌，生起壁爐的火，燒水準備煮茶，然後從另一個房間拿了一件運動衫和一雙皮革鞣製的鞋子給他。等客廳暖和，阿嬤歌唱完了，她便示意他跟她一起坐到一張小木桌旁，要他享用紫色盤子裡的食物。

元牲啜飲著摻了蜂蜜的草茶，吃著盤子裡的餅乾。「謝－謝妳，阿嬤。」他有點結巴地說。「餅乾很好吃，茶很好喝，這裡的一切是這麼地好。」

「這是甘菊和牛膝草煮的茶，我會用這道茶幫助自己平靜專注。餅乾是我自己研發的──薰衣草口味的巧克力脆片。我向來相信，巧克力和薰衣草對靈魂有益。」阿嬤微笑，咬一口餅乾。兩人靜靜地吃著。

元牲不曾這麼滿足過。他知道這是不可能的，但跟這名婦人在這裡，他眞的有一種歸屬感。這種感覺雖然奇怪卻美好，讓他開始跟她談心。

「昨晚奈菲瑞特命令我來這裡，她要我破壞儀式。」

阿嬤點點頭，沒有訝異的表情，只有沉思。「她當然不想讓大家發現她是殺害我女兒的凶手。」

元牲端詳著她。「妳的女兒被殺死，昨晚妳還目睹當時的情景，而今天，妳卻喜樂平靜。這種寧靜從何而來啊？」

「由內心而來。」她說：「也因爲我相信，除了我們所能見到的、我們所能證明的，還有別的力量在運作。舉例來說，起碼我應該怕你，甚至有人會說，我應該恨你。」

「很多人會這麼說。」

「然而，我既不怕你，也不恨你。」

「妳——妳反而安慰我，給我避風港。爲什麼，阿嬷？」元牲問。

「因爲我相信愛的力量。我相信我們應該選擇光亮，唾棄黑暗；選擇幸福，揚棄憎恨；選擇信任，摒棄猜疑。」阿嬷說。

「那麼，重點根本不在於我，而是在於妳本身是個好人，就這麼簡單。」他說。

「我不認爲當好人是很簡單的事，你認爲呢？」她說。

「我不曉得，我不曾試過當好人。」他沮喪地抬手爬梳他一頭濃密的金髮。

阿嬷臉上綻開微笑，眼睛露出皺紋。「沒有試過嗎？昨晚你被威力強大的不死力量操控，企圖阻止一場儀式，但奇蹟似地，這場儀式還是完成了。怎麼會這樣呢，元牲？」

「沒人會相信我說的是眞話。」他說。

「我相信。」阿嬷說：「告訴我吧，孩子。」

「我遵從奈菲瑞特的命令，來這裡殺利乏音，令史蒂薇·蕾分心，好破壞守護圈，讓儀式無法進行，但我實在辦不到。我無法破壞充滿光亮、那麼美好的東西。」他一股腦兒地說出實話，怕阿嬷阻止他，驅趕他。「黑暗掌控了我。我不想變身！不希望那頭公牛怪獸出現！但我無法控制。一旦牠出現，牠就只記得最後聽到的指令：殺了利乏音。幸好有元素的洗滌，光亮的撫觸，阻撓了野獸，讓我有足夠的時間掙得一點自主的能力，逃離現場。」

「所以，你殺死龍老師，是因爲他想保護利乏音。」她說。

元牲點點頭，羞愧地垂下頭。「我不想殺他，我眞的沒打算殺他。黑暗控制了野獸，而野獸控制了我。」

「可是，現在你不受控制。那頭野獸此刻不在這裡。」阿嬷輕聲說。

元牲迎視她的目光。「他在。那頭野獸始終都在這裡。」他指著自己的胸膛中央。「他永遠都在我裡面。」

阿嬷的雙手握住他的手。「或許，不過你也在這裡。**楚卡努思迪納**，記住，你確實控制了那頭野獸，而且時間久到足以讓你逃離現場。或許這是個開始。就從現在開始，你學著信任自己，這樣別人才可能學著信任你。」

他搖搖頭。「不，妳跟其他人不一樣。沒有人會相信我。他們只看見那頭野獸，沒有人會在乎我、相信我。」

「昨晚，柔依幫你擋住了戰士的攻擊。你能逃走，就是因爲她在保護你。」

元牲驚訝地直眨眼。他壓根兒沒想到這一點。當時他的情緒太混亂，沒察覺柔依到底採取了哪些行動。「她的確保護了我。」他緩緩地說。

阿嬷拍拍他的手。「別辜負她對你的信任。選擇光亮吧，孩子。」

「我試過，但失敗了！」

「更用力試試。」她說，語氣堅定。

元牲張口想辯駁，但阿嬷的眼神阻止了他。她的眼神顯示，她的這番話不只是一道命令——而是一種信任。

他再次低下頭。這次不是因爲羞愧，而是在回應隱隱閃爍的一絲希望。元牲刻意停頓片刻，品嘗這全新的美好感覺。然後，他輕輕將手從阿嬷的手底下抽出，站起來。面對她疑惑的眼神，他回應說：「我一定要證明妳說得對。」

「你打算怎麼做，孩子？」

「我必須找到自己。」他果決地說。

阿嬤的笑容溫暖燦爛，不意竟讓元牲想起柔依。這一想，那一絲隱隱閃爍的希望光芒逐漸擴大，直到他心裡暖烘烘的。「你要去哪裡？」阿嬤問。

「去一個我可以做對事的地方。」他說。

「元牲，孩子，記住，只要你控制住野獸，不再殺人，你隨時可以在我這裡找到避風港。」

「我不會忘記的，阿嬤。」

在門口，當阿嬤擁抱他，元牲閉上眼睛，深深吸入薰衣草的香味，感受母愛的撫觸。這氣味和撫觸一路伴隨著他緩緩開車回陶沙市。

就如收音機裡的男人說的，這是個燦爛的二月天，**溫暖到足以喚醒壁蝨**。元牲將奈菲瑞特的車停在尤帝卡廣場後方的空地上，然後讓直覺引導他，沿著那條名爲南約克城街的窄巷離開熱鬧的購物中心。還沒抵達環抱夜之屋的大石牆，元牲就已聞到濃煙的氣味。

元牲心想，**火一定是奈菲瑞特放的，聞起來有黑暗的氣味**。他不讓自己分心，思考這場火可能釀成的災害，只專注地聽從直覺。直覺告訴他，他必須回夜之屋尋找自己，也尋找他的救贖。元牲溜到牆邊的陰暗處，緊張得一顆心怦怦跳。他迅速而無聲地沿著校園東側的牆邊前進，來到那棵慘遭劈裂，部分殘幹倚在圍牆上的老橡樹。

元牲輕輕鬆鬆就攀上粗糙的圍牆，抓住殘樹的光禿枝椏，跳到圍牆另一側的地面上，然後蜷縮在橡樹底下的陰暗處。如他所料，明亮的陽光下校園空蕩蕩，雛鬼和成鬼都待在石砌的校舍裡，躲在拉上窗簾的黝暗窗戶後方。他在裂開的樹樁邊移動，打量夜之屋的狀況。

火燒的是馬廄，他一眼就看出來。火勢似乎沒蔓延，但馬廄的外牆已經傾塌，破洞以黑色的厚塑膠帆布蓋住。元牲貼近橡樹，小心翼翼地在殘根裂幹和混亂交纏的枝椏之間移動，心裡納悶著，校園其他地方都被悉心照料得整齊清潔，怎麼沒人想到要把這棵樹的殘骸清理掉。不過，他沒時間想那麼多。一隻巨大的渡鴉忽然停在他眼前低垂的一根枝椏上，發出一連串難聽聒噪的嘎啼聲、哨音聲和怪異惱人的咯咯聲。

「滾！走開！」元牲壓低嗓門，發出噓聲，想趕大鳥走，沒想到這隻生物卻扯開嗓門，叫得更大聲。元牲往前一躍，想掐住這東西的脖子，不料一腳絆到裸露的樹根。他向前摔倒，重重撲在地上。讓他吃驚的是，地面經他身體一撞，竟然裂開，他往下掉，迅速墜落，頭朝下，不停往下俯衝……

他的右側太陽穴一陣劇痛，接著，世界一片漆黑。

5 柔依

我在史塔克的懷裡睡著了。他忽然搖醒我，對我橫眉怒目，幾乎咆哮著說：「柔依！醒醒！別再說了！我是認眞的！」搞得我一頭霧水。

「史塔克？幹麼啦？」我坐起身，害像一團橘色甜甜圈般蜷縮在我肚子上的娜拉滾了下去。「**喵－呦－嗚！**」娜拉埋怨著，走到床尾。我看看我的貓，再看看我的戰士——他們兩個瞪著我的眼神，好像我犯下了滔天大罪。「幹麼？」我打了個大哈欠，說：「我才剛睡著欸。」

史塔克抓起枕頭，塞在背後，坐直身子，手臂交叉，抱在胸口，搖搖頭，然後把頭撇開不看我。「妳可不只是在**睡覺**。」

我眞想掐死他。

「說眞的，你到底哪根筋不對？」我問他。

「妳一直叫他的名字。」

「誰的名字？」我眨眨眼，腦中閃過恐怖電影《天外魔花》的情節，納悶史塔克是不是變成了外星大豆莢長出來的異形。

「西斯的名字！」史塔克繃著臉，說：「妳喊了三次，把我吵醒。」他依舊不肯看我。

「妳究竟夢到什麼？」

他的話嚇到我，害我心頭一時亂糟糟。我究竟夢到了什麼？我開始回想。我記得睡著之前史塔克吻我，我還記得那個吻很火辣，但我累死了，只回吻了他一下，便把頭倚在他的肩膀，昏睡過去。之後，我什麼都不記得，直到他搖醒我，吼著要我「別再說了」。

「我什麼都不記得。」我坦白告訴他。

「妳不必對我撒謊。」

「史塔克，我沒說謊。」我把散落在臉上的頭髮拂開，伸手摸他的手臂。「我眞的不記得我有做夢。」

這時，他才轉頭看我，眼神看起來好難過。「妳叫著西斯的名字。我的人就睡在妳旁邊，妳卻喊著他的名字。」

他的語氣讓我的心揪緊。我眞不想傷害他。我大可以告訴他，他這樣很可笑，竟然爲了我的夢話對我生氣，而我連自己說了什麼都不記得——但不管可笑不可笑，我是眞的傷到了史塔克，所以，我把手滑入他的手掌中。

「喂，」我輕聲說：「對不起啦。」

他跟我十指交纏。「妳是不是希望此刻在妳身邊的人是他，不是我？」

「不是。」我說。我從小就喜歡西斯，但我絕不會要他而不要史塔克。當然啦，如果今天被殺死的是史塔克，我也不會要他而不要西斯。不過，後面這句史塔克不需要知道，現在不需要，永遠都不需要。

同時愛兩個男人會把人搞得心煩意亂，即使其中一個已經死了。

「所以，妳喊他的名字，不是因爲妳希望在妳身邊的人是他？」

「我要的人是你，我發誓。」我靠近他，他張開雙臂擁抱我。我緊緊貼著他的胸膛，吸入他的熟悉氣味。

他親吻我的頭頂。「我知道我這樣很蠢，竟然忌妒死掉的人。」

「是啊。」我說。

「尤其我還滿喜歡這個死掉的傢伙。」

「對啊。」我同意他的話。

「可是，柔，我們兩個要在一起。」

我身體往後傾，好看著他的眼睛。「對，」我嚴肅地說：「我們要在一起。這一點永遠都別忘記。不管發生多麼扯的事，我都能應付，但我必須知道我的戰士會在旁邊守著我。」

「永遠，柔，我會永遠守著妳。」他說：「我愛妳。」

「我也愛你，史塔克，永遠愛你。」我親吻他，以行動告訴他，他絕對不需要忌妒任何人。同時，我趁這個機會，讓他火熱的愛燒掉記憶中那晚我透過占卜石見到的景象……

再次醒來時，我是熱醒。我仍依偎在史塔克懷裡，但他翻了身，一腳跨在我身上，把我裹在毛茸茸的藍色毯子裡。這次，他不再是無理取鬧的男友，而是像個熟睡的可愛小男孩。

娜拉還是窩在我肚子上，我趕在她出聲埋怨之前抱起她，一起靜靜地挪到床鋪上較涼爽的那一側。熟睡的史塔克伸出拿劍慣用的那隻手，微微動了一下，好像想摸我。我專心想著開心的事情——可樂、新鞋，以及不會對著我的臉打噴嚏的小貓咪。史塔克感應到了我開心的情緒，跟著放鬆下來。

我也試著放鬆，真的。娜拉盯著我，我搔搔她的耳後，低聲對她說：「對不起，又把妳吵醒。」她的臉頂著我的下巴，對著我打個噴嚏，然後跳回毛茸茸的藍色毯子，轉三圈，趴下，又蜷縮成一團毛球甜甜圈，睡起大覺。

我嘆一口氣。我應該學娜拉，蜷縮起來睡覺，但我的心太過清醒，清醒到開始想東想西。做愛之後，史塔克半醒半睡地低喃著，「只要我們在一起，其他所有事情都會解決的。」那時我相信他是對的，內心充滿安全感地沉沉睡著。

可惜的是，現在我完全清醒了，不由自主地又多慮起來。我在想，如果史塔克知道昨晚我透過占卜石看見什麼，他一定會收回**所有事情都會解決**這句話，又變成**我是一個嫉妒死人的吃醋先生**。

我伸手摸那顆小圓石。它串在纖細的銀鍊上，無邪地棲在我的胸脯，感覺好正常，就像任何一條項鍊那樣，沒散發出怪異的熱氣。我把它從T恤底下拉出來，緩緩拿高，然後深吸一口氣，做好心理準備，透過它望向史塔克。

沒什麼怪事發生。史塔克依舊是史塔克。我把項鍊移動一下，透過它看娜拉。她依然是那隻正在睡覺的橘色肥貓。

我把占卜石塞回衣服底下。萬一我昨晚看到的景象是我想像出來的呢？說眞的，西斯怎麼可能在元牲裡面？桑納托絲都說了，元牲是黑暗以我媽爲祭品所創造的生物，是被奈菲瑞特掌控的工具人。

可是，奈菲瑞特得殺了影疾才能**完全**控制元牲，而且他確曾問桑納托絲，他是什麼。

好吧，就算這樣，那又如何？元牲不是西斯。西斯已經死了，去了另一個世界中一個更深層的領域，一個我去不了的地方，**因為西斯死了**。

史塔克感應到我的煩躁，開始翻身，皺起眉頭。娜拉也又嘀咕起來。我可不想吵醒他們任一個，於是悄悄起床，躡手躡腳地鑽出掛在入口充當門板的毯子，離開房間。

可樂，我需要好好喝罐可樂。幸運的話，或許還會有「巧古拉伯爵」穀物片和還沒凝結發酸的牛奶。好吃。光是想到這些吃的，我就覺得舒服多了。我眞想好好吃一頓穀物片早餐，慰勞自己。

我拖著腳步沿昏暗的坑道走，經過幾條岔道及一個個以毯子遮住入口的房間——朋友們就在門毯後方休息，等著日落——直走到彷彿坑道末端死巷的凹室。這是我們當廚房用的公共區域，裡面擺了幾張桌子、幾台筆記型電腦，還有幾個大冰箱。「一定還有些可樂。」我自言自語，翻找第一台冰箱。

「在另一個冰箱裡。」

我嚇一跳，發出愚蠢的尖叫。「拜託，夏琳！別鬼鬼祟祟。妳差點嚇得我屁滾尿流。」

「對不起，柔依。」她走到三台冰箱中的第二台，拿出一罐富含咖啡因的全糖可樂，面帶歉疚的微笑，將可樂遞給我。

「妳怎麼不睡覺？」我在最近的那張椅子坐下，啜飲著可樂，努力不流露埋怨的語氣。

「是啊，其實我很累，也可以感覺到太陽還沒下山，可是我心裡有很多事。妳懂我的意思嗎？」

我哼了一聲說：「我超級懂妳的意思。」

「妳的顏色掉了一些。」夏琳若無其事地冒出這句話，彷彿說的是衣服顏色。

「夏琳，我不是很懂妳口中的顏色到底指什麼。」

「我也不確定自己懂多少，我只知道我看得見顏色，而且只要不多想，通常看得懂顏色的意思。」

「好，妳舉個例子，說說看妳對顏色的了解。」

「很簡單，就以妳爲例。妳的顏色沒有太大改變，多半是紫色帶銀色亮點。就連妳準備去妳阿嬤那裡進行儀式時，明知即將目睹令人難受的場面，妳的顏色還是沒變。我確認過妳的顏色，因爲……」她支支吾吾。

「因爲什麼？」我催促她說下去。

「因爲我很好奇。你們出發之前，我看過蠢蛋幫所有人的顏色。嗯，不過，我現在才想到這樣做會侵犯到別人。」

我蹙著額頭看她。「妳該不是讀得出我們的心思吧？」

「不是！」她跟我保證。「不過，我擁有眞視的時間愈久，練習愈多，就愈了解它。柔依，我認爲它是要讓我了解人，了解有時人們寧可隱瞞起來的那部分。」

「以奈菲瑞特爲例，妳說過，妳看到她外表光鮮亮麗，但裡面其實是死魚眼的顏色。」

「對，就像那樣。不過，有時也像我在妳身上看到的。我大概就像克拉米夏說的吧，愛管閒事。」

「那妳何不告訴我，妳從我身上看見什麼，這樣我就可以告訴妳，妳是不是太愛管閒事。」

「喔，妳在妳阿嬤家進行完儀式回來之後，顏色就變暗了。」她頓住，凝視著我，搖搖頭，改口說：「不對，這樣說不盡正確。妳的顏色不只是變暗，而是變渾濁。就像紫色和銀色攪在一起，顏色變濁了。」

「好，」我緩緩地說，開始明白她說的**侵犯**是什麼意思，「我懂了，妳見到我的改變。不過，這有點怪，因爲妳剛剛才說我的顏色通常不會變。在妳看來，這代表什麼意思呢？」

「喔，對，抱歉。我想，這代表妳對什麼事情——什麼重大的事情——感到迷惘。它困擾妳，讓妳心煩意亂。我說得對不對？」

我點點頭。「大致上對。」

「我知道這些，會不會讓妳覺得不舒服？」

我再次點點頭。「會，有一點。」我想了一下，繼續說：「不過，如果我可以相信妳不會跟別人說我的顏色變濁，對某些事感到迷惘，那我就不會太不舒服，覺得被妳侵犯。」

「我想也是。」她的語氣聽起來很難過。「我要妳知道，妳可以信任我，我從來就不是個大嘴巴。況且，這個天賦是我被標記時妮克絲賜給我的。柔依，妮克絲讓我**重見光明**。」夏琳一副快要迸淚的模樣。「我不想搞砸，我想要遵照妮克絲的意願來使用這個天賦。」

我看得出她很難過，也跟著難過起來——尤其她的難過跟我有關。「喂，夏琳，沒事。我了解那種責任重大，不想搞砸的感覺。唉，正在跟妳說話的敝人在下我就是搞砸女王呢。」我停頓一下，繼續說：「其實，這也是我現在感到迷惘的地方。我**不想**又做出愚蠢、不成熟的錯誤決定。我的一言一行不只涉及我自己，還影響到很多人。當我做出蠢決定，影響所及就像骨牌效應。雛鬼、成鬼和人類都會跟著遭殃。這種感覺糟透了，但改變不了我擁有妮克絲賜予的天賦，有責任妥善運用這個天賦的事實。」

有那麼一會兒，夏琳陷入沉思，我在一旁喝著可樂。其實我喜歡跟她聊天，至少好過自己一個人悶著頭想元牲、西斯、史塔克和奈菲瑞特的事，以及——

「好，這樣吧。」夏琳打斷我內心不算是沉思的思緒。「假設我發現某人的顏色改變了，我有責任告訴某個人嗎？比如告訴妳？」

「什麼意思？就像妳跑來找我，對我說：『嗨，柔依，妳的顏色變濁了，妳怎麼了？』」

「嗯，或許吧，只要我們是朋友。我心裡想的是，比如今天我見到妮可的變化。她的顏色原本跟達拉斯那夥人很像——血紅色，摻雜著褐色和黑色，很像什麼東西在風沙暴中流血。但昨晚在馬廄時，她的顏色變了。還是鏽紅色，但看起來比較清澈、明亮，沒那麼可怕。可以說變得比較乾淨吧。怪的是，我很確定她身上也出現藍色，但不是天空藍，比較像海洋藍。所以，我就想，會不會她不再那麼壞了。這一想，我覺得我想的沒錯。」

「夏琳，妳這些話聽得我一頭霧水。」我說。

「但對我來說很清楚！而且愈來愈明白了。我就是**知道**一些事情。」

「我懂了，而且我相信妳說的是實話。問題是，妳的**知道**很主觀。就像妳在給人們的生命打分數，而他們的顏色就是答案，只不過這是申論題，不是是非題，無法輕易判斷正確與否。這就表示，妳的回應要視很多不同的狀況而定，不是黑白分明。」我嘆一口氣。我這番話說得自己都迷糊了。

「柔依，生命本來就不是黑白對錯分明，人也不是啊。」她說完喝一口飲料，我這才發現那飲料是透明的。我心想，眞搞不懂怎麼有人要喝這種透明的碳酸飲料，既沒咖啡因，又不夠甜。這時，她繼續說：「不過，我明白妳想告訴我什麼。妳相信我可以看見人的顏色，但妳不相信我對顏色的判斷。」

我想否認，說一些話來安慰她，但我的內心有一種直覺讓我改變心意。夏琳需要聽的是實話。「基本上，沒錯，我就是這麼認爲。」

「嗯，」她抬頭挺胸，說：「我認爲我的判斷力不錯，而且愈來愈好。我希望我的天賦能幫上忙。我知道我們有一場仗要打。奈菲瑞特對妳母親下毒手，選擇黑暗，放棄光亮的事，我聽說了。妳需要我這種人幫忙，我可以看見別人的內在。」

她說得對。我確實需要她的天賦，但我也需要知道我能否信任她的判斷力。「好，這麼辦吧，妳張開眼睛留意，如果看見誰的顏色改變，就告訴我。」

「我第一個想告訴妳的就是妮可。艾瑞克跟我說過她的事，我知道她以前很壞。但眞實的情況顯露在她的顏色，而從她現在的顏色來看，她變了。」

「好，我會記住這一點。」我揚起眉毛，對她說：「說到這個，我無意說別人的壞話或怎樣，不過，妳得留意艾瑞克，他並不是一直——」

「他這個人傲慢自私。」她打斷我，堅定地迎視我的目光。「他憑藉著帥氣外貌和表演天賦，無往不利。對他來說，日子一向愜意，即使在妳甩掉他之後。」

「他告訴妳，我甩掉他？」我看不出夏琳的心腸壞不壞。聽她說話，她不像個壞蛋。不過，話說回來，我跟她並不熟。只是每次見到她，就會看到艾瑞克。我不介意，眞的，我不是忌妒。我只是覺得自己有責任提醒她。

「輪不到他告訴我，就已經有幾百萬個學生跟我說了。」她說。

「我對艾瑞克沒惡意。我的意思是，他想跟誰在一起就跟誰在一起，如果妳喜歡他，我絕對沒意見。」我知道自己有點兒話太多了，但就是沒辦法閉嘴。「同時，他也沒想跟我在一起。我們之間早就結束了。只是艾瑞克這個人——」

「很豬頭。」愛芙羅黛蒂的聲音拯救了我。她從我們身邊走過，打著哈欠，頭鑽入一台冰箱。「現在，妳聽到他的兩位前女友對他的評價了。這句話的重點是『前』女友。」她走到桌前，在我旁邊放下一罐柳橙汁，和一瓶看起來超級貴的香檳。「當然啦，柔不會說他豬頭，因爲她太有口德了。」愛芙羅黛蒂邊說邊走回冰箱，手探入冷凍櫃，接著裡頭傳出玻璃杯碰撞的聲音。她回來時，手裡拿著一只冰凍過起霧的水晶玻璃杯，杯型修長纖細，電視上的跨年派對會出現的那種杯子。「至於我，可就沒那麼有口德。艾瑞克，豬頭。」她彈開香檳瓶塞，先在玻璃杯裡倒入一點點柳橙汁，然後倒滿冒泡的香檳，滿到險些溢出來。她對著酒杯微笑，說：「香橙氣泡酒。就像我媽說的，**勝利者的早餐**。」

「我知道艾瑞克是個怎樣的人。」夏琳說。她的語氣沒有不悅，也沒有高興，但聽起來很有自信。「我也知道妳是怎樣的人。」

愛芙羅黛蒂對著夏琳揚起一道金色眉毛，長飲一口香橙氣泡酒。「請說。」

喔，不，我心想。我猜我該做點什麼來阻止即將發生的事，但這場面有點像站在鐵軌上，試圖推開卡在軌道上的汽車。被撞死很容易，移開車子很難。所以，我只是盯著她們倆，喝我的可樂。

「妳是銀色的，讓我想起月光，這代表妳被妮克絲撫觸過。但妳也有奶油黃的顏色，類似小蠟燭的燭光。」

「這代表什麼？」愛芙羅黛蒂端詳著她手上精心美容過的指甲，顯然不在乎夏琳怎麼回答。

「這代表，妳就跟小蠟燭一樣，一吹就熄。」

愛芙羅黛蒂瞇起眼睛，一掌拍在桌面上。「夠了，新來的。我受夠了對抗黑暗的鬼戲碼，可沒耐心忍受妳這張嘴，**或者**妳那自以爲無所不知的態度。」她看起來像是準備要掐夏琳的喉嚨。我正考慮奔去找達瑞司，就見到史蒂薇・蕾走入廚房。「嗨，大家好！早安！」她說著打一個大哈欠。「天哪，我累死了，冰箱裡還有沒有『山露水』汽水？」

「噢，拜託，現在不是早上，太陽才要下山。還有，爲什麼大家都醒了啊？」愛芙羅黛蒂不悅地舉起雙手。

史蒂薇・蕾對她皺起眉頭。「道早安是一種禮貌啊，即便嚴格來說不正確。還有，我本來就喜歡早起，這有什麼不對？」

「他是鳥欸！」愛芙羅黛蒂說，往杯子裡添上一些香檳。

「妳已經在喝酒了？」史蒂薇・蕾問。

「對，妳是哪位，管那麼多？我鄉下土包子版的老媽啊？」

「不是。如果我是妳媽，不管哪一種版本的，我就不會管妳喝酒當早餐，因爲妳媽本身就很不像樣。」史蒂薇・蕾把一瓶山露水放回冰箱。「現在，我覺得，喝汽水當早餐或許也不是好主意。這裡應該有『幸運符』穀物片吧。」

「那種穀物脆片好吃極了。」夏琳說：「如果妳找到，我也想吃一點。」

「我要『巧古拉伯爵』。」既然（起碼當下）愛芙羅黛蒂看起來不像要殺人，我又說得出話了。「如果妳看見，幫我拿一包。」

「香橙氣泡酒有什麼不對？」愛芙羅黛蒂說：「柳橙汁本來就可以當早餐。」

「那香檳怎麼說？那是酒精欸。」史蒂薇．蕾說。

「這是粉紅色的凱歌香檳，也就是上等香檳。光這一點就足以彌補酒精的缺點。」愛芙羅黛蒂說。

「妳眞的相信這一套？」夏琳問。

愛芙羅黛蒂看著我，故意不理夏琳。「那東西幹麼跟我說話？」

「我們都還沒回學校，我就已經頭痛了。」我告訴愛芙羅黛蒂。

「馬廄幾乎燒光了，加上原來的女祭司長變成凶殘的僞女神而被罷黜，所以我想，今天應該可以不用上學。」愛芙羅黛蒂說。

「不行，不行。」史蒂薇．蕾說：「正因如此，我們更**應該**去學校。桑納托絲需要我們。再說，我們還要幫龍老師舉行火葬儀式。雖然難過，我們卻必須在場。」

這番話，連愛芙羅黛蒂也無言以對。她繼續喝她的早餐，史蒂薇．蕾則給自己和夏琳倒一些「幸運符」（雖然這個牌子的穀物片裡有棉花糖，我還是覺得比不上我的「巧古拉伯爵」）。大家看起來悶悶不樂。

「我會懷念龍老師的。」我說：「不過，他能跟安娜塔西亞重逢，眞的很棒。況且另一個世界非常美好，眞的。」

「妳眞的見到他們重逢？」夏琳睜大眼睛問。

「我們都見到了。」我笑著說。

「那景象眞美。」史蒂薇．蕾說，吸吸鼻子，揉揉眼睛。

「是啊。」愛芙羅黛蒂輕聲說。

夏琳清清喉嚨。「聽著，愛芙羅黛蒂，我不是故意嘴巴這麼壞。我錯了，我不該這樣使用我的天賦。妳的月光色裡面確實有搖曳的黃光，但那不是因爲妳一吹就熄。這燭光色是妳獨特的地方，代表溫暖。事實上，這黃光之所以顯得微弱，是因爲妳多半時候隱藏起妳的溫暖和善良。但不管怎樣，這黃光依舊在。對不起。」

愛芙羅黛蒂的藍色眼眸冷冷地斜睨著夏琳，說：「少假好心了。」

「喔，拜託。」我說：「愛芙羅黛蒂，喝妳的早餐。夏琳，就我們剛才談到的事情來說，妳現在說的恰是一個好例子。我不質疑妳的天賦。我一點也不懷疑，我只是怕妳的解讀有問題。」

「我的解讀沒問題。」夏琳說，語氣沮喪，又有點像在辯白。「剛才愛芙羅黛蒂惹惱了我，所以我搞砸了。我已經說了，我對不起。」

「不接受。」愛芙羅黛蒂說，轉身背對夏琳。

這時戴米恩跑進廚房，手裡拿著iPad，看起來比他平常睡過他所謂回春美容覺之後的樣子邋遢。他匆匆走向我，舉高iPad，說：「妳們得看看這個！」

一開始，我看見螢幕上出現福斯二十三台的晚間新聞主播雪拉．希美子時，沒什麼特別的感覺。大家都喜歡雪拉，不只因爲她美到足以和吸血鬼媲美，更因爲她很眞實，不像那些常見的塑膠人頭主播。

愛芙羅黛蒂越過我的肩頭看著戴米恩的iPad。「希美子好正。我永遠忘不了有一次新聞播到一半，她在鏡頭前吐掉口香糖。我想，我爸一定會氣炸，因爲——」

「雪拉很棒，但這則新聞可不棒，」戴米恩打斷她，「而且還很糟。奈菲瑞特剛剛召開記者會。」

唉，要命……

6 柔依

大家全圍著看戴米恩的iPad。他按下播放鍵，福斯二十三台的影片開始播放。螢幕下方出現一行字：**陶沙市夜之屋陷入混亂**？接著，整個畫面是奈菲瑞特和一群穿著西裝的男人。她所在的地方很漂亮，好多大理石和裝飾藝術。我覺得眼熟，有點吃驚。雪拉．希美子在畫面外說話：

「**吸血鬼等同於暴力**？**知道是誰抱持這種看法後，您肯定會大吃一驚。福斯二十三台獨家新聞快報，陶沙市夜之屋的前女祭司長將召開記者會**。」

畫面冒出一則蠢廣告，戴米恩試著跳過廣告時，我說：「看來奈菲瑞特在市中心。」

「是馬佑飯店的大廳。」愛芙羅黛蒂冷冷地說：「還有，站在她後方的是我爸。」

「喔我的天哪！」史蒂薇．蕾的眼睛睜得又圓又大。「她要和市長一起召開記者會？」

「還有幾個市議員，就是他旁邊那些穿西裝的傢伙。」愛芙羅黛蒂說。

影片又開始播放，大家全閉上嘴巴，瞠目觀看。

「我在此正式宣布跟陶沙市夜之屋和吸血鬼最高委員會脫離關係。」奈菲瑞特果然厲害，竟能同時顯得既莊嚴又委屈。

「滿嘴屁話。」愛芙羅黛蒂說。

「噓。」大家要她安靜。

「奈菲瑞特女祭司長，為什麼妳要跟妳的同胞斷絕關係？」一名記者問。

「你我不能當同胞嗎？我們不都是有智慧的生命，有能力彼此相愛，彼此了解嗎？」這顯然是修辭性的反詰，因為不待有人回答，她緊接著說：「我受夠了吸血鬼的政治鬥爭。你們很多人都知道，我最近敞開夜之屋的大門，雇用了陶沙市的人類。我之所以這麼做，是因為我相信人類和吸血鬼可以自在共處，甚至能一起生活，一起工作，彼此相愛。」

史蒂薇．蕾發出作嘔的聲音，我則不敢置信地猛搖頭。

「但我承受來自吸血鬼最高委員會的莫大阻力，她們派遣代表死神的女祭司長桑納托絲來陶沙市，試圖介入此事。現在的吸血鬼當權者倡導暴力和隔離——請各位看看最近半年陶沙市中城逐漸增加的暴力事件。難道各位真的相信那些攻擊，尤其是失血案件，全都是人類的幫派分子所為？」

「女祭司長，妳的意思是，妳承認吸血鬼攻擊陶沙市的人類？」

奈菲瑞特誇張地伸手撫著脖子。「如果我能百分之百肯定，我早立刻到警局報案了，我只是有這種疑慮。但我是個有良心的人，所以決定離開夜之屋。」她對記者綻開燦爛的笑容。「拜託，請別再稱呼我女祭司長。從現在開始，我就只是奈菲瑞特。」

即使透過攝影鏡頭，我也看得出那名記者紅了臉，還對奈菲瑞特微笑。

「有人謠傳，現在出現了一種新的吸血鬼，記印是紅色的。妳能證實這項傳聞嗎？」另一名記者問。

「很遺憾，我可以證實。的確出現了一種新形態的吸血鬼——以及雛鬼。那些有紅色記印的吸血鬼多少是不健全的。」

「不健全？可以舉個例子嗎？」

「當然可以。我第一個想到的是詹姆士．史塔克——他原本在芝加哥，誤殺了導師後轉學到陶沙市。他是第一個紅吸血鬼戰士。」

我驚愕得倒抽一口氣。

「那個賤人在說妳的男朋友！」愛芙羅黛蒂說。

「就在昨晚，夜之屋的資深教師御劍大師龍．藍克福特被一頭牛戳死。當時——」她加重語氣，一副不敢置信的模樣——「詹姆士．史塔克就在他的身邊。」

「妳的意思是，這個叫史塔克的吸血鬼很危險？」

「恐怕是。事實上，許多這種新形態的雛鬼和成鬼都可能是危險人物，畢竟陶沙市夜之屋的新女祭司長是死神。」

「妳可以更具體說明——」

這時，其中一個穿西裝的男人跨前一步，打斷奈菲瑞特的話。「我個人非常關心吸血鬼社群的這些動態。如各位所知，我摯愛的女兒愛芙羅黛蒂將近四年前被標記，所以我非常了解，吸血鬼不喜歡人類插手他們的私人和政治事務，或者犯罪事件。長久以來，他們有自己的治安系統。然而，我要在此跟諸位及本地夜之屋的所有人保證，陶沙市市議會已決議，要設立一個委員會來協調吸血鬼與人類的關係。不好意思，今天的時間已不容各位再發問。」這個搶過麥克風說話的人，正是愛芙羅黛蒂的爸爸，陶沙市的市長。「另外，我還有件事要宣布，奈菲瑞特將加入市議會的這個委員會，職稱為吸血鬼聯絡人。此項人事安排即刻起生效。我再次重申，陶沙市很樂意跟想與人類和平相處的吸血鬼合作。」這時，眾多記者同時開口提問。市長舉起一隻手，面露微笑，一副高高在上的模樣（眞怪，這表情讓我想起愛芙羅黛蒂）。「奈菲瑞特會每週一次在《陶沙市世界報》的插頁版開一個專欄，透過這專欄回答諸位的各種問題。請記住，我們在此開啓了人類和吸血鬼的新夥伴關係，我們的步伐必須

穩健，以免破壞吸血鬼與人類之間的微妙平衡關係。」

我的眼睛始終盯著奈菲瑞特的臉，沒注意市長，所以我見到她瞇起眼睛，板起臉孔。接著，拉芳特市長對著鏡頭揮手，畫面切換到攝影棚裡的雪拉・希美子。戴米恩點一下螢幕，畫面變空白。

「啊，該死。我爸跟我媽在一起後，就沒剩多少智商，現在連僅剩的一點智商都報廢了。」愛芙羅黛蒂說。

「嗨，我好像聽到有人叫我的名字。」史塔克走進廚房，伸手撫順他那頭剛起床的亂髮，對我露出他那似笑不笑、性感冷傲的招牌笑容。

「奈菲瑞特剛剛召開記者會，跟全天下宣布你是個危險的殺手。」我聽到自己這麼告訴他。

「妳說她做了什麼？」他跟我一樣不敢置信。

「對，她做的還不止這些。」愛芙羅黛蒂說：「她還找了我爸和市議員助陣，讓自己看起來像個好人，把我們說成吸血惡魔。」

「喔，新聞插播一下，愛芙羅黛蒂，」史蒂薇・蕾說：「妳不再是吸血惡魔了。」

「喂，拜託，難不成我爸媽知道我的狀況啊？我已經好幾個月沒跟他們說話。對他們來說，只有需要利用我的時候，我才是他們的女兒——比方說現在。」

「要不是奈菲瑞特太可怕，其實整件事看起來挺有趣的。」夏琳說。

「奈菲瑞特搞得好像是她主動跟學校及最高委員會決裂，而不是她因爲殺了我媽而被踢出去。」我跟史塔克解釋。

「她怎麼可以這樣？」史塔克說：「吸血鬼最高委員會不會容許她這麼做的。」

「我爸就愛這一套。」愛芙羅黛蒂說。我注意到她把香檳放到一旁，這次只在玻璃杯裡添柳橙汁。「好幾年來，他一直想跟吸血鬼拉關係。我爸媽原本希望我能跟我媽一樣活躍能幹，後來死心了。所以我被標記，他們可開心了。」

我注視著愛芙羅黛蒂，想起許久之前，我無意間聽到她父母因爲她黑暗女兒領導人的頭銜被我拿走，而對她大發雷霆。眼前的愛芙羅黛蒂依然一副冰霜女王的模樣，但我仍聽得見她母親摑在她臉上的巴掌聲，仍記得她嚥下淚水的情景。聽到父親說她是「摯愛的女兒」，她一定很難受，因爲事實上他只想利用她。

「爲什麼？爲什麼妳爸媽想跟吸血鬼拉關係？」史蒂薇・蕾問。

「爲了得到更多錢、更多權力、更多美貌啊。換句話說，爲了想成爲很酷的人。他們一直想要的就是這個——又酷又有權力。他們爲了達成目的，不惜利用任何人，包括我，而現在顯然也包括奈菲瑞特。」愛芙羅黛蒂說。眞怪，剛好說出我心裡的想法。

「他們利用奈菲瑞特可達成不了這個目的。」我說。

「柔，妳說得對，她比毛坑裡的老鼠還不正常。」史蒂薇．蕾說。

「不管妳這比喻是什麼意思，妳說得沒錯。不過，事情沒那麼簡單。愛芙羅黛蒂的爸爸說話時，你們注意到奈菲瑞特的表情嗎？她顯然很不喜歡記者會就這麼結束。」我說。

「委員會、報刊專欄、穩健的步伐，看來都不討黑暗的伴侶喜歡。」戴米恩說。

「還有，她顯然很不高興市長打斷她的話，迴避記者關於危險分子的提問。」我說。

「我很樂意對奈菲瑞特構成威脅！」史塔克衝口而出，看起來依舊對這件事很震驚。

「我爸很擅長說一套做一套。」愛芙羅黛蒂說：「我現在就可以告訴你們，他一定以爲自己可以利用奈菲瑞特。」她搖搖頭，儘管語氣冷漠，表情卻顯得緊張。

「我們得去夜之屋了，現在。如果桑納托絲還不知道這事，我們得告訴她。」我說。

奈菲瑞特

人類實在懦弱、無趣、平庸得要命。記者會後，奈菲瑞特看著市長查爾斯．拉芳特皮笑肉不笑，敷衍記者，迴避跟危險、死亡和吸血鬼有關的問題。**竟然還有傳言說這傢伙魅力十足，深具潛力，可望選上參議員……**奈菲瑞特以咳嗽掩飾她差點忍俊不住的一聲嗤笑。這傢伙根本**一無是處**。奈菲瑞特原本還以爲愛芙羅黛蒂的父親多有能耐呢。

父親！來自過往的回音令奈菲瑞特震驚，她扶住鏤花鐵欄杆的手忽然握緊，趕緊再次咳嗽，掩飾手放開鍛鐵欄杆時發出的爆裂聲響。這時，她已失去耐心。

「拉芳特市長，你可以送我回頂樓嗎？」這本該是問句，但奈菲瑞特的語調聽來倒像命令。四位參加記者會的市議員和市長轉身看著她。她一眼就看穿這五個人的心思。

他們都被她的美貌所迷惑，渴望擁有她。

其中兩個對她的欲望強烈到願意拋家棄子，捨棄事業，跟她共築愛巢。

但查爾斯·拉芳特不是這樣的人。愛芙羅黛蒂的父親垂涎她——這點毋庸置疑——但他最主要的動機無關乎性欲。拉芳特最渴望的是滿足老婆對地位和名望的迷戀。眞可惜，這傢伙沒那麼容易引誘。

還有，他們全都怕她。

想到這裡，奈菲瑞特忍不住微笑。

查爾斯·拉芳特清清喉嚨，緊張地調整領帶。「當然，當然，送妳回房是我的榮幸。」

奈菲瑞特冷冷地對其他人點頭道別，不理會他們投射過來的火熱眼神，逕自和拉芳特步入電梯，回她的頂樓套房。

奈菲瑞特不發一語。她知道他很緊張，不像他外表那麼沉穩。在公開場合，他可以裝得既威嚴又迷人，但奈菲瑞特看得出來，他其實膽小又愚笨。

電梯的門打開，她走入頂樓套房的大理石門廳。「跟我喝一杯吧，查爾斯。」奈菲瑞特不讓他有機會婉拒，大步走向裝飾藝術風格的華麗吧台，倒了兩杯醇厚的紅酒。

果然如她所料，他跟著她走過來。

她把其中一杯遞給他。見他遲疑，她哈哈大笑，說：「這只是昂貴的上等紅酒cabernet，沒摻半滴血。」

「喔，是。」他接過酒杯，緊張地咯咯笑，讓她想起嬌小膽怯的寵物犬。

奈菲瑞特對男人有多厭惡，對狗就有多厭惡。

「其實今天我要揭發的不只是詹姆士·史塔克的眞面目。」她冷冷地說：「我想，陶沙市民有權利了解夜之屋的吸血鬼變得多危險。」

「我認爲，陶沙市民不需要無謂的恐慌。」拉芳特反駁她。

「無謂的恐慌？」她說，語氣尖銳。

拉芳特點點頭，摸摸下巴。奈菲瑞特知道他自以為看起來仁慈、睿智，但在她的眼裡，他根本是懦弱、可笑。就在這時，奈菲瑞特留意到他的手。那雙手又大又白皙，手指肥厚，看起來柔軟如女性。

奈菲瑞特一陣反胃，險些被酒嗆到，冷酷的表情頓時走樣。

「奈菲瑞特，妳還好嗎？」他問。

「我很好。」她趕緊說：「我只是有些不解。你的意思是，提醒陶沙市民這些新形態的吸血鬼有多危險，會造成他們的無謂恐慌？」

「我就是這個意思。記者會之後，陶沙市民就會提高警覺。大家不會容忍暴力行為，而暴力事件將被遏止。」

「是嗎？你打算怎麼遏止吸血鬼的暴力行為？」奈菲瑞特裝出輕柔的聲音。

「很簡單，只要照著今天的決議做就可以。妳已經提醒了社會大眾，加上妳擔任新成立的委員會聯絡人，扮演市政府與最高委員會之間的橋梁，我們便可以透過妳和他們對話，促進人類和吸血鬼的和平共處。」

「所以，你是要透過言語來阻止吸血鬼的暴力行為？」她說。

「對，透過口頭上的言語，也透過文字。」他點點頭，看起來很滿意自己的決定。「剛才出其不意提出報紙專欄的事，請容我在此向妳道歉。這是我的好友吉姆．瓦茲臨時想到的主意。他在《陶沙市世界報》插頁版『現場直擊』擔任資深主編。我應該先跟妳討論的，但下午妳造訪我的辦公室，捎來警訊後，事情發展得很快，立刻就傳開了。」

因為這一切都是我安排的——我要刺激你這無能的市政府動起來。現在，我要催促你行動，就像之前催促新聞記者和議員那樣。

「我來找你時，可沒打算這麼含蓄，只是提筆撰文。」

「或許妳沒這個打算，不過我在奧克拉荷馬州政治圈打滾近二十年，我了解選民。從容、緩慢的步調對他們才有用。」

「就像趕一群牛那樣？」奈菲瑞特說，毫不掩飾語氣裡的鄙夷。

「嗯，我不會這麼比喻，不過我發現，組個委員會，進行調查研究，了解民意，聽取市民意見，這些做法才有助於推動市政。」拉芳特輕笑一聲，啜飲著手中的酒。

奈菲瑞特將手藏在絲絨禮服的褶襴裡，握緊拳頭，用力一壓，利爪般的指甲刺破掌心，指尖底下立刻聚集了猩紅血珠。無知的人類所看不見的黑暗卷鬚，從奈菲瑞特的腿蜿蜒爬上來，尋覓著……吸吮著……

奈菲瑞特無視於熟悉的冰冷灼痛，越過拉芳特手上的酒杯，直直盯著他的眼睛，同時立即壓低聲音，開始吟誦：

與吸血鬼和平共處非你所願。
他們的火灼亮熾烈，為你歆羨。
委婉與書寫，滾到一邊！
你必須遵照我的——

拉芳特的手機忽然響起。他眨眨眼，呆滯的眼神頓時明亮起來。他放下酒杯，從口袋掏出手機，瞇眼看著螢幕，然後說：「是警局局長。」拉芳特碰觸一下螢幕，伸手抹臉，對著手機說：「局長，很高興接到你的電話。」然後點點頭，抬眼對奈菲瑞特說：「不好意思，我得接這通電話。我很快就回來跟妳討論委員會和報紙上問答專欄的事。」

市長迅速退入電梯，留下奈菲瑞特和那群飢餓的黑暗卷鬚。

她只讓它們吸吮少許血，就拂掉它們，然後舔了一下掌心的傷口，讓它癒合。黑暗絲線在她的四周怦怦顫動，逗留在半空，如一窩飄浮的蛇，急切地等待她下達指令。「你們欠我這一次。」她告訴它們，然後拿起室內電話，按下達拉斯的號碼。

他接起電話的口氣很不悅。「誰這麼早打電話給我！」

「閉嘴，小鬼！聽著，照我的話做。」奈菲瑞特聽到對方沉默下來，滿意地露出微笑。透過電話，她幾乎感覺得到他的恐懼。她開口——這次更能控制情緒——對紅吸血鬼下達指令：「學校很快就會知道我跟夜之屋決裂，與陶沙市議會合作。你應該知道，我只是要利用這些人類來製造衝突。在我公開回到你們身邊之前，你就充當我在夜之屋的手和耳目。既然我已經離開，你現在要假裝跟大家好好相處，並贏得老師的信任，跟藍雛鬼交朋友，然後做些你們這些小鬼最擅長的事：背後傷人，散播謠言，結黨結派。」

「柔依那群蠢蛋幫不會相信我的。」

「我說了，閉嘴，聽我的吩咐！柔依當然不會信任你，畢竟她跟史蒂薇．蕾的感情太好。不過，你可以破壞他們那群人的關係。其實他們之間的關係不像你以為的那麼緊密。試試孿生的，尤其是依琳。水比火更容易操控、改變。」她停頓，等著達拉斯回應。見他沒反應，她厲聲說：「你可以說話了！」

「我明白了，女祭司長，我一定會照妳的話做。」他跟她保證。

「很好。元牲回夜之屋了嗎？」

「我還沒看見他。起碼我確定火災發生後他沒跟大家聚在一起，也沒回宿舍。那火——

是妳放的嗎？」達拉斯問得吞吞吐吐。

「對，不過我不是故意的，應該說是幸運的意外。有造成重大損害嗎？」

「嗯，燒掉一部分馬廄，引起大騷動。」他說。

「有馬或雛鬼被燒死嗎？」她急切地問。

「沒有，只有那個人類牛仔受傷，但也只是受傷。」

「眞教人失望。現在，照我的吩咐去做。等我回來掌控夜之屋，成爲所有吸血鬼的特西思基利後，我會好好獎賞你。」奈菲瑞特按下終止鍵，結束通話。

她啜飲著酒，思索該怎樣慢慢把查爾斯．拉芳特凌遲至死。這時，臥房傳來窸窣聲，引起她的注意。她都忘了那個小夥子。這晚稍早她回到馬佑飯店時，這個服務生就大膽地跟她調情。當時，他顯然很樂意供血滿足她；這會兒，他既然已了解她差點將他榨乾，恐怕就沒那麼願意配合了。她站起來，拿著空了一半的酒杯走向臥房。從他剩下的血液裡，她應該能嘗到恐懼。

奈菲瑞特露出微笑。

7 柔依

接下來，史蒂薇．蕾和我應該要去教室見桑納托絲。在來學校的途中，我在身障車上已打了電話給她。在電話中我們沒多談，桑納托絲只說她知道奈菲瑞特召開記者會的事，要我們立刻去找她。

夜之屋聞起來依然充滿煙味，味道很嗆。不過，當車子駛入停車場，我察覺，學校不僅瀰漫煙的氣味，也瀰漫恐懼的氣味。唉，我有足夠的經驗，認得出那嗆鼻的味道。

顯而易見，學校還沒恢復正常。一小撮一小撮的雛鬼聚在一起，輕聲聊著，絲毫沒有要去上第一堂課的意思。平常，這應該很酷。我的意思是，哪個學生不愛下大雪、教室漏水之類的偶發事件，有個不上課的理由？不過，現在這一點也不酷，反而令人迷惘不安。

「好，我知道我這樣說很反常，不過我認為今天桑納托絲應該要求大家正常上課。」我們下車時，愛芙羅黛蒂竟再次詭異地說出我心裡的想法。「目前這種情況太遜了，彷彿陷入『沒奈菲瑞特我們過不下去』的恐慌。」愛芙羅黛蒂手一揮，涵蓋進一撮撮竊竊私語的雛鬼，以及分頭忙著兩件事情的成鬼和雛鬼——有的在清除馬廄的瓦礫，有的在堆疊拆下的木頭樑柱和薄板，搭龍．藍克福特的火葬柴堆。

「我同意，美人兒。」達瑞司嚴肅地說。

我趕緊默默地殷切祈求：**妮克絲，請幫我說出該說的話，做出正確的事，也幫我的守護圈、我的朋友，各個堅強有信心**。然後，我看著大夥兒，順著直覺，對他們說：「好，我很不想承認，但我還是得說，愛芙羅黛蒂說得對。」

愛芙羅黛蒂把金色長髮往後一甩。「我說得當然對。」

「學校需要恢復正常。悲哀的是，當前他們要恢復正常，就得靠我們了。」

「因爲其他人正常不起來了。」克拉米夏說。她戴著黃色短假髮，腳踩一雙五吋鞋跟的黑色漆皮高跟鞋，裙子很短，閃閃發亮。不知怎地，她這副野性的模樣讓我有那麼一剎那覺得，或許以後我該常穿高跟鞋。

「我是說眞的，克拉米夏。」我說。

「我也是啊。」她說。

「大家，聽著，我們可以表現得很正常，一種全新的正常，更有意思的正常。」史蒂薇．蕾對利乏音露出燦爛笑臉。

愛芙羅黛蒂哼了一聲，我不理她，對史蒂薇．蕾笑笑。「現在大家分頭行動。幾個人去馬廄幫忙，幾個人去處理火葬龍老師的柴堆。**記住，要正常。**」我語氣堅定地說：「要表現出平常的模樣。我們必須鎮定，幫大家回到正軌。沒錯，我們現在是有點兵慌馬亂，馬廄著火，貓咪被殺，龍老師也死了。而奈菲瑞特不只是邪惡、瘋狂，還把人類拖下水，讓他們面對他們無法理解也沒能力處理的情況。我們得堅強，站出來，讓夜之屋凝聚起來。就像我昨晚跟桑納托絲說的，我們不只是一群愛鬥嘴的小鬼。現在該是我們站出來，團結在一起，贏得尊敬的時候。」

「說得好，女祭司。」達瑞司說，我好想給他一個擁抱。「我這就去龍老師的火葬柴堆，散播平靜的氛圍。」他對愛芙羅黛蒂露出溫暖的微笑。「跟我去吧。痛失御劍大師的戰士見到妳，一定會振作起來。」

「帥哥，通常你到哪裡我就到哪裡，」愛芙羅黛蒂說：「不過，我需要一點時間陪柔。所以，我先跟她去找桑納托絲，待會兒再去火葬場找你，好嗎?」

她的話嚇到了我。我想到舉行完揭發眞相的儀式後，除了這一天稍早跟夏琳聊過，我還沒眞的跟誰好好談過話。巴士載龍老師的遺體回學校的途中，大家悲痛難抑，一路沉默。緊接著，便得面對火災和貓咪遇害的痛苦。然後幸好睡了一下——雖然沒睡好。所以，還沒人追問我元牲的事。這會兒，難不成愛芙羅黛蒂要拷問我了？我瞥她一眼，見她踮起腳尖親吻達瑞司，看起來就跟平常一樣——只瘋她的戰士，不屑其他一切。

「我也跟柔一起去。」史蒂薇．蕾的聲音喚醒神經兮兮地打量著愛芙羅黛蒂的我。「跟桑納托絲談完後，我會到火葬堆去。那裡肯定需要安定的力量，土元素正好派得上用場。」她迅速親了一下利乏音。「我們在那裡碰面？」

「好。」利乏音回吻她，溫柔地撫摸她的臉頰，然後看著我，說：「如果大家不反對，我這就去巡視圍牆，尤其是東牆，看奈菲瑞特的黑暗絲線有沒有在那裡出沒。」

「好主意。你們同意嗎？」我看著史塔克和達瑞司，兩位戰士點點頭。「好，很好。」接著我把注意力轉向史蒂薇．蕾。「史蒂薇．蕾，我想，召喚元素這個主意很棒。戴米恩、簫妮和依琳，你們也把元素叫到身邊吧，或許它們有助於支撐、強化我們的力量。不過，別做得太明顯……」我察覺自己說的話後，遲疑了一下。「不，不對。你們運用元素的力量時，要做得很明顯。」

「我懂妳的意思，柔。」戴米恩說：「夜之屋也該明白了，我們這邊有壯盛的良善力量相助，足以對抗黑暗。」

「壯盛的意思是很大。」史蒂薇．蕾解釋。

「我們知道那是什麼意思。」克拉米夏說。

「我可不知道。」簫妮說。

「我也不知道。」依琳說。

我好想對孿生的微笑，告訴她們，真高興見到她們說起話來又像以前那樣一唱一和。但依琳一說完話，立刻臉紅，轉身背對簫妮，而簫妮則一臉尷尬。於是，我只好暫時打消念頭。我在心中暗暗記住，要替她們點燃紅色和藍色蠟燭，請求妮克絲額外幫助她們和好如初——如果我找得到時間的話。唉，如果妮克絲有空幫這個忙的話。

我壓抑住一聲嘆息，繼續說：「好，很好，那就分頭行動，去做正常的事吧，比方念念書，上上圖書館。」

「對**我**來說這種事可不正常。」我聽見強尼咕噥道，惹得他身邊一些人哈哈大笑。

我喜歡他們的笑聲，聽起來好正常。

「那就去體育館玩籃球或什麼男孩子的玩意兒。」我說，實在沒辦法**不**對他們微笑。

「我要去餐廳。坑道裡的廚房像被蝗蟲掃過。柔，回坑道之前我們得跑一趟雜貨店。」克拉米夏說。

「好啊，去餐廳也很正常。還沒吃早餐的人，跟克拉米夏去餐廳吧。現在解散。對了，別聚在一起悶著頭猛吃喔，要記得跟其他人聊天。」我說。

雛鬼紛紛應聲答允，分成幾堆，跟著達瑞司、孿生的、戴米恩和克拉米夏離去，唯獨利乏音自個兒走自己的路。我瞅著他的背影看了一會兒，心裡想著，不知他能不能眞正融入大家；萬一不行，他和史蒂薇．蕾的感情該怎麼走下去。我瞥了史蒂薇．蕾一眼，她也正看著利乏音，滿臉愛慕之意。我咬著下唇，繼續擔憂。

「妳還好嗎，柔？」史塔克壓低聲音說，一隻手摟住我。

「沒事，」我說，依偎在他的懷裡。「我只是跟往常一樣擔心東擔心西。」

他捏捏我的肩膀。「很好，只要不哭哭啼啼就好。妳哭得一把鼻涕一把眼淚時，難看死了。」

我用力打他一下。「我哪有哭過？」

「喔，對，對，而且妳也沒流過鼻涕。」他說，對我露出他那臭屁卻可愛的招牌笑容。

「對啊，很不可思議吧？」我揶揄自己。

「對～～」他拉長尾音，然後親吻我的頭頂。

「喂，」我依偎在他的懷中，說：「你要不要去馬廄幫蕾諾比亞？我先去找桑納托絲，待會兒再去馬廄找你。」

他遲疑了一下，我可以感覺到他摟著我的手縮緊。史塔克不喜歡跟我分開，尤其是有些鳥事發生的時候。不過他還是點點頭，迅速說：「好，我去那裡等妳。」說著他親我的額頭，放開我，走向馬廄。他的體溫隨著他離去，我冷得打了個哆嗦。於是，只剩史蒂薇‧蕾和愛芙羅黛蒂跟我在一起。

「我跟妳們兩個去，不過，等我一下，我要先打個電話給我媽。我得讓她知道奈菲瑞特不僅滿口謊言，而且非常危險。」愛芙羅黛蒂說。

「妳覺得她會聽妳的話？」我問。

「絕對不會。」她毫不猶豫地說：「但總得試一試。」

「妳爲什麼不打給妳爸？我的意思是，當市長的是他，又不是妳媽。」史蒂薇‧蕾說。

「在拉芳特公館，當家作主的是媽媽。假使市長先生對奈菲瑞特略有認識，那情報一定是來自市長夫人。」

「那就祝妳好運嘍。」我說。

「是啊，隨便啦。」愛芙羅黛蒂說著拿起手機，走開一些。

這時，我很驚訝地看見原本跟一群人一起離開的夏琳脫隊，走了回來。「我可以跟妳們一起走嗎？」她的聲音輕柔，但字字句句說得清清楚楚，下巴抬高，彷彿準備開赴戰場。

「爲什麼？」我問。

「我想問問桑納托絲關於顏色的事。我知道你們告訴過我，別洩漏我擁有這項天賦的事，我也明白大家的意思，尤其不需要讓奈菲瑞特知道。不過，她已經不再是這裡的女祭司長了，而我有一堆疑問，得設法找到解答。就像戴米恩說的，已經很久沒人有眞視。所以，我在想，桑納托絲很聰明，又很老，或許可以解答我的一些疑惑。如果妳們不介意，我想跟妳們去找她。」她說。

我看著史蒂薇．蕾。「妳是她的女祭司長，妳同意嗎？」

「我不曉得欸，妳覺得呢？」

「我想，如果連桑納托絲我們都無法信任，那就大事不妙了。」我坦白說出我的感覺。

「對。我想，是團結起來，抵抗外敵的時候了，所以，我們應該相信桑納托絲是好人。好，我沒意見。」

「好，那就這麼辦。」我說。

「謝謝。」夏琳說。

「唉，根本是浪費時間。」愛芙羅黛蒂將手機放回她那超級可愛、閃閃發亮的范倫鐵諾名牌包，走了回來。「不過，還好，浪費的時間不算太多。」

「妳媽完全不聽妳的話？」我問。

「喔，她聽。不過，聽完後她只給我一個名字：娜莉・凡傑堤，然後就掛掉電話。」

「什麼？」我說。

「娜莉・凡傑堤是我媽的心理醫生。」愛芙羅黛蒂說。

「妳媽幹麼提她的名字？」史蒂薇・蕾問。

「鄉巴佬，因爲我媽要告訴我，她認爲我瘋了。其實她才不在乎我是不是眞的瘋了，她只是要讓我知道，她根本不想聽我說話，但她願意付錢給她的心理醫生，叫醫生聽我說話。」愛芙羅黛蒂聳聳肩。「反正是老套，我早習慣了。」

「妳媽這樣說眞壞。」夏琳說。

愛芙羅黛蒂瞇起藍眼睛，問她：「妳怎麼在這兒？」

「爲了她的天賦。」史蒂薇・蕾說。

「我可沒耐性聽妳們打啞謎。」愛芙羅黛蒂說。

「我有問題要請教桑納托絲。」夏琳說。

「所以她要跟我們一起去。」我說。

「隨便。」愛芙羅黛蒂擺出不屑一顧的表情。「要去就去。不過，妳先走，我有事跟她們兩個說，不想給有顏色的耳朵聽見。」

「夏琳，妳先走一步吧。」我趕在她們兩人又吵起來之前說：「我們在桑納托絲的辦公室碰頭。」

夏琳點點頭，皺眉瞪了愛芙羅黛蒂一眼，轉身離去。

愛芙羅黛蒂舉起一隻手，阻止我開口。「對，我知道，我應該友善一些，應該這樣，應該那樣。可是，她就是令我心煩，總覺得她在偷窺，而妳又躲不掉。」

我看著史蒂薇．蕾，以爲她會反駁，沒想到她只是搖搖頭，說：「我受夠了把死馬當活馬醫。」

「死馬？妳就只有這點高見？」愛芙羅黛蒂說。

「我不想再跟妳說話。」史蒂薇．蕾告訴她。

「好啊，不過現在我有正事非說不可。妳們不會喜歡我要說的事，但妳們得豎起耳朵聽仔細，不然妳們就跟我媽一樣。」愛芙羅黛蒂說。

「我們在聽啊。」我說。

史蒂薇．蕾雙唇緊閉，但點了點頭。

「首先，鄉巴佬，我知道，自從卡羅納在妳的鳥男孩身上滴了幾滴淚水，把他救活，妳對他就很有好感——」

「他爲兒子哭泣，滴下不死的淚水，奇蹟似地把他從死亡邊緣救回來欸。拜託，妳也在場，妳親眼見到了！」史蒂薇．蕾說。

「咦，妳不是不再跟我說話嗎？不過，妳倒替我說出了重點。才幾小時前，我們還認爲卡羅納跟奈菲瑞特一樣瘋狂危險，但現在，他忽然成了死神的戰士。接著，全校將爲他傾倒，就像上次他破土而出時那樣。我們得頭腦清楚一點，起碼我會保持腦袋清醒。如果妳們兩個願意跟我一樣頭腦清楚，那就太好了。」

「我永遠不會信任他。」我低聲說出心底的話。

「柔，他對桑納托絲立過誓了。」史蒂薇．蕾說。

我看著她的眼睛。「他殺了西斯，也殺了史塔克。他所以願意救活史塔克，全是因爲妮克絲逼他償還西斯的生命之債。史蒂薇．蕾，我在另一個世界跟卡羅納交手過。那時，卡羅納問妮克絲，何時可以原諒他，她說，只有當他值得原諒，他才有資格開口問這個問題。」

「或許他現在正努力改過向善，讓自己值得被原諒啊。」史蒂薇．蕾說。

「或許其實他還是在耍手段、撒謊、強暴、殺戮，無惡不作。」愛芙羅黛蒂反駁道：

「如果柔依和我錯了，那很好，妳可以說『我就告訴過妳們吧』，到時我們會笑笑認輸，開個該死的派對來慶祝。可是，萬一我們對了，等他再度興風作浪，我們才不會措手不及。」

史蒂薇．蕾嘆一口氣。「我知道，我知道。妳說得有理。我不會百分之百信任他的。」

「好，不過，妳也要留心妳的鳥男孩。他百分之百相信他爸，這代表卡羅納很可能再次利用他。」

史蒂薇．蕾繃著一張臉，但還是點點頭。「好，我會的。」

「第二件事——」愛芙羅黛蒂非常專注地看著我——「昨晚妳管那頭該死的牛叫西斯，妳到底在想些什麼？」

「什麼？」史蒂薇．蕾衝口而出，「不會吧？是真的嗎，柔？」

好吧，我大可以撒謊，說愛芙羅黛蒂瘋了，出現幻聽。我的意思是，昨晚發生一堆很扯的事，不是嗎？更甭提所有的元素強烈顯靈，情況一團混亂，大家只清楚看見奈菲瑞特殺了我媽，只知道她是黑暗的伴侶。其他一切，誰又知道發生了什麼事呢？

還有，我不是差點死翹翹嗎？

但我想起以前對朋友撒謊所付出的慘痛代價——不只朋友有段時間無法信任我，連我也瞧不起自己。撒謊的感覺很不好，彷彿背叛了女神，背離了她要我走的道路。

所以，我深吸一口氣，一股腦地說出實話：「昨晚當我透過占卜石看著元牲，竟看見西斯。我嚇一跳，喊出他的名字，元牲轉身，看著我，然後開始變成牛。就是因爲這樣，他衝向我時，我才會直挺挺地站在那裡，告訴他，他不會傷害我。報告完畢。」

「妳徹底瘋了。眞是的，我不該那麼早丟掉那個心理醫生的電話。妳應該去做精神鑑定，乖乖吃藥。」

「嗯，我說話不會像愛芙羅黛蒂那麼毒，不過，柔，妳這些話眞的沒道理欸。西斯怎麼可能出現在元牲旁邊？」

「我不知道！還有，他不是在元牲旁邊，他看起來像是在元牲的身上發光。或者應該這麼說，他發出月光石的光，光整個遮蔽了元牲。」我氣自己無法描述當時見到的景象，沮喪得想大叫。

「他看起來像鬼魂嗎？」史蒂薇．蕾問。

「有可能喔。」愛芙羅黛蒂說，對著史蒂薇．蕾點頭，彷彿兩人正在設法解決謎團。「那時我們正在進行召喚死神的儀式，而西斯死了，所以搞不好我們把他的鬼魂叫出來了。」

「我不這麼認爲。」我說。

「可是，妳也無法確定，對吧？」史蒂薇．蕾說。

「對，我什麼都不確定，我只知道占卜石是古老的魔法，很厲害，但讓人難以預料。要命，除了斯凱島，它根本不該出現在其他地方。所以，當我在這裡透過它看見東西，我也不知道那到底是怎麼回事。」我舉高雙手。「或許這一切都是我想像的，也或許不是，連我自己都覺得不可思議。我以為我見到西斯，然後元牲就變成公牛，一溜煙逃走了。」

「這整件事發生得實在太快了。」史蒂薇・蕾說。

「下次妳遇到元牲時，記得透過那該死的石頭好好看他。」愛芙羅黛蒂說：「還有，別跟他獨處。」

「我才沒有要跟他獨處！我連他在哪裡都不曉得。」

「很可能回到奈菲瑞特身邊了。」愛芙羅黛蒂說。

我應該閉嘴的，但我聽見自己說：「他說，他選擇了不一樣的未來。」

「是啊，在他殺死龍老師，差點害利乏音沒命之後。」愛芙羅黛蒂說。

我嘆一口氣。

「史塔克怎麼說？」愛芙羅黛蒂問。見我沒回答，她揚起一道金色眉毛。「喔，我懂了，妳還沒告訴他，對不對？」

「對。」

「這一點我不能怪妳，柔。」史蒂薇．蕾輕聲說。

「他是她的戰士欸——她的守護人。」愛芙羅黛蒂強調。「不管史塔克有多傲慢，多討人厭，他有必要知道柔依對元牲有感覺。」

「我對元牲沒感覺！」

「好，妳對元牲沒感覺，但對西斯有感覺，而妳認為西斯很可能是元牲。」愛芙羅黛蒂搖搖頭。「妳知道這聽起來有多扯吧？」

「我的人生本來就很扯。」我說。

「史塔克必須知道元牲會讓妳無法招架。」愛芙羅黛蒂斬釘截鐵地說。

「他才沒讓我無法招架！」

「告訴她，鄉巴佬。」

史蒂薇．蕾眼神閃躲，不敢看我。

「史蒂薇．蕾？」

她嘆一口氣，終於看著我。「只要妳認為西斯說不定真的附身在元牲身上，即便可能性不大，妳就無法冷靜客觀地看待他。我懂這種感覺。如果我失去利乏音，然後在某人身上看見他，雖然明知這很扯，我知道我一定無法抗拒那個人。」她指著自己的心臟，「這裡無法抗拒。」接著，她指著自己的頭，「多數時候，這裡也無法抗拒。」

「所以，妳必須跟射箭小子講這件事。」愛芙羅黛蒂說。

我不願意，但我知道她們說得對。「好，我會告訴他，雖然我一點也不想。」

「我也會跟達瑞司講。」愛芙羅黛蒂說。

「那我來跟利乏音說。」史蒂薇・蕾說。

「爲什麼！」我整個人快爆開了。

「因爲妳身邊的戰士都必須知道這件事。」愛芙羅黛蒂說。

「好，」我咬牙切齒地說：「就他們幾個知道，不可以讓別人知道。我受夠了旁人談論我和男孩的事。」

「柔，妳和男孩之間確實有事啊。」史蒂薇・蕾輕快地說，還挽住我的手。

「我們也得告訴桑納托絲。」我們三人終於邁步走向桑納托絲的教室時，愛芙羅黛蒂說：「她所感應的是死亡，所以她應該懂鬼魂之類的東西。」

「要不要乾脆把這件事登在《陶沙市世界報》，讓奈菲瑞特針對它寫一篇該死的問答專欄？」我說。

「小心，妳快講髒話了。『該死』是入門髒話，下一次妳一不留神就會飆出『幹』

字。」愛芙羅黛蒂說。

「『幹』用飆的啊？聽起來怪怪的。」史蒂薇．蕾說，還搖搖頭。

我加快腳步，幾乎是拖著史蒂薇．蕾走，逼得愛芙羅黛蒂必須小跑步跟上。她們一路上還在討論髒話，但我沒有理會，因為我正在擔心。

我擔心學校的情況。

擔心元牲與西斯的事。

擔心得把元牲與西斯的事告訴史塔克。

還有，擔心我揪緊的胃，也擔心在緊急關頭，我的大腸激躁症再次發作。

8 簫妮

「戴米恩，我想我應該離馬廄遠一點。蕾諾比亞遇上的火已經夠大了。」簫妮看看戴米恩，再看看依琳。雖然柔叫他們散開，三人卻沒眞的分開，而是相偕離開，一起商量著三人各自的元素可以在哪裡發揮最大效果。

「妳說得對。」戴米恩同意。「妳到龍老師的火葬堆去比較適合。那裡很快會需要妳。」

簫妮的肩膀垮下來。「對，我知道，可是我一點也不想去那裡。」

「只要叫出妳的元素，輕鬆就能搞定。」依琳開口。

簫妮看著她直眨眼，不只訝異她開口說話──自從兩人不再扮演孿生好姊妹的角色，依琳始終躲著簫妮，不和她說話──更對她那輕鬆的語調感到驚訝。她把火葬龍老師說得跟點燃火柴一樣。「依琳，火葬龍老師可不輕鬆，不管有沒有用到我的元素。」

「我說的不是那種**輕鬆**。」依琳一臉不悅。簫妮心想，最近依琳似乎老擺著一張臭臉。

「我只是想告訴妳，一旦親近元素，妳就不會那麼容易受其他事情影響了。不過，或許妳跟火元素沒那麼親近。」

「我聽妳在放屁。」簫妮怒火中燒。「我跟火元素的親近程度不下於妳跟水元素。」

依琳聳聳肩。「隨便。反正我只是想幫妳。從現在開始，我不會管閒事了。」她轉而對戴米恩說話——戴米恩的視線游移在她們兩人之間，好像拿不定主意，不知該介入調停，或者轉身跑開——「我去馬廄。蕾諾比亞應該很高興見到水元素，況且，我運用**我的**元素可一點問題都沒有。」說完，依琳轉身離去。

「她向來都這樣嗎？」簫妮聽見自己問戴米恩這個縈繞她心中數天的問題。

「妳所謂的『這樣』是什麼意思？」

「冷血無情。」

「要我說眞話嗎？」

「對，依琳一向冷血無情嗎？」

「簫妮，我很難回答欸。」戴米恩輕聲說，彷彿深怕不小心傷了她。

「跟我說實話，就算很難聽。」她說。

「嗯，**老實說**，在妳們兩個鬧不合之前，我簡直分辨不出各別的妳們是怎樣的人。我認識的妳們，從來就是連在一起的。妳們說話總是一唱一和，彷彿兩人一體。」

「那現在呢？」見戴米恩遲疑，簫妮催促他說下去。

「現在不一樣。現在妳們有各自的個性。」他對她微笑。「我只能說，在大家眼裡，妳顯然是那個有血有淚的人。」

簫妮盯著依琳的背影。「我以前就知道她的個性，覺得很困擾。你知道的，她老是說話帶刺，愛講是非，嘴巴又惡毒。可是，跟她在一起也很好玩，而且很酷。」

「好玩，是因為她老是在損別人。」戴米恩說：「酷，是因為她排擠別人，讓自己看起來比別人優秀。」

簫妮迎視他的目光。「我懂，我現在懂了。以前我只知道我們是死黨，而我需要這樣一個好友。」

「那現在呢？」他問。

「現在，我要學著喜歡自己。如果我一直扮演半個人，我就不可能做到。我也厭倦了成天說話帶刺，耍嘴皮子，或者大剌剌地說話傷人。」她搖搖頭，覺得既難過又蒼老。「我這樣說，不代表我認為依琳糟透了。其實，我希望她能跟我以前所以為的那樣，既酷又有趣。我想，我已經開始明白，她能不能成為這樣一個人要看她自己，與我無關。」

「妳比我以爲的聰明。」戴米恩說。

「我的課業成績很爛欸。」

他笑著說：「聰明有很多種，不光是念書。」

「眞高興聽到你這麼說。」

「喂，別低估自己。如果妳認眞一點，成績應該也會很好。」

「我知道對你來說，成績好是一件好事。不過，我還挺滿意別種聰明的。」戴米恩大笑，簫妮接著說：「我這就去火葬堆那邊，在那裡我或許多少有幫助。」

「對妳自己有幫助？還是對戰士有幫助？」

「都有吧。我不知道。」簫妮說，嘆一口氣。

「我相信對妳和戰士都有幫助。」他說：「我去四處繞繞——像風一樣，把流連在這裡的黑暗吹走。」

「你也感覺到黑暗了？」

他點點頭。「我可以感覺到這裡的能量很負面，畢竟短時間內發生太多壞事了。」戴米恩側著頭，打量簫妮。「現在，再仔細想想，我認爲妳不需避開馬廄。火不是壞東西，**妳**並不壞。蕾諾比亞清楚這一點。還記得吧，上次妳把馬蹄加熱，讓大家冒著冰風暴騎馬逃走？」

「我記得。」簫妮說，憶起這段往事讓她的心情愉快不少。

「那麼，去火葬堆那邊吧，去幫幫忙——但也到馬廄看看。去提醒大家，火不只能釀災，重點是如何調遣它。」

「我猜，你是要說，怎麼使用火才重要。」

戴米恩露出燦爛的笑容。「瞧，我就說吧，妳的成績也可以變得很好。這是個很重要的觀念：就看妳怎麼運用，包括怎麼運用權力或影響力。」

「你說得我的頭好疼。」簫妮說，也忍不住笑出來。

「好，那麼，待會兒馬廄見嘍？」

「好，待會兒見。」

戴米恩邁步走開，但旋即折回來，猛地給簫妮一個緊緊的擁抱。「我真高興妳能當自己。如果妳需要朋友，我就在這裡。」他告訴她，然後疾步往馬廄的方向走去。

簫妮眨巴著眼睛，把淚水嚥回去，微笑地看著戴米恩那頭蓬鬆的褐色頭髮飛揚在他自己的微風中。「火，」她低聲說：「請帶給戴米恩一些火花。他應當找一個帥哥，讓自己快樂起來，因爲他總是努力帶給別人快樂。」

最近幾個星期以來，就屬這一刻她最快樂。簫妮開始往另一個方向走去。比起戴米恩，她的步伐顯得既緩慢又慎重，但她已不再害怕前往她要去的地方。她一點都不期待火葬的場面——她可不是依琳，無法麻痺自己的感覺，不去感受悲傷和痛苦。**況且，我也不要我的心變得冰冷無情，儘管那樣比較不痛苦**。她默默地做出決定。

簫妮集中精神，從火元素穩定的溫暖之中汲取力量。**謝謝妳，妮克絲，我會好好地運用火元素**。就在這時，旁邊冒出不死生物的聲音，打斷她的思緒。

「我還沒跟妳道謝。」

簫妮抬頭，看到卡羅納就站在神殿前方的妮克絲雕像旁。他穿著牛仔褲和皮革背心，看起來就像龍老師以前的裝扮，只差這件背心的尺寸比較大，而且兩側開縫，好讓黑色翅膀穿過去，在背部收攏起來。另外，這件背心上沒有女神的繡像。不過，這會兒，他以那雙超逸絕塵的琥珀色眼眸凝視著她，簫妮無法想那麼多。

他實在好看得太脫俗了。簫妮搖頭甩開這個念頭，專注於他說的話。「跟我道謝？爲什麼？」

「因爲妳給我手機。沒有手機，史蒂薇．蕾就無法打電話給我，叫我去救利乏音。要不是妳，利乏音很可能會死。」

簫妮的臉開始紅燙。她聳聳肩，想不透自己怎麼會忽然緊張起來。「重點是她打電話給你時，你決定來救利伐音。其實你大可不接電話，繼續當個壞爸爸。」簫妮衝口而出後才驚覺自己說了什麼話，趕快抿緊嘴巴，告訴自己，**別再亂說話！**

兩人陷入尷尬的沉默，久久之後卡羅納才開口說：「妳說得沒錯，我一向不是個好父親。即便現在，無論對我哪個孩子來說，我也仍然不是好爸爸。」

簫妮看著他，不確定他是什麼意思。他的語氣聽起來很怪。她覺得，他應該會流露悲傷、嚴肅，或憤怒的口吻，但他似乎只覺得驚訝，還帶上些許的尷尬，彷彿他這會兒才想起自己不是好父親。她眞希望能看見他的表情，但他將臉別開，凝視著妮克絲的雕像。

「不過，」她開口，卻不確定該跟他說些什麼，「你已經修復跟利乏音的關係。或許現在開始改善跟其他兒子的關係也不遲。如果我爸跑來，想爲我做點什麼，我會讓他做，起碼我會給他機會。」不死生物轉頭看著她。簫妮又緊張起來，覺得那雙琥珀色眼眸能看穿她。

「我的意思是，我認爲，只要是做對的事，永遠不嫌遲。」

「妳眞的這麼相信？」

「對，最近我愈來愈這麼相信。」她眞希望他把臉別開。「那，你有幾個孩子？」

他聳聳肩，背上那對大翅膀微微揚起，然後又收攏起來。「我都忘了。」

「或許弄清楚你有幾個孩子是當好父親的第一步。」

「知道是一回事，眞正去做又是另一回事。」他說。

「對，完全正確。不過，我是說，這是不錯的第一步。」簫妮轉頭看一眼妮克絲的雕像。「而這裡也是跨出第一步的好地方。」

「女神的雕像？」

她對他皺起眉頭。這時，在他的目光凝視下，簫妮覺得自在多了。「我說的不只是在她的雕像附近徘徊。你不妨祈求她——」

「不是所有人都能得到她的原諒！」他聲如雷鳴。

簫妮察覺自己在顫抖，趕緊將視線移向妮克絲的雕像。她發誓，妮克絲以大理石雕出的美麗豐唇往上揚，慈祥地對她微笑。不管這是否出於想像，她霎時有了勇氣，一股勁兒地說：「我不是要說原諒，我是要說幫助。你可以祈求妮克絲幫助你。」

「妮克絲不會聆聽我的祈求。」卡羅納說得好小聲，簫妮幾乎聽不見。「幾世紀以來她都不聽我的祈求。」

「這幾世紀來，你對她祈求過多少次？」

「一次都沒有。」他說。

「那你怎麼知道她不聽？」

卡羅納搖搖頭。「妳是她派來充當我的良心的嗎？」

這次換簫妮搖頭。「女神沒派我來。況且女神知道，我連自己的良心都面對不了，更不可能當別人的良心。」

「這我可不確定，年輕的火雛鬼……我可不確定。」他沉思著，然後忽然轉身走開，迅速跨出幾個大步，騰空而起，飛上夜空。

利乏音

他不在乎多數的學生仍躲著他。戴米恩人很好，但他幾乎對每個人都很好，所以利乏音不確定這男孩是否真的對他好。不過，起碼史塔克和達瑞司沒想殺他，或阻止他跟史蒂薇・蕾在一起了。達瑞司最近甚至好像對他更親切一些。前一晚上巴士時，他虛弱地踉蹌了一下，這位冥界之子戰士還伸手扶他。

父親救了我，然後宣誓成為死神的戰士。他確實愛我，而且選擇了光亮，擯棄黑暗。利乏音一想到這一點，就忍不住臉上泛起微笑。不過，曾是仿人鴉的他其實不像史蒂薇・蕾和其他人以爲的那樣天眞，那樣容易相信別人。利乏音好希望父親繼續走在妮克絲的道路上，但是，除了女神，他比任何人都了解墮落的不死生物幾世紀以來沉溺於其中的憤怒和暴力。

利乏音的存在，就足以證明他父親有本事帶給別人莫大的痛苦。

利乏音的肩膀垮下。他走到東牆邊，那棵被劈裂，一半倚在圍牆，一半倒在地上的橡樹旁。老樹的樹幹中央彷彿被憤怒的神祇以雷霆閃電劈過。

但利乏音知道這是怎麼回事。

父親卡羅納是不死生物，但不是神。他只是戰士，墮落的戰士。

利乏音心神不寧地將臉別開，不想盯著樹幹中央的裂縫。他坐在支離破碎的樹木邊緣，一根趴在地上的枝椏上，端詳著倚在東牆上的粗大樹枝。

「得有人打理這棵樹。」利乏音邊想邊說出口，讓自己人性的聲音繚繞在寂靜的黑夜中。「史蒂薇．蕾和我可以一起治癒它，或許它還沒完全死掉。」他面露微笑。「我的血紅者可以治癒我，沒道理不能治癒它吧？」

橡樹沒回應，但利乏音說話時有一種似曾相識的奇怪感覺，彷彿久遠以前曾經到過這裡。彷彿在明亮的藍天開始呼喚他，他乘風而飛之前，他曾經來過這地方。

利乏音眉頭深鎖，不禁伸手搓了搓額頭，覺得頭好像要發疼了。白天，他變成渡鴉，人性深埋，只依稀記得一些模糊的影像、聲音和氣味之時，是否曾到過這裡？

利乏音唯一獲得的回應，是太陽穴的隱隱抽痛。

風在他的四周迴旋，吹得傾倒的枝椏沙沙作響，仍頑強地攀附著老橡樹的稀疏枯葉欷欷低嘆。有那麼片刻，橡樹彷彿想跟他交談，想對他傾吐它的祕密。

利乏音的目光移回樹幹中央。陰暗的影子、殘破的樹皮、碎裂的樹幹、裸露的樹根。樹幹中央附近的地面似乎已開始崩塌陷落，彷彿底下有個坑洞。

利乏音打了個哆嗦。樹底下的確有個坑洞，曾經囚禁卡羅納數百年之久的坑洞。這數百年的記憶，這段如幻似眞、可怖至極的經驗，以及充斥其中的憤怒、狂暴和孤寂，依舊是利乏音肩頭上的重擔。

「女神啊，我知道妳寬恕了我的過往。爲此，我永遠心存感激。然而，妳可否教教我，我該怎麼眞正原諒自己？」

微風再次吹響殘枝與樹葉，窸窸窣窣的聲音帶來些許撫慰，彷彿樹木古老的低語是女神的聲音。

「啊，我就把這聲音當成應允的跡象嘍。」利乏音出聲告訴橡樹，手掌貼住身旁的樹皮。「我會請史蒂薇．蕾幫我滌淨摧毀你的暴戾之氣。很快，我答應你，我很快就會回來。」利乏音起身走開，準備繼續巡視校園周邊時，好像聽見樹底下的深處傳來騷動的聲響。他想像，這是老橡樹在向他道謝。

元牲

元牲煩躁地踱步。才跨出三步，就走完殘破橡樹底下這個侷促的坑穴。他轉身，又跨出短短的三步，走回另一端。來來回回，來來回回地走著，他思考……思考……思考……好希望知道能怎麼辦。

頭好痛。跌落這個坑穴時沒摔破頭，但腫了一塊，流了血。他又餓又渴，雖然筋疲力盡，也知道自己該好好睡一覺，好讓身體復原，但在這狹窄的地下空間實在難以安歇。

他怎麼會認爲返回夜之屋，躲在校園裡，躲在他殺害的老師以及他企圖殺害的男孩生活的地方，會是個好主意？

元牲雙手抱頭。**不是我！**他想吶喊。**不是我殺死龍·藍克福特，不是我攻擊利乏音，我已選擇不一樣的未來！**但他的選擇無濟於事，因爲當時的他是一頭獸。這獸走過時留下死亡和毀滅。

他實在很蠢，才會來這裡。蠢到以爲可以在這裡找到自己，或做出什麼良善的事。良善？他們如果發現他躲在學校，一定會攻擊他，囚禁他，甚至殺了他。即便他來這裡不是爲了傷害人，也於事無補。到時候，他將吸取他們的怒氣，體內的獸會再度現形，脫離他的掌控。冥界之子戰士會團團圍住他，結束他悲慘的生命。

但我成功控制過一次，沒攻擊柔依。可是，他有機會解釋他無意傷人嗎？有一絲機會來測試自我控制的能力，證明他不只是他裡面那頭獸嗎？元牲又開始踱步。不，對夜之屋的人來說，他的意圖無關緊要。他們只會見到一頭獸。

柔依也一樣嗎？即便是柔依，也會與他爲敵嗎？

「柔依幫你擋住了戰士的攻擊。你能逃走，就是因為她在保護你。」紅鳥阿嬤的話語撫慰了他的混亂思緒。柔依保護了他，相信他有能力控制那頭獸，不至於傷害她，而且她的外婆庇護他，照顧他。柔依應該不會希望他死。

但其他人會。

元牲不怪他們，他確實該死。儘管他最近開始感受，渴望過不一樣的人生，做出不一樣的選擇，這終究無法改變過去。他犯下暴行，作惡多端。他做出了女祭司要他做的每件事。

奈菲瑞特……

即使沒出聲，即使心裡只是默默浮現這名字，他還是激動得開始戰慄。

他裡面的野獸想去找女祭司。他裡面的野獸必須服事她。

「我不只是一頭野獸。」四周的泥土吸走他的話語，覆蓋住他的人性。他拚命地抓住一截扭曲的樹根，把自己往上拉，想離開這地下的土坑。

「得有人打理這棵樹。」

話語傳到元牲的耳裡，他整個人楞住。他認得這聲音——是利乏音。阿嬤說的是實話，這男孩還活著。

元牲肩上無形的重擔登時減輕了一些。

他的良心不必再爲這條命而愧疚不安。

元牲蹲伏著，不動聲色，繃緊神經，注意聆聽，想知道利乏音在跟誰說話。他沒有感受到憤怒和暴戾之氣。不過，利乏音如果發現元牲躲在附近，一定滿心報復的情緒吧？

時間過得好慢，風勢增強。元牲聽見上方的殘木枯枝被勁風吹得劈啪響。他聽見飄浮在冷風當中的字句：**一起……血紅者……治癒……**全是利乏音的聲音，沒有一絲惡意，他彷彿只是說出內心的思緒。接著，一陣風把男孩的祈禱飄送到他的耳裡：**「女神啊，我知道妳寬恕了我的過往。為此，我永遠心存感激。然而，妳可否教教我，我該怎麼真正原諒自己？」**

元牲一聽，幾乎無法呼吸。

利乏音在祈求女神幫他饒恕自己？爲什麼？

元牲搓搓抽痛的頭，用力思索。女祭司很少跟他說話，只會命令他執行暴力的行動。但她也會自顧自地說話，彷彿元牲沒有能力聽懂她的話語，沒有能力思考。他對利乏音了解多少？他是不死生物卡羅納的兒子，受到詛咒，白天是渡鴉，夜晚是男孩。

詛咒？

他剛剛聽見利乏音在祈禱。在禱詞中，男孩感謝妮克絲寬恕他。女神應該不會既詛咒又寬恕同一個人吧？

接著，元牲心頭一震，想起那隻嘲笑他，發出聒噪聲響，害他跌落坑穴的渡鴉。

那隻渡鴉會是利乏音嗎？元牲的身體緊繃，準備面對不可避免的衝突。

「我答應你，我很快就會回來。」利乏音的聲音往下飄送到元牲的耳裡。男孩走開了，起碼暫時走開了。元牲鬆一口氣，整個人倚在泥土的洞壁上，身體疼痛，思緒翻湧。

顯然他不能繼續留在坑穴裡。但現在他唯一能確定的，也就只有這件事。

是利乏音的女神——那個寬恕他的女神——帶領他來到元牲藏匿的坑穴嗎？若是如此，這是要向元牲傳達什麼訊息？救贖，或報復？

他該不該出面自首？或許是找柔依自首，承擔所有後果？

萬一他裡面的野獸再度出現，而他無法控制牠呢？

他該逃走嗎？

該去找女祭司，請她給個答案嗎？

「我不知道，」他喃喃自語，「我什麼都不知道。」

元牲在困惑和渴望的重擔下垂著頭。他模仿利乏音，怯怯地、默默地試著祈禱。禱詞簡單，但真誠。這是元牲畢生第一次祈禱。

妮克絲，如果妳真是一位寬恕的神，請幫助我……拜託……

9 柔依

「不能讓奈菲瑞特繼續胡作非爲。」桑納托絲劈頭就這麼說。

「終於聽到好消息了。」愛芙羅黛蒂說：「所以，全體最高委員會會來這裡戳破她的滿嘴屁話？還是杜安夏自己一個人來？」

「眞等不及人類看見她的眞面目。」史蒂薇．蕾緊接著愛芙羅黛蒂發表意見，而且跟她一樣咬牙切齒，沒給桑納托絲機會回答。「我受夠了奈菲瑞特那副笑裡藏刀，眼睛放電的死樣子。她電得大家都以爲她又甜美又火辣。」

「奈菲瑞特不只是眼睛放電，笑裡藏刀。」桑納托絲凝重地說：「她是利用女神賜予的天賦去操縱、傷害人。吸血鬼臣服於她的魅惑，人類更絲毫抗拒不了她。」

「這代表吸血鬼最高委員會必須出面制裁她。」我說。

「要是事情有這麼簡單就好了。」桑納托絲說。

我的胃揪緊。又出現那種**感覺**。這種感覺一出現，向來不會有好事。

「什麼意思？爲什麼沒那麼簡單？」我問。

「最高委員會不會把人類扯進吸血鬼的事務。」她說。

「可是，奈菲瑞特已經把人類扯進來了啊。」我說。

「就是說嘛。牛都跑走了，還不趕快關牛舍的門。」史蒂薇．蕾說。

「那賤人殺了柔依的母親欸。」愛芙羅黛蒂不敢置信地搖頭。「難道妳是說最高委員會打算視而不見，任由奈菲瑞特逍遙法外，**還**對外說我們的壞話？」

「不然妳們希望最高委員會怎麼做？公開出來說奈菲瑞特是凶手？」

「對。」我大聲說，語氣強硬而成熟，既不稚嫩，也不害怕。沒錯，這整件事把我氣死了。「我知道她是不死生物，非常厲害，但**她殺了我媽**。」

「我們沒有證據。」桑納托絲靜靜地說。

「鬼扯！」愛芙羅黛蒂克制不住。「我們全都看見了！」

「我們是利用死亡咒語，透過揭發眞相的儀式看見的。而這樣的咒語和儀式都不可能複製，因爲那片土地上的暴行已經被五元素滌淨。」

「我們還知道她是黑暗的伴侶。」愛芙羅黛蒂強調：「她搞不好不只跟邪惡爲伍，還跟它幹些齷齪事！」

「噁。」史蒂薇．蕾和我異口同聲。

「就算人類跟我們一起親身經歷，他們也不會相信。」我們循聲望向夏琳。她一直靜靜站在一旁，看著我們四個。她那表情，我以爲是驚嚇呆滯，但她一開口，聲音卻是自信鎮定。當然，她有點緊張，但下巴抬得高高。我已逐漸明白，這是她倔強的表情。

「妳懂什麼啊？還有，妳幹麼說話？」愛芙羅黛蒂厲聲質問她。

「上個月我還是人類，所以我知道人類不相信吸血鬼的魔法。」夏琳毫不畏縮地看著愛芙羅黛蒂。「妳們置身在魔法當中太久，變得看不見客觀現實。」

「而妳是腦袋不正常。」愛芙羅黛蒂咆哮道，整個人氣呼呼，鼓得像隻河豚。

「又變成一群鬥嘴的小鬼頭了。」桑納托絲沒提高音量，但她的話立刻壓制住愛芙羅黛蒂和夏琳之間一觸即發的女人戰爭。

「她們沒想要鬥嘴。」我打破突來的沉默。「我們沒人想吵架，我們只是很沮喪，希望妳和最高委員會能做些什麼，什麼都行，幫我們對抗奈菲瑞特。」

「現在，我讓妳們看看我們吸血鬼有多少分量。然後，或許妳們就會了解，堅持扯上人類會是什麼樣的結局。」桑納托絲舉起右手，約與胸部齊高，掬著手掌，深吸一口氣，然後伸出左手，在舉高的右掌上方繞圈，說：「看啊，這個世界！」她的聲音鏗鏘有力，令人著迷，我的目光情不自禁地注視著她的手掌，看見掌心上出現一個地球！太神奇了，完全不同於歷史老師積滿灰塵的地球儀。它看起來像一團灰色煙霧，水在其中翻湧起伏。接著，陸地逐漸浮現，宛如由瑪瑙雕製而成。

「喔我的天哪，」史蒂薇・蕾驚呼，「太美了吧！」

「的確很美。」桑納托絲說：「現在，看看在這個世界上我們是什麼樣子！」她的左手指頭往地球輕輕一彈，彷彿在上面灑上點點的水花。愛芙羅黛蒂、史蒂薇・蕾、夏琳和我驚愕地倒抽一口氣。地球上出現小亮點，如碎鑽般的亮光點綴著瑪瑙陸地。

「好美啊。」我說。

「是鑽石嗎？真的鑽石？」愛芙羅黛蒂問，往前靠近。

「不，小先知，這是靈魂，吸血鬼的靈魂。這些亮點代表我們。」

「可是數量很少欸。我的意思是，整個地球多半漆黑一片。」夏琳說。

我皺起眉頭，跟著愛芙羅黛蒂往前靠近。夏琳說得對，跟點點亮光相比，地球看起來好巨大。我凝視又凝視，雙眼被群聚的亮光所吸引：威尼斯、斯凱島，以及某個地方——我想應該是德國。法國也有一撮亮光，加拿大有幾撮，美國的數量多一些，但跟整個地球的面積相比，還是很少。

「那是澳洲嗎？」史蒂薇．蕾問。

我望向地球儀的另一側，看見另一撮碎鑽。

「對，」桑納托絲說：「還有紐西蘭。」

「那是日本，對吧？」夏琳指著另一撮亮光。

「對，正確。」桑納托絲說。

「美國的碎鑽好像不該這麼少喔。」愛芙羅黛蒂說。

桑納托絲沒回應，但雙眼直視著我。我把臉別開，再次看著地球儀，然後緩緩地繞著它走一圈。眞希望之前上地理課時能專心一點——不管是哪一堂地理課。繞完一圈後，我再次迎視女祭司長的目光。

「我們的人數不夠多。」我說。

「很遺憾，妳說得完全正確。」桑納托絲說：「我們很聰明、很厲害、很優秀，但我們人數非常少。」

「所以，就算我們說服人類聆聽我們說話，我們也等於打開我們跟外界之間的那道門。而這道門最好還是關著。」愛芙羅黛蒂語氣冷靜、成熟，反常地不再貧嘴。「門一旦打開，人類就會開始想把他們的規則適用到我們身上，以爲我們需要靠他們來維持秩序。這代表他們會滅掉我們的亮光。」

「言簡意賅，非常正確。」桑納托絲雙手合掌，地球消失在一陣閃亮的煙霧中。

「那我們該怎麼辦？我們不能任由奈菲瑞特胡作非爲，逍遙法外。她的企圖絕不只是開個記者會、加入人類的委員會、寫寫報紙專欄。她要的是死亡和毀滅。要命，她的伴侶是黑暗啊！」史蒂薇．蕾說。

「我們必須用我們的火來對抗她的火。」夏琳說。

「噢，拜託，我眞是受夠了，又來一個說話不直接了當，愛用爛比喻的小鬼。」愛芙羅黛蒂說。

「我的意思是，如果奈菲瑞特要扯進人類，那我們也如法炮製，只不過我們有我們自己的方式。」夏琳說。我看見她說完話後嘴唇蠕動，無聲地說出「討厭鬼」三個字。幸好愛芙羅黛蒂不想理會她，沒看著她。

「夏琳，孩子，妳引起我的興趣了。妳爲什麼會跟兩位女祭司和一位女先知一起來呢？」桑納托絲忽然問道。

我們兩位女祭司和一位女先知默不作聲。就我而言，我想看夏琳會怎麼面對桑納托絲。至於史蒂薇．蕾，我希望她是基於同樣理由。而愛芙羅黛蒂不吭聲的原因，我已經知道，就是夏琳口中那三個字：愛芙羅黛蒂是**討厭鬼**。

小紅雛鬼抬高下巴，看起來超級倔強。「我跟她們來這裡，是因爲我想問問妳，我的天賦是怎麼一回事。她們同意讓我跟來。」夏琳停頓一下，瞥一眼愛芙羅黛蒂，接著說：「嗯，她們三個當中有兩個同意。」

「妮克絲給妳什麼樣的天賦，雛鬼？」

「我想，那叫作眞視。」她緊張地看看史蒂薇．蕾，又看看我。「對吧？」

「我們認爲是眞視。」我說。

「對，起碼戴米恩研究出來的結果是這麼說的，而他的研究結果幾乎都正確。」史蒂薇．蕾說。

「夏琳說，奈菲瑞特的顏色是死魚眼的顏色。這讓我覺得，或許她不是瘋子或智障什麼的。」我驚訝地聽到愛芙羅黛蒂這麼說。

「妳看得見靈氣？」桑納托絲問，認眞打量著夏琳，彷彿正透過顯微鏡看著壓在蓋玻片底下的雛鬼。

「我看得見顏色。」夏琳說：「我不曉得怎麼稱呼它。我－那晚我被標記之前，我的眼睛看不見。我從五歲起就失明，那晚卻忽然啪的一聲，我的額頭出現紅色弦月，我又看得見了，而且還看得見別人身上的顏色，許多顏色。因爲這些顏色，我了解人。比方說，我第一眼看見奈菲瑞特，就知道她這個人很壞，即使她的外表光鮮亮麗。」我看見夏琳放在背後的雙手握得很緊，在女祭司長的打量下依舊表現沉穩。「同樣地，當我看見艾瑞克·奈特，我就知道這個人還不錯，但很懦弱，永遠想找省事的捷徑。至於妳，妳的顏色是黑色，但不是那種呆板的黑，而是深沉豐富的黑，而且漆黑當中透出一道道小閃電般的金色光芒。」她嘆一口氣，繼續說：「我想，這代表妳的年紀很大了，而且很聰明，很厲害。另外，妳的脾氣很壞，但多半時候妳會控制脾氣。」

桑納托絲嘴角上揚。「說下去。」

夏琳瞥了史蒂薇·蕾一眼，然後又看著桑納托絲，說：「史蒂薇·蕾的顏色像煙火。這讓我覺得，她是我見過最善良、最快樂的人。」

「那是因爲妳沒機會認識傑克。」史蒂薇·蕾露出難過的笑容，對夏琳說：「不過，還是謝謝妳。聽妳這麼說眞好。」

「我不是爲了表示友善才這麼說，我只是說出實話。」她的目光移向愛芙羅黛蒂。

「嗯，多數時候我都會說實話。」

愛芙羅黛蒂哼了一聲。

我等著她說到我——告訴桑納托絲，我的顏色最近變暗了，因為我憂心忡忡。但她接著只是微微點個頭，彷彿內心做出什麼決定，然後說：「所以，我才來這裡。我希望妳教我怎麼運用我的天賦，怎麼了解這個天賦的眞諦。」

我想，我就是從這一刻起開始尊敬夏琳。桑納托絲不是隨隨便便一個女祭司長，她可是最高委員會的成員，而且能感應死亡。換言之，桑納托絲很嚇人。但體重不到五十公斤，變成雛鬼還不滿一個月的夏琳，站在桑納托絲的面前，卻如此冷靜沉穩。她既沒洩漏我的隱私，也沒提到愛芙羅黛蒂閃爍的黃光，這絕對需要膽子，很大的膽子。

我看著夏琳握緊的手，瞧見她的手指發白。我知道她的感覺，畢竟我也曾跟她一樣，被標記之後沒多久，就得面對威風凜凜的女祭司長。

我靠近夏琳，說：「不管妳怎麼稱呼夏琳的這種能力，總之，她確實有天賦。我同意戴米恩的看法，我想，這就是眞視。」

「我們都這麼覺得。」史蒂薇・蕾說。

「妳能幫我嗎？」夏琳問桑納托絲。

桑納托絲的反應令我訝異。她不發一語，轉身走到書桌旁，低頭看著桌面，彷彿答案就寫在那本用來當桌墊的行事曆上。她就這樣低著頭，站在那裡好久，久到我覺得很荒謬。我決定也把雙手背到背後，緊緊握住，免得侷促不安起來。終於，女祭司長轉過身來，看著我們四人。

「夏琳，我要給妳的答案，就跟我給過柔依、史蒂薇．蕾和愛芙羅黛蒂的答案一樣。」我聽見愛芙羅黛蒂低聲咕噥，說她可不記得問過桑納托絲什麼該死的問題。不過，桑納托絲說話的聲音壓過她。「妳們每個人都得到女神不尋常的賜予。這是我們的福氣，因為要對抗黑暗，光亮所賜予的這些力量都得派上用場。」

「妳的意思是**打垮**黑暗，對吧？」史蒂薇．蕾說。

桑納托絲還沒開口，我就知道她會怎麼回答。「我們永遠無法打倒黑暗，只能跟它對抗，以愛、光亮和眞實來揭穿它。」

「看來我們又是輸的一方。」愛芙羅黛蒂沒好氣地嘀咕。

「我要給妳們每個人一個功課，讓妳們好好練習自己的天賦。女先知，先說妳的功課吧。」桑納托絲對愛芙羅黛蒂說。

愛芙羅黛蒂大聲地嘆一口氣。

「妮克絲賜給妳天賦，讓妳預見災厄，提出警訊。奈菲瑞特召開記者會之前，妳出現過靈視嗎？」

「沒。」愛芙羅黛蒂好像被桑納托絲的問題嚇到。「我大概一個禮拜沒出現靈視了。」

「這樣的話，女先知，妳有什麼用處呢？」她的話語嚴厲、冷酷，聽起來好殘忍。

愛芙羅黛蒂的臉頓時毫無血色，但隨即變得紅通通。「妳是誰？有資格這樣質問我？妳又不是妮克絲，我不必回答妳，我只回答她的問題！」

「這就對了。」桑納托絲的表情放鬆了一些。「那就回答她，好好聆聽她，留意她給的徵兆和信號。妳的靈視變得愈來愈痛苦，也愈來愈難出現，對不對？」

愛芙羅黛蒂僵硬地迅速點了個頭。

「或許這是因為女神希望妳以其他方式練習妳的天賦。記得嗎，在最高委員會面前妳曾這麼做過？」

「我當然記得。我就是這樣才知道卡羅納和柔依的靈魂已經離開他們的身體。」

「那時妳不需要靈視就可以知道。」

「對。」

「我的重點說完了。」她轉向史蒂薇．蕾。「我活了這麼久，妳是我見過最年輕的女祭司長，也是史上第一個紅吸血鬼女祭司長，而且妳對土具有強烈的感應力。」

「對～～」史蒂薇．蕾拖長了聲音，彷彿正緊張地等著桑納托絲說出關鍵句。

「妳的功課是要學習領導力。妳太常以柔依的意見為意見了。妳是女祭司長，應該學著從土元素汲取力量，表現得像個女祭司長。」桑納托絲沒給史蒂薇．蕾機會回答，那雙深色的眸子轉向夏琳。「如果妳真的擁有真視，那麼，妳人有多好，妳的天賦就有多好。別把它浪費在瑣碎的事物和猜忌上。」

「所以我才會來這裡。」夏琳迅速說道：「我想學習如何正確運用我的天賦。」

「小雛鬼，這事得靠妳自己。妳要成長，教導自己。妳的功課是觀察身邊的人，把觀察結果告訴妳的女祭司長，史蒂薇．蕾則要使用元素力量和她日益成熟的領導力來指引妳。」

「可是我不知道——」史蒂薇．蕾才開口，就被桑納托絲打斷。「妳永遠不會知道任何事，任何重要的事，**除非**妳承擔起身為女祭司長的責任。學著自立，然後別人才能放心地倚靠妳。」

史蒂薇．蕾閉上嘴巴，點點頭，那模樣真像只有十二歲，完全不像女祭司長。但我沒時間跟她說任何話，因為桑納托絲終於把那雙如魚雷般銳利的眼睛移到我身上。

「使用占卜石。」

「什麼？」

「妳被它嚇到了。」她逕自往下說，當我什麼都沒說。「事實上，當前這整個世界本來就會嚇到妳，嚇到你們所有人。但恐懼不是逃避責任的理由。柔依，妳擁有古老的魔法，它能回應妳。妳必須使用它。」

「怎麼使用？在什麼情況下使用？」我衝口而出。

「占卜石、眞視、女先知、女祭司長——這些威力強大的東西毫無用處，除非妳們開始自行回答這些問題。妳們既然說妳們不是愛鬥嘴的小鬼，那就證明給我看。解散。」她轉身，大步走向書桌。

我的朋友和我心裡顯然同時湧起一股相同的衝動，因爲我們不約而同地疾步走向門口。

「我會在午夜點燃龍．藍克福特的火葬柴堆。到時候妳們要在場。火葬結束後，我要妳們和守護圈的其他成員立刻到學校的大廳集合。我要召開記者會。」桑納托絲忽然說道。

她的話像一堵隱形的牆橫在我們面前，擋住我們的路。我們四人轉身，瞠目結舌地望著她。我把梗在喉嚨那團乾涸的異物感嚥下，說：「可是妳說我們不能在人類社會中對抗奈菲瑞特。既然這樣，爲什麼召開記者會？」

「奈菲瑞特爲了製造混亂和衝突而起頭的事，我們懷著善意接下去做。既然她敞開學校的大門，雇用了人類，那我們就在記者會中宣布，雖然我們很遺憾奈菲瑞特不再**受雇於**夜之屋，但我們很樂意雇用更多人類來擔任更多職位。我們要帶著微笑，表現出溫暖和開放的態度。到時候詹姆士·史塔克要在場，對人類展現他善良且迷人的帥氣風采。」

「妳要把奈菲瑞特塑造成一個不滿的離職員工？」愛芙羅黛蒂說：「這招太高明了！」

「而且很正常。」我說。

「人類完全能理解的事。」夏琳說。

「喂，如果要讓整件事看起來很正常，就像人類社會會發生的事情，那我們必須找一天開放學校，舉行校園徵才博覽會之類的東東。」大家全望向史蒂薇·蕾。

「說下去。」桑納托絲說：「女祭司長，妳打什麼主意？」

「是這樣的啦，以前我念書的高中學年末會舉行校園徵才博覽會，有點類似一般的校園開放日，還會提供難喝的雞尾酒和好吃的糕點之類的。那天來自陶沙市和奧克拉荷馬市，甚至遠從達拉斯來的廠商會到學校，提供就業機會，當場面試畢業生，而低年級生就到處開晃，希望自己趕快畢業。」史蒂薇·蕾怯怯地微笑，聳聳肩，說：「我想，我會想到這點子，是因爲我沒機會參加徵才博覽會。畢竟還沒畢業我就被標記了嘛。」

「這主意滿有意思的。」桑納托絲的回應嚇我一跳。「那麼，今晚記者會上我們也宣布我們將舉行**校園徵才博覽會**。」桑納托絲說出這幾個字的語氣彷彿它們是外國語。

「如果眞要辦校園開放日，那天人潮得旺一點才好。這樣吧，我們可以邀請『流浪貓之家』來這裡舉行募款或領養貓咪的活動，如何？陶沙市民應該會樂意參與這種活動。」史蒂薇・蕾說。

「而且這種事情對人類來說很正常。」愛芙羅黛蒂說：「慈善活動很正常，還能吸引一堆有錢人來，是好事一樁。」

「很好。」桑納托絲說。

「我阿嬤可以幫忙跟流浪貓之家聯絡，她和瑪麗・安潔拉修女是好朋友。對了，修女是流浪貓之家的主任。」我說。

桑納托絲點點頭。「那我就打電話給席薇雅，問問她是否能幫忙籌辦校園開放日和徵才博覽會。當天妳的阿嬤和那些修女若能在場，整個活動看起來就會更正常，而且具有安撫人心的效果。」

「我媽也可以參加，她可以做很多好吃的巧克力脆餅。」史蒂薇・蕾說。

「那就邀請她來。我對妳們有信心，妮克絲也相信妳們，別讓我們失望。現在，大家可以離開了。」

我們離開桑納托絲的教室，一路上聊著記者會、校園開放日的事，都覺得能想出這麼一個**對策**眞是太好了。直到後來，我才發現自己完全沒提起元牲和西斯的事……

10 簫妮

冥界之子戰士們心情凝重地幹著活兒，把木柴堆疊起來，搭造火葬龍老師的柴堆。簫妮盡可能幫忙。她只要輕輕一碰，就知道哪些木柴易燃。她也指導戰士以正確的方式排放木柴，待會兒好讓火燒得乾淨利落。

簫妮也試著給他們加油打氣。她告訴大家，他們做得很棒，龍老師一定以他們為傲。但她說的話似乎反倒使他們更沉默，更凝重。連達瑞司都沉默得像陌生人。直到愛芙羅黛蒂風也似地飄來，搔首弄姿，以她平常那副迷死人不償命的模樣說話，氣氛才開始好轉。

「帥哥，還記得龍老師發現我和你開始約會時，給你的『諄諄教誨』嗎？」愛芙羅黛蒂邊說，邊對其他幾位戰士眨眼。「我敢說史帝芬、康納和威斯汀一定記得，對吧？龍老師發現達瑞司**跟一個女雛鬼廝混**時，要他額外受訓，當時不正是你們三個陪他一起訓練的嗎？」愛芙羅黛蒂壓低聲音，模仿御劍大師說話，裝出怪里怪氣的聲音。

戰士們真的綻開笑容。「龍老師要我們連續三天狠狠鍛鍊妳的男孩。」

達瑞司不悅地哼了一聲。「說話小心一點啊，康納，我不當男孩已經很久了。」

康納哈哈大笑。「我想，龍老師對這一點一定有意見。」

愛芙羅黛蒂笑得眞風騷，還伸手撫摸達瑞司粗壯的二頭肌。「龍老師是想把你操累一點，免得你精力過剩，跑來跟我鬼混。」

「要操我就得出動一整隊的吸血鬼才行。」達瑞司說。

這次換史帝芬哼了一聲。「眞的嗎？是因爲這樣安娜塔西亞才出面介入嗎？」

愛芙羅黛蒂揚起眉毛。「介入？安娜塔西亞？這事你怎麼沒告訴我呢，帥哥？」

「我大概一時忘了，美人兒，因爲我忙著跟妳鬼混啊。」

「哈！」威斯汀譏諷地說：「我們可沒忘記安娜塔西亞長髮飛揚，翩翩來到我們的御劍大師身旁，指責他不該折磨可憐的小達瑞司。」

簫妮忍不住跟著哈哈大笑。「她眞的說龍老師在折磨達瑞司？」

高個子，一頭金髮，而且熱情一如火元素的康納說：「沒錯，她甚至稱呼他布萊恩，提醒他，若非**她**一百年前跟某個雛鬼廝混，他後來的生活肯定沒那麼有趣。」

「我認識龍・藍克福特五十年，」史帝芬說：「從沒見過哪個戰士壓制得了他，但安娜塔西亞一個眼色就足以讓他屈服。」

「現在他們兩人又在一起了，眞好。」達瑞司說。

「失去她，他整個人便失魂落魄了。」威斯汀說。

「我可以了解那種感覺。」達瑞司拉起愛芙羅黛蒂的手輕吻。

「你眞的見到他們重逢？」

「對。」達瑞司、愛芙羅黛蒂和簫妮異口同聲地說。

「他現在又是個幸福快樂的人了。」簫妮說。

「她先離開人世，但她一直在等他。」愛芙羅黛蒂說，對著達瑞司微笑，但簫妮看見她眼眶含淚。

「她死得很有戰士的尊嚴。」威斯汀說。

「龍老師也是。」達瑞司說。

「今晚我們必須記住這一點。」簫妮說：「記住他們的喜悅和誓言，記住他們永遠相愛。」

「永遠相愛。」達瑞司輕聲說，撫摸愛芙羅黛蒂的臉頰。

「永遠相愛。」她跟著說，然後揚起一道眉毛。「如果你不覺得煩，那我永遠愛你。」

「哈，所以安娜塔西亞說得對，我們是在折磨可憐的小達瑞司。」史帝芬和其他戰士在一旁大笑。

簫妮退離逐漸加大的火葬柴堆及圍繞在旁邊的人群。**火，愛芙羅黛蒂已在他們當中點燃喜悅之火苗，請讓這火燒得更加溫暖，並幫助戰士們記住龍老師和安娜塔西亞已重逢，幸福快樂地在一起**。她感覺到一股肉眼看不見的溫暖從四面八方湧來，環繞著大家。他們幾乎察覺不到它的存在，但火元素確實起了作用。所以，她真的幫上了忙。簫妮相信。

現在，簫妮覺得心情好些了，慢慢遠離火葬場。她知道現在應該去馬廄，但這不代表她得急著去面對她的元素所造成的災害。**記住，這場災害不是因為我行使了我的元素**。她提醒自己，慢慢地走，沿著迂迴的小徑前往有一座美麗噴泉的小庭院。她心想，她可以從那裡繞路經過停車場，然後直接走到馬場，而不是馬廄。

簫妮先聽見水聲，然後才聽見依琳的聲音。

她不是故意鬼鬼祟祟，也不是想窺伺依琳。她靜靜地走到小庭院外圍的陰暗處，只因爲她不想直接跟依琳面對面。

接著，她聽見另一個聲音。簫妮一開始沒認出來，因爲那男生的音量不夠大。她只認出依琳具有挑逗意味的咯咯笑聲。簫妮還猶豫著，不知道自己這是好奇還是好管閒事，就聽見那男生的音量愈來愈大。她知道依琳調情的對象是誰了：達拉斯！

簫妮一陣反胃，朝他們走近。

「對，我就是這麼說的。小妞，我可沒辦法把妳從我的心頭抹去。妳知道水和電接觸時會發生什麼事吧？」

簫妮一動也不動，等著依琳罵他下三濫，要他滾回臭婆娘妮可那邊，因爲他跟她才是一夥的。沒想到她聽見依琳打情罵俏地回答，「我知道啊，會出現閃電——水和電碰在一起就會出現閃電。啊，似乎好刺激喔。」

「確實很刺激。對我來說，妳就是這麼火辣刺激，像三溫暖，或者該說像蒸氣浴，讓我想泡在裡面，好好享受一番。」

簫妮得用力抿緊雙唇，才沒發出作嘔的聲音，並脫口罵達拉斯下三濫。依琳應該會這麼罵他的，她不可能想跟達拉斯有瓜葛。他是個不折不扣的渾帳，仇視史蒂薇·蕾和柔依！史蒂薇·蕾曾說，他甚至想殺害她！依琳一定是在設陷阱給他跳，等他露出下流面目時再狠狠地教訓他一頓，讓他看看自己是什麼德性。

簫妮等著。沒動靜，沒聽見任何聲音。她悄悄地再往前靠近。說不定依琳走開了。她大概懶得叫達拉斯滾，便賞他一個白眼，然後掉頭離去。

簫妮錯了，大錯特錯。

依琳居然站在噴泉裡，讓泉水流遍她全身，打溼她的頭髮、衣服和身體。達拉斯直瞅著她，活像一頭餓壞的狼，而她是一塊肥美的丁骨牛排。依琳的雙手高舉過頭，讓雙乳貼著溼答答的衣服。那件溼透的白色上衣已變得完全透明。

「我這樣子可以參加T恤潑水比賽吧？」她的聲音性感撩人，身體還故意抖了一下，晃動乳房。

「妳肯定是冠軍。小妞，妳是我見過最惹火的尤物。」

「我還有更惹火的東西給你看喔。」依琳說完，一把拉掉溼透的T恤，解開蕾絲胸罩。

達拉斯的喘息聲大到連簫妮都聽得見。他舔了舔嘴唇，說：「妳說得對，這樣更辣。」

「那這樣呢？」依琳的拇指勾住花格裙的腰際，脫下，同時對達拉斯露出微笑，而他則直直盯著她身上那件蕾絲小內褲。

「剩下的也脫掉呢？」他低沉著嗓音，朝她走近。

「好啊，那我就只把水穿在身上嘍。」依琳褪下內褲。現在，她全身上下只剩那雙法國名牌Christian Louboutin的靴子。她雙手潑水，濺到自己身上。「要不要跟我一起溼啊？」

「我不只要跟妳一起溼，」他說：「小妞，我還要爲妳開啓一個全新的世界。」

「我準備好了喔。」她邊嗲聲嗲氣地說，邊撫摸自己。「我實在受夠了以前那個無聊的世界。」

「閃電，小妞，我們來製造閃電，讓生活多點樂子吧。」

「來呀！」依琳說。

達拉斯走上前，兩人緊緊纏抱，親密到簫妮不愁被他們聽見。她跑開，不斷作嘔，淚水盈眶。

柔依

「如果各位不介意，我這就去視聽中心。戴米恩說，如果我認眞找，應該可以在參考書區找到一些討論眞視的老書。他應該比我更擅長搜尋資料，但我很固執。」夏琳說：「只要有資料，我最後一定會找到的。」

「沒問題啊。」我說。史蒂薇．蕾也聳聳肩，說：「我覺得很好。」

夏琳離去，但走沒幾步就停下來。「對了，謝謝妳們讓我跟妳們去找桑納托絲，也謝謝妳們願意聽我在那裡說那些話。還有，呃，對不起，之前跟愛芙羅黛蒂鬥嘴。」

「妳不需要一直跟我道歉。」我說。

「唔，我覺得妳是唯一願意聽我說話的人嘛。」夏琳說，眼睛瞥向扭腰擺臀離去的愛芙羅黛蒂。

「愛芙羅黛蒂會聽的，只是不會好好聽。」史蒂薇．蕾說：「夏琳，妳在桑納托絲那裡表現得很好，我喜歡聽妳談人們的顏色。至於妳看到什麼，我認爲妳應該聽從妳的直覺。」

「哈，」克拉米夏跑過來，氣喘吁吁，「依我看，聽從直覺會讓人惹上大麻煩。」

我心想，**這樣說還算客氣呢**。史蒂薇．蕾則問道：「怎麼了，克拉米夏？」

「是達拉斯那幫紅雛鬼啦，他們居然在幫忙清理馬廄。」

「他們想幫忙，這樣不好嗎？」夏琳開口說話，打破沉默。

史蒂薇．蕾皺起眉頭，我咬著下唇，克拉米夏則雙臂交叉，抱在胸前，腳掌拍打地面。

「達拉斯那幫人一直，嗯……」我囁嚅著，想找個字眼來取代我試圖避開的字眼。

克拉米夏搶先一步，說：「一直是渾帳東西。」

「或許他們想洗心革面。」夏琳說。

「他們是**狡詐的**渾帳東西。」克拉米夏補上形容詞。

「我們不信任他們。」我解釋。

「有很多理由讓我們無法相信他們。」史蒂薇．蕾說：「不過，我有個點子。桑納托絲不是說我要練習當個領導者，而夏琳要練習她的眞視嗎？那我們一起來練習吧。」史蒂薇．蕾挺直背脊，語氣從甜美少女變成自信的成熟女性。「夏琳，妳晚一點再去視聽中心吧。現在跟我去馬廄，我要妳看看那些紅雛鬼的顏色，告訴我哪些人最危險。」

「是的，夫人。」她說。

「呃，妳不必稱呼我夫人啦。」史蒂薇．蕾趕緊說，語氣又像原來的她。「只要妳願意讓我命令妳，就夠了。」

「妳不是那種會下命令的人。」克拉米夏說。

「呃，我正努力變成那樣的人嘛。」史蒂薇．蕾嘆一口氣，瞥我一眼。

我對她微笑。「如果妳願意，也可以對我下令。」

她對我扮出噁的表情。「如果我那麼做，妳可以直接叫我臘腸，要我拿麵包和芥末把自己用力夾起來。」

我噗哧一笑。「好了啦，如果妳不介意，那我獨處一下嘍。我得想想占卜石這東西。待會兒就去馬廄找妳。如果看見史塔克，告訴他，我沒事，很快就過去。」

「好的，沒問題。」史蒂薇．蕾說。

我看著她們三個離去，聽見克拉米夏問夏琳她自己的顏色。夏琳還沒回答，她卻緊接著說，她的顏色不可能是橘色系，因爲她討厭任何橘色。夏琳一頭霧水，不過看起來興味盎然。史蒂薇．蕾一臉堅決，若有所思，彷彿正努力把內心所想的領導力反映在外表上。

至於我？如果現在照鏡子，我大概會看到自己一臉茫然、疲憊，睫毛膏糊成一團，頭髮捲翹凌亂。

我好想跟朋友一起去清理馬廄。我也好想去找史塔克，讓他握住我的手，揶揄我愛操心，取笑我老上網搜尋身體健康症狀的訊息。不過，我最想要的，還是忘掉脖子上那顆蠢石頭，把注意力轉移到比較正常的事，比如討厭的紅雛鬼和學校課業。但我知道桑納托絲說得對，即便只是想壓制住黑暗，我們就得靠我們所有的天賦。所以，我沒跟朋友一起走，反而走向不同的方向。我盡可能滌淨心思，讓直覺帶領我。等察覺我的雙腿把我帶往什麼地方，我立刻低聲祈禱：「靈，請降臨我，幫助我別過於害怕。」靈元素立刻紓解我的恐懼，所以當我站在那棵殘破的橡樹前，彷彿已有一張溫暖柔軟的毯子包覆著我的情緒。

我確實需要一張舒適的毯子，因爲這地方讓我害怕。諾蘭老師在這裡被殺，史蒂薇．蕾險些死在這裡，卡羅納就是從這裡的地下破土而出的，而傑克——令人疼愛的可憐傑克——也死在這個地方。

直覺把我帶來這裡，更糟的是，我的占卜石開始發熱。

果然，就像克拉米夏說的，聽從直覺會讓人惹上大麻煩。我嘆一口氣，承認直覺所訴說的是事實——如果校園裡有古老魔法，這裡正是它藏匿的最佳地點。史迦赫說過，古老魔法威力無窮，危險莫測。她還說，古老魔法怎麼呈現取決於召喚它的是怎樣一個女祭司。

若是如此，這對我來說到底代表什麼？我是什麼樣的女祭司呢？

我嘆一口氣，**大概是睡眠不足，迷惘差勁的女祭司吧。**

一個很有潛力的女祭司。一個聲音掠過我的心頭。

一個缺乏常識和知識的女祭司。我在心裡反駁。

一個必須相信自己的女祭司。風兒對我低訴。

一個別再把事情搞砸的女祭司。我的心強調。

一個必須相信女神的女祭司。

這句話終結了我內心的交戰。

「我相信妳，妮克絲，我永遠相信妳。」我毅然決然地掏出T恤底下的占卜石，深吸一口氣，拿高它，透過救生圈似的小洞望向碎裂的橡樹。

有那麼片刻，什麼都沒發生。我瞇眼細瞧，不過是一棵殘敗的老樹。我開始放鬆——然而，一如往常，就在這時，地獄之門開啟。

殘破樹幹的正中央，冒出一團迴旋打轉的可怕影子。我看見漩渦中有一些駭人的生物，身體扭曲，肌膚斑駁脫落，彷彿身軀遭到什麼噁心的疾病侵蝕。一雙雙眼睛只剩凹陷的眼窩，嘴巴被縫合起來。我聞到它們的氣味，腐臭如在路上曝曬過久的動物屍體混合了堵塞的馬桶。我開始反胃，一定不由自主地發出了作嘔聲，因爲它們那一張張目盲的臉轉向我，並對我伸出瘦骨嶙峋的手指。

「不！不要！」靈的撫慰瞬間消失，我害怕得整個人動彈不得。

接著，就在那道漩渦的中央，出現一道猶如滿月的美麗光芒，將那群可怕的生物燒得精光，嚇得我跌坐在地上。我放開占卜石，切斷我跟古老魔法之間的連結。當我眨著眼睛喘氣，我發現橡樹變回原來的樣子。古老、陰森，但殘破、尋常。

管它是桑納托絲或死神的指令，我倉皇起身，飛也似地跑開。

「我沒瘋，瘋的是我的人生。我沒瘋，瘋的是我的人生……」我一邊喘，一邊像誦經般反覆地說，試圖找回正常的我、我的理智，努力恢復鎮定。但我的心臟跳得好用力，我甚至聽得見心跳的聲音，而且我簡直喘不過氣來。**心臟病**，我心想，**這種等級的瘋狂已經超過我負荷的能耐，我一定會心臟病發作**。

我忽然想到，我喘不過氣來，心跳加劇，是因爲我在奔跑啊。這時，一雙熟悉、有力的手抓住我，霎時阻擋下我。我像個小女孩，癱倒在史塔克身上，抖得牙齒直打顫。

「柔依！妳受傷了嗎？誰在追妳？」史塔克抱著我轉身，緊盯著我身後的一片漆黑。我雙手抱住他，摸到他掛在肩頭的弓和箭筒。他渾身散發出蓄勢待發的力道。儘管我驚慌莫名，他的出現已立即讓我鎮定下來。我大口喘氣，搖搖頭，「沒有，我沒事，我沒事。」

他抓住我的肩膀，伸直手臂，上下打量我，彷彿在檢查我有沒有受傷。「怎麼了？妳爲什麼嚇成這樣，跑得像發瘋似的？」

我對他皺起眉頭。「我沒發瘋。」

「喔，我是說妳跑得像發瘋似的。還有，這裡面也跳得像發瘋似的——」他伸出一根指頭，抵住我的胸口，指著我逐漸平靜下來的心臟——「妳一定累壞了。」

「古老魔法。」

他睜大眼睛。「公牛？」

「不是，不是那種古老魔法。我透過占卜石看樹，你知道的，就是東牆那棵**樹**。」

「妳幹麼這麼做？」

「因爲桑納托絲說，我必須練習使用這顆蠢占卜石，以備來日用它對付奈菲瑞特。」

「所以，妳看見有東西在後面追妳？」

「不是。嗯，也對啦，差不多。我看見可怕的東西從樹幹中央冒出來，像一陣龍捲風。史塔克，它們眞的是我見過最噁心、最可怕的東西，而且非常臭。眞的、眞的很臭，臭到我差點吐出來。我發出作嘔聲，所以它們注意到我，但就在它們準備傷害我之前，有一道亮光把它們擊退。」我停下來，回想著。「說眞的，那亮光有點像蘇琪發亮的玩意兒。你想，我有沒有可能也是精靈？」

「不可能，柔，清醒一點，《噬血眞愛》是虛構的故事，蘇琪只活在電影和小說裡，而我們活在眞實世界中。告訴我，那道亮光出現後，發生了什麼事？」

「我不曉得，因爲我跑掉了。」我左右張望，這才發現我沿著圍牆跑了一大段路，幾乎快跑到馬廄了。「我跑得還眞遠。」

「然後呢？」

「沒有然後啊。因爲你抓住了我。天哪，我還以爲我會心臟病發作。」

「所以妳嚇壞了。就這樣？」

我對他皺起眉頭。他的聲音很溫柔，但繃著一張臉，好似正在猶豫，不知該搖醒我，還是親吻我。「嗯，」我慢慢地說：「對，我眞的嚇死了。」

他放開我的肩膀，轉而給我一個緊緊的擁抱。我感覺到他的身體放鬆，還吁出長長一口氣，最後來個咯咯笑聲。「柔，妳把我嚇死了。」

「對不起。」我的臉埋在他的胸膛，喃喃道歉，雙手把他摟得更緊。「謝謝你找到我，隨時準備拯救我。」

「妳不必說抱歉，我是妳的戰士、妳的守護人——拯救妳是我的職責，即便妳通常很擅長救自己。」

我把身體往後傾，看著他的眼睛。「我是你的職責？」

他嘴角微揚，露出似笑非笑的冷傲笑容。「全天候的職責。沒有福利，沒有休假日。」

「是嗎？」

「好啦，不是。」他那冷傲的笑容綻放得更燦爛。「我記得那次被箭灼傷，病了幾天，還有那次被一個蘇格蘭瘋子千刀萬剮，病了更多天。所以，我收回剛剛那句話，我確實得到了些員工福利，只不過這福利很爛。」

「你被炒魷魚了！」我很想打他，但實在不想放開環抱著他的雙手。

「妳不能開除我，我簽的是終身契約。」史塔克嘴邊的笑容褪去，但眼睛仍帶著笑意。

「妳是我的女祭司、我的女王、**莫·邦恩·麗**。我永遠不離開妳，會永遠保護妳。我愛妳，柔依・紅鳥。」他俯身吻我。那吻是如此溫柔，我打靈魂深處可以感覺到他的承諾。

終於，他的嘴離開我的唇，我仰著頭看他。「我也愛你。」我說：「還有，你知道，你真的不必跟死人吃醋，好嗎？」

他摸摸我的臉頰。「好，昨晚的事，對不起。」

「沒關係。嗯，說到這個——有件事應該要讓你知道。」

「什麼事？」

我深吸一口氣，然後一股腦兒地說：「昨晚儀式結束時，我透過占卜石看亓牲，結果見到了西斯。所以我才不讓你和達瑞司傷害他。」

我感覺到史塔克身體的緊張程度立刻飆升，直抵「危險！警戒！」的程度。

「所以，妳昨晚睡覺時才會喊著西斯的名字？」他的語氣更像受傷，而非憤怒。

「不對。對。唉，我不曉得！我說的是實話，我真的不記得自己做了什麼夢。不過，在亓牲的身上看見西斯之後，我的確有可能想著他。」

「那頭公牛不是西斯。妳怎麼會有這種想法？」

「這不是我想的，是我**看見的**。」

「柔依，聽著，妳見到的東西一定有個什麼道理可以解釋。」他往後退一步，我的手從他的肩頭滑落。

「所以桑納托絲才叫我練習透過占卜石看東西，這樣才能搞懂那是怎麼一回事。」沒有他的手環抱著，我感覺好冷，好寂寞。「史塔克，對不起，我並**不想**在元牲身上看見西斯，我不想看見、說出，或者做出任何會傷害你的事。永遠都不想。」我用力眨眼，努力克制即將奪眶而出的淚水。

史塔克搔著頭。「柔，拜託，別哭。」

「我沒哭。」說完後我抽泣一聲，以手背抹去不知怎麼迸出來的一滴淚。

史塔克將手伸入他的牛仔褲口袋，掏出一張皺巴巴的面紙，然後靠近我，抹去我臉上第二滴逃出眼眶的淚，然後輕吻我，把面紙遞給我，將我擁入懷中。

「別擔心，柔，西斯和我在另一個世界處得很好。如果能再見到他，我也很高興。」

「眞的？」我得抽離他的擁抱，以便擤鼻涕。

「是啊，我會很高興再見到他，但可不高興妳再見到他。」說得這麼老實，我們兩人都笑了。「我知道妳不是故意傷害我。可是，柔，那隻牛傢伙眞的**不會是**西斯。」

「史塔克，打從第一眼見到元牲，我就知道他跟古老魔法有關係。他讓我覺得很詭異。」我眞不想告訴他這些，但他值得我坦誠相待。

「他當然讓妳覺得詭異，他是黑暗的生物！所以，對，他是古老魔法，是奈菲瑞特用妳媽當祭品，以最下流的方式創造出來的鬼東西。如果他沒讓妳覺得詭異，我才要擔心呢。」

我嘆出長長一口氣。「這麼說也有道理。」

「沒錯。我想，如果我們一起仔細想想，應該能弄清楚爲什麼昨晚這顆石頭會讓妳看到西斯。」我咬著下唇，他繼續往下說，彷彿要把心中的推理過程說出來。「想一想，柔，妳曾透過這顆石頭見到什麼東西？」

「唔，在斯凱島時，我見到古老的精靈——就是各種元素。」

「它們像妳剛剛見到的東西嗎？」

我打了個哆嗦。「不，完全不像。元素看起來空靈、神祕又奇妙，給人的感覺是正面的。而我剛剛見到的東西很恐怖，很嚇人。」

「好，除了剛才在橡樹那裡，還有昨晚在儀式上，我們從斯凱島回來以後，占卜石還向妳顯示過什麼別的東西嗎？」

我迎視他的目光，對他說：「你。」

11 柔依

「我？柔，妳在胡說什麼？」史塔克說。

「我知道，我知道。那時你在睡覺，我這麼做看起來像是在偷窺你。可是，我之所以這麼做，是因爲那陣子你睡得很不安穩。其實，整個經過是個偶然，所以我才沒跟你提起。現在才提，聽起來好像是我捏造的。」我一口氣把話說完。

「柔依，我感應得到妳的情緒，這比妳趁我睡覺用占卜石偷窺我還恐怖吧。況且，妳說得對，我那陣子確實睡得很不安穩。我不怪妳用這顆石頭查看我。說吧，妳看見了什麼？」

「我看見你身上疊了一個影子。我記得當時我覺得，那影子看起來眞像一個戰士的鬼魂。你張開手，手中出現守護人的大劍。接著，那個鬼影子抓住大劍，它卻變成矛。我想，那把長矛還血淋淋的。我嚇壞了，所以，我就召喚靈元素把那東西趕走。然後，你就醒了，我們，呃……」我的臉發燙。「嗯，我們做愛，然後我就忘了這件事。」

「柔，我很希望妳之所以忘記，是因爲我的床上工夫很棒。可是，妳怎麼能忘記有個鬼傢伙拿著矛出現在我身上呢？」

「史塔克，說眞的，用史蒂薇．蕾的話說，後來我們就陷入夜之屋一團糟的鳥事了，所以**我忙得不可開交**。」我交叉手臂，抱在胸前，怒目看著他。「等等，其實我沒忘得一乾二淨。我跟蕾諾比亞說過鬼影子的事。」

「太好啦，所以，有個老師知道，而我不知道。」

「你現在知道了啊。」

「好吧，蕾諾比亞怎麼說？」

「基本上她要我睜大眼睛留意眞實世界裡發生的事，不要成天透過占卜石來看東看西。於是我就聽她的話，直到昨晚透過它看見西斯。」

「那，妳再用它看我。」

「現在？」

「現在。」

「好。」我拿高占卜石，深吸一口氣，透過它看史塔克。

「如何？我看起來怎樣？」

「很不爽的樣子。」

「還有呢？」

「看起來很討人厭。」

「就這樣？」

「或許還有點可愛。只是或許喔。」我把占卜石塞回衣服底下。「就是原來的你啊。我沒看見其他東西。占卜石沒發熱。」

「它會發熱？」

「對，有時。」我咬著嘴唇，想了一下。「我上次透過它看你，正是因爲它在發熱。」

「那妳透過它看元牲時，它也發熱嗎？」他問。

「沒有，但那時我知道我必須透過它看他，好像有股力量逼我非這麼做不可。」我說：「不過，之前元牲一出現在我附近，它就發熱。」

「去他媽的古老魔法，只會製造麻煩。」他說：「起碼該有本小冊子，寫清楚這玩意兒的使用規則吧。」

「我應該打個電話給史迦赫，畢竟石頭是她給我的。她懂古老魔法，或許她可以給我一些指引。」

他輕輕哼了一聲。「在斯凱島時妳沒問過她嗎？」

「對喔，問過了。」我說。

「如果我記得沒錯，她並沒有眞正回答妳。」

「你記得沒錯。她只說，她認爲這地球上僅存的古老魔法在斯凱島上。」

「她錯了。」史塔克說。

「對，顯然錯了。」

「妳知道我在想什麼嗎？」史塔克再度靠近我，一隻手摟著我。

我把頭靠在他的肩膀，一隻手摟著他的腰，說：「你在想，柔依瘋了。」

他咧嘴一笑，親吻我的額頭。「妳不是瘋了，妳是很瘋。唉，要命，柔，妳是超級瘋。不過，我就愛嘗瘋狂的滋味。」

「你這語氣聽起來眞像史蒂薇·蕾。」我們相視而笑，心情頓時輕鬆起來，回到我們感情的基礎——彼此的承諾和信任。「好啦，你打算說什麼？你在想什麼？」

「我在想，我受夠了因爲別人怎麼說，我就得怎麼做。尤其是那些把謎題交給我們，或把我們丟進鬼風暴之中，然後卻撒手不管，沒提供我們實質幫助的大人。」他說。

「我懂。當初奈菲瑞特變了樣，而只有我知道她的眞面目，我就是這種感覺。」

「好，所以，讓我們自己搞清楚這個鬼古老魔法吧。柔，妳能感應所有五元素，幾乎史無前例。妳是很不一樣的雛鬼，很不一樣的女祭司長。妳是戰士的小女王，而我是妳的守護人。我們攜手合作，應該沒有什麼事辦不到。」他又露出招牌臭屁笑容。「之前我們就攜手在另一個世界打了一場勝仗。」

「對，只不過你因此死了一回。」我提醒他。

「小事一樁，不足掛齒啦。反正後來沒事。」

我捏捏他，整個人靠在他結實的身上。「不只沒事，而且非常好。」他親吻我，我從他的味道、撫摸和愛意中汲取力量。或許史塔克說得對。只要我們在一起，沒什麼事情辦不到。我快樂地輕嘆一聲，緊緊地依偎著他。

「我們去馬廄吧。」史塔克朝不遠處那棟長條狀建築揚起下巴。

「我想也該去了。我敢說依琳一定在那裡，光從這裡我就看見那裡溼答答的。」

「我有好一會兒沒見到依琳了。」史塔克聳聳肩。「或許是因爲馬廄的情況沒妳想的那麼糟。大部分的損壞都是濃煙造成的，眞正燒毀的只有乾草、睡蓆和一間廄欄。」

「普西芬妮還好吧？」我們十指交纏，慢慢走向馬廄，手臂和臀側親暱地磨蹭著。

「她很好。所有的馬都沒事，嗯，除了邦妮。她很緊張。蕾諾比亞讓她跟慕嘉吉待在一起，讓她冷靜下來。這兩匹馬顯然很合得來。對了，說到這個，我聽很多雛鬼說，他們看見崔維斯被送到醫院前，蕾諾比亞吻了他。」史塔克說。

我的雙眼睜大。「眞的假的？我眞等不及告訴愛芙羅黛蒂和史蒂薇．蕾這件事。」

史塔克呵呵笑。「史蒂薇．蕾已經知道了，克拉米夏告訴她的。基本上，克拉米夏到處講。」他用肩膀撞我一下。「妳待在橡樹那邊的這段時間裡，錯過了不少精彩的八卦。」

我抬頭看著他，一臉困惑。「這段時間？我只在那裡停留，嗯，大概一分鐘吧。」

史塔克停下腳步。「妳以爲現在幾點鐘？」

我聳聳肩。「不曉得欸，得看手機才知道。不過，我們去找桑納托絲時是七點半，在那裡待了不到半小時，所以現在應該不會超過八點半。」

「柔依，現在十一點半了。剩下的時間只夠我們去馬廄跟大家會合，然後就得去參加龍老師的葬禮了。」

我心頭瞬間變冷。「史塔克，我有三個多小時不見了！」

「對，而且這可不妙。答應我，除非我在妳身邊，妳不會再用那該死的石頭看東西。」

我嚇到無法跟他爭辯。「好，我答應你，我不會再用那東西，除非你在我旁邊。」

他的肩膀放鬆，迅速吻了我一下。「謝謝，柔，會讓妳失去時間的東西絕**不會是好東西**。」他特別強調最後幾個字。「我知道史迦赫說過，古老魔法可能是好的，也可能是壞的，但是，如果它不先徵求同意，就逕自拿走人家的時間，我可就不管它是好魔法或壞魔法了。」

「我知道，我知道。」我們繼續往前走，但我緊緊握住他的手。「難怪我覺得快要心臟病發作。原來我站在那裡，盯著那些噁心、發臭的東西**幾個小時**。」我打了個哆嗦。

「沒關係，我們總會弄懂這該死的古老魔法。我**不會**讓妳遇上任何不好的事情。」

史塔克捏緊我的手，我也捏緊他的手。我願意相信他的話，也的確信任他——信任他的能力和愛。讓我擔心的是對手，是黑暗盤據於其中的未知領域。它不斷悄悄出現，狙擊我愛的人。

當我心裡想著，我絕不要再失去所愛的人，那顆混帳占卜石開始發熱。我止步，拉住史塔克，伸手壓在胸口發熱的位置。

「怎麼了？」他問。

「它發熱了。」

「為什麼？」

「史塔克，我哪會知道？你不是要幫我一起弄清楚嗎？」

「喔，對，我們一定辦得到。」他開始左右張望。「我們這就來搞懂它。」

「怎麼做？」

「嗯，我想想看。」他說。

我嘆一口氣，也開始思索。我們站定的地方正好是馬廄東側的一棵大樹底下。我趕緊抬頭看，深怕樹上躲著那種沒有眼睛，嘴巴縫合起來的可怕生物。還好，樹上什麼都沒有。其實，四周一片寧靜。我唯一能想到的就是，這一刻沒什麼好擔心的。馬廄裡傳來聲音，我聽見器具和東西在移動——好像是拖拉機之類的東西，想必是用來清除火災燒毀的殘骸。接著，我聽見另一種引擎聲，來自我們的身後，而且愈來愈靠近。

「眞怪，」史塔克越過我的肩膀往後望，「通常計程車不會來這裡。」

我循著他的目光，看見一輛破舊的紫紅色車子駛來，車身以黑色方形字體寫著「計程車」。史塔克說得沒錯，在夜之屋看見計程車實在很怪。唉，陶沙市可從來不以計程車出名。我在心裡甩了甩頭——幸好中城的電車很酷。

這時，蕾諾比亞從馬廄的側門走出來，奔向計程車。她打開後車門，彎腰扶著身上纏繞繃帶的高大牛仔下車。計程車揚長而去。崔維斯和蕾諾比亞就這麼站在那裡對望。

我的占卜石燙到簡直快把我的衣服燒出一個洞，我趕緊把它掏出來，拿在手上。不過，我沒吭聲，因爲我和史塔克正忙著看崔維斯和蕾諾比亞。他們離我們有段距離，但我覺得，光是這樣盯著他們看好像就會侵犯他們的隱私。只是，我們仍忍不住站在那裡繼續看。

接著，我忽然回過神來，碰了一下史塔克的手臂，壓低聲音說：「崔維斯一下車，占卜石就變得非常熱。」

史塔克的視線從崔維斯和蕾諾比亞移向我的占卜石，然後看著我。他抬起一隻手，重重地搭在我的肩膀上，說：「看吧，用占卜石看他。我會保護妳，不會讓妳發生不測。如果有東西試圖吸掉妳的時間，我會出手阻止的。」

我點點頭，以撕掉ＯＫ繃的速度倏地拿高占卜石，把占卜石中央的圓洞對準崔維斯和蕾諾比亞。

就跟在橡樹那邊那樣，一開始，我見到他們兩人依舊是原本的模樣。我看見蕾諾比亞緊張地顫抖著手，輕撫崔維斯綁著繃帶的手。他那雙手看起來像戴了一雙又大又厚的連指白手套，紗布一路裹到他的前臂。即使跟他有段距離，我也看得出他的臉不尋常地又紅又亮，好像被嚴重晒傷，塗了一層厚厚的蘆薈膠。可是，他的表情看起來一點也不痛苦，反而露出微笑，燦爛的微笑，對著蕾諾比亞。我正準備放下占卜石，告訴史塔克，我眞的是宇宙超級瘋時，崔維斯俯身親吻蕾諾比亞。

就在這時，情況變了。先是一片光芒照得我直眨眼，接著，等我視力恢復，我發現崔維斯不見了。他所在的位置出現一個年輕英俊的黑人男子。他留著一頭往後束的長髮，在頸後髮際紮成馬尾，肩膀寬闊得像足球隊的後衛球員。他親吻蕾諾比亞的神情，彷彿這是他在人世的最後一個吻。她回吻他，但這時她是不一樣的蕾諾比亞。她變年輕了，大概才十六歲。她的雙手緊緊摟著他，彷彿決不肯放手。他們四周的空氣波光粼粼，好似我是越過一只沸騰冒泡的鍋子，穿過冉冉蒸氣看著他們。然而，他們四周飄浮的並不是蒸氣。我發誓，那是藍綠色的幸福精靈。這種幸福感充滿我的胸臆，汩汩沸騰，彷彿熱鍋是我的腦袋，而鍋裡的水是我的情感。地面離我的腳愈來愈遠，我飄浮在喜悅、愛和藍綠色泡泡裡。

然後，我的頭開始暈眩，胃開始不對勁。

「柔依！停止！夠了，放下占卜石！」

我驚覺史塔克在對我吼叫，並拉扯占卜石。腳下的地面回來了，藍色泡泡蒸發，喜悅消失，留下反胃、虛脫的我，而且我不斷地顫抖。我一放下占卜石，就彎下腰，吐在樹旁。

「沒事，沒事，我在這兒。柔，一切都沒事。」史塔克把我的頭髮往後捋，看著我繼續嘔吐，嘔得五臟六腑幾乎要吐出來。

「史塔克？柔依？」蕾諾比亞朝我們走來，聲音聽起來彷彿屏住了呼吸，非常擔心。我聽見崔維斯緊跟在她的身後，還問我怎麼了。我忙著嘔吐，無法回答。

「柔依！喔，天哪，不要！」蕾諾比亞發現我在嘔吐，焦急的情緒飆到最高點。

「她沒事，她不是排斥蛻變。」史塔克要蕾諾比亞放心。我接過他遞上的第二張面紙，擦了擦嘴巴。終於吐完，我靠在樹幹，覺得既困窘又噁心。我眞討厭嘔吐。

「那麼，是怎麼一回事？妳爲什麼嘔吐？」

史塔克和蕾諾比亞分站在我兩側，扶著我走到旁邊一張鍛鐵長椅上坐下。長椅離大樹不遠，但又夠遠，不至於聞到我的嘔吐物。噁。

「要不要我去找人來幫忙？」崔維斯問。

「不用，」我趕緊說道，「我沒事，坐下來就好多了。」我帶著詢問的表情望著史塔克，他點點頭，說：「不管妳看見什麼，告訴她。我們信任蕾諾比亞老師。」

我的視線移向蕾諾比亞，問她：「妳信任崔維斯嗎？」

她毫不遲疑地說：「全心全意地信任。」

人高馬大的牛仔露出微笑，往她靠近，兩人的肩膀碰在一起。

「好，是這樣的：剛才我的占卜石忽然開始發熱，而當崔維斯走下計程車，它變得非常燙。既然史塔克在我身邊，我們就決定透過它來看，呃，看你們兩個。我希望能藉此了解它想告訴我什麼。所以，我透過占卜石中間的洞望向你們。」

「占卜石？」崔維斯問，語氣聽起來一點也不生氣。他只是好奇。

「那是一位古老的吸血鬼女王送給柔依的護身物，具有古老的魔法。」蕾諾比亞向他解釋。「結果妳見到了什麼？」

「嗯，本來什麼都沒見到，直到你們接吻。」我怯怯地笑著說：「不好意思啊，偷看你們接吻。」

崔維斯面帶微笑，伸出纏著繃帶的手摟住蕾諾比亞的肩頭。「小姑娘，如果由得了我，妳將會看到我不斷地親吻這位美麗的女孩。」

我等著蕾諾比亞用她死亡射線般的目光盯死他，沒想到她竟深情款款地望著他，還把手搭在他的胸膛，頭小心翼翼地靠在他的肩膀上。然後，她才再次問我：「我們親吻時，妳見到了什麼？」

「崔維斯變成一個高大的黑人，而妳變年輕了。你們四周出現藍綠色的幸福泡泡。我很確定它們是某種精靈。」我睜大眼睛，「現在一想，其實，那些泡泡讓我想起海洋。嗯，眞怪。總之，我被包覆在那些泡泡裡，彷彿我被抬離地面，放進幸福的藍色海洋泡泡裡。不好意思喔，我知道這聽起來很扯。」我屏住呼吸，等著蕾諾比亞哈哈大笑，崔維斯開始嘲笑我。

但他們沒笑，蕾諾比亞反而開始哭泣，很誇張的那種哭泣，肩膀拚命顫動，一把鼻涕一把眼淚地號啕大哭——就像我常有的哭法。崔維斯把她摟得更緊，垂目看著她，那神情彷彿她是奇蹟顯現。「我以前就認識妳。難怪看到妳，我覺得像回到了家。」

蕾諾比亞點點頭，淚眼婆娑地告訴我：「崔維斯是我這輩子唯一的人類伴侶，我的唯一摯愛。兩百二十四年後，他終於回到我身邊了。我發過誓，除了他不會再愛任何人，而我確實沒愛過別人。我們是在從法國開往紐奧良的遠洋輪船上相遇相戀的。」

「所以，占卜石向我顯示的是事實？」

「對，柔依，絕對是事實。」蕾諾比亞說，然後轉身把臉又埋入崔維斯的胸膛繼續哭，讓他緊緊摟著，釋放掉兩百多年來的等待、失落和痛楚。

我站起來，拉起史塔克的手，將他帶走，好讓他們兩人獨處。我們走入馬廄時，史塔克說：「妳應該知道吧，這不代表元牲眞的是返回妳身邊的西斯？」

幸好這時史蒂薇．蕾拯救了我。她跑上前來，一開口就滔滔不絕。「喔我的天哪！妳跑去哪裡啊？我等不及要告訴妳蕾諾比亞和崔維斯的事。」

「早就知道了。」史塔克說：「愛芙羅黛蒂和達瑞司呢？」

「他們已經去妮克絲神殿前的火葬場地。」她說：「我們得盡快過去跟他們會合。」

「我去找依琳、簫妮和戴米恩，大家得動作快一點。」史塔克說著，轉身走開。

「他怎麼了？」史蒂薇．蕾問，看著史塔克大步離去。

「西斯很可能眞的在元牲的身上。」我說。

史蒂薇．蕾不偏不倚地說出我心裡的話。「啊，要命！」

12 卡羅納

選擇站在光亮這一邊的感覺，不像卡羅納記憶中那麼有趣。老實說，他覺得挺無聊的。對，他明白為什麼桑納托絲叫他待在角落，別引人注意。她說，龍．藍克福特的葬禮結束後，她才要跟全校宣布他是她的新戰士，將成為新的御劍大師、陶沙市夜之屋冥界之子的新領導人。在此之前，他的出現會引起騷動，也可能讓戰士們覺得受到侮辱。

卡羅納從來不怕侮辱人。他是超級厲害的不死生物，怎可能在乎別人無足輕重的不悅？

但是，我發現，有時候最無足輕重的東西反而令我吃驚，比方說西斯、史塔克、龍、元牲和利乏音。想到這最後一個名字，他不禁愕然。他曾以為，對他來說，利乏音無足輕重。但他錯了。卡羅納發現，他愛他的兒子，他需要他的兒子。

除了這一點，他還搞錯過哪些事？

恐怕不少吧。

想到這裡，他沮喪不已。

他在妮克絲神殿旁最陰暗的角落來回踱步。從這裡，他可以聽見火葬場的動靜，以便桑納托絲一呼喚，他就能立刻趨前。但從火葬場那裡看過來，沒人看得到他。

得聽命於人，他很不高興。這種事總是令他惱怒。

此外，還有個能感應火的雛鬼簫妮。她好像總有辦法點撥他，促使他思考他不習慣花時間去思考的事情。

之前，她就這樣做過。他原本打算利用她，好打探利乏音和血紅者的消息，沒想到她竟然給了他最世俗、最簡單不過的東西：手機。這小小的禮物救了他兒子的命。

現在，她又促使他回想離開妮克絲以來的這無數個年頭。

「不！」他說，聲音震得妮克絲神殿西側一小叢紫荊花直搖晃，彷彿暴風雨來襲。卡羅納集中心思，克制脾氣。「不！」他重複說道，聲音裡已不再充滿另一個世界的驚人力道。「我不要回想跟她分離之後這幾個世紀的歲月，我一點兒也不想再想她。」

笑聲忽現，在他四周迴盪，紫荊花叢搖顫閃爍，然後瞬間絢麗綻放，好似突然受到了夏日燦陽的照耀。卡羅納握緊拳頭，抬頭仰望。

他就坐在神殿的石簷上。神殿的這一側光線稀微，而這正是桑納托絲命令他在這裡等候的原因。但是，冥神俄瑞波斯本身就是一盞亮光。

俄瑞波斯——他的兄弟——妮克絲的不死伴侶。在這整個宇宙裡，就屬這個生物最像他，也最讓他痛恨。他恨他甚至更勝於恨自己。他居然來到這裡！幾個世紀不見，他忽然現身凡間？**為什麼**？

卡羅納以鄙夷的表情掩飾心頭的震驚。「我印象中你沒這麼矮。」

俄瑞波斯面露微笑。「兄弟，我也很高興見到你。」

「你還是老樣子，硬把我沒說過的話塞進我的嘴裡。」

「我道歉。其實我大可不必這麼做，因爲你自己說的話已經夠有趣。**我一點兒也不想再想她**。」俄瑞波斯不僅長得幾乎跟卡羅納一模一樣，還能惟妙惟肖地模仿他兄弟的聲音。

「我是指奈菲瑞特。」卡羅納迅速重整思緒，神色自若地撒謊。好幾個世紀以前，他原本就擅長對俄瑞波斯撒謊。現在，卡羅納發現自己仍擁有這項本領。

「兄弟，恐怕不是吧。」俄瑞波斯身體往前傾，展開金色大翅，優雅地飄落到卡羅納前方的地面上。「你知道，這正是我來此一遊的目的。」

「你來到塵世，是因爲我是奈菲瑞特的愛人？」卡羅納交叉雙臂，抱在寬闊的胸膛前面，凝視著他兄弟的琥珀色眸子。

「不，我來是因爲你是騙子，是賊。強暴奈菲瑞特的最後一絲良善，不過是你的諸多罪行之一。」俄瑞波斯說，也交叉雙臂抱胸。

卡羅納大笑。「看來你偵伺的工夫很不到家，才會認爲奈菲瑞特和我之間的關係是強暴。她可是非常願意，而且隨時準備迎接我的身體。」

「我說的不是她的身體！」俄瑞波斯提高音量。卡羅納聽見火葬場上的吸血鬼紛紛互相探詢，不知道妮克絲神殿那兒發生了什麼事。

「還是老樣子，兄弟，你每次出現就給我製造麻煩。我本應待在這陰暗之處，沒人看見，等待召喚。不過，仔細想想，看你怎麼應付凡俗之輩或許會很有趣。容我提醒一聲，就算是吸血鬼，見到神祇出現也會大驚小怪。」

冥神俄瑞波斯毫不遲疑，旋即舉起雙手，下令道：「遮掩吾等！」

風倏地襲來，輕盈的感覺湧現——這感覺，卡羅納太熟悉了，品嘗起來太甜蜜、太辛酸了。他心裡只有兩個反應：憤怒或絕望。他決不容許俄瑞波斯瞧見他的絕望。

「你違抗妮克絲？她說過，我不許進入另一個世界。你膽敢帶我來這裡？」卡羅納夜色般的翅膀完全展開，全身緊繃，準備攻擊他的兄弟。

「兄弟啊，你總是毛毛躁躁，像個傻瓜。我永遠不會違抗我伴侶的命令。我沒帶你到另一個世界，我只是借取另一個世界的一絲碎片給你，好掩護我們一段時間，不讓凡人之眼看見。」俄瑞波斯再次面露微笑，全然展現他的容顏之美。燦爛陽光從他的身體發出，金色羽毛在他的翅膀上閃閃發亮。那身肌膚完美無瑕，彷彿是陽光雕塑而成的。

沒錯，他是，卡羅納心想，覺得厭惡，**他確實是在天空親吻陽光之際孕育的，一如我形成於天空親吻月亮之時。天空猶如多數的不死生物，是反覆無常的渾帳，隨興奪取，生下子嗣便棄置不理。**

「現在覺得如何啊？比之前你追著小雛鬼柔依·紅鳥，潛入另一個世界的感覺好吧？那時你只是個靈體，感覺不到妮克絲國度的魔法撫觸你的肌膚。你感到振奮的，不總是你能碰觸，能具體占爲己有的東西嗎？」

很好，卡羅納心想，**他生氣了，將有損於他的完美。**

這時，換卡羅納微笑。他投射向他兄弟的光，不是眩目炙熱的陽光，而是銀色清冷的月華。「過了這麼久，你還在嫉妒我碰觸了她？你還記得妮克絲是女神吧？除非她有這個意願和欲望，沒人可以碰觸她，撫摸她，愛她——」

「我來不是要跟你談論我的伴侶！」他的話語是金色炙熱的閃光，在卡羅納四周爆開。

「脾氣還眞大呀，果然有神祇的威風！」卡羅納咯咯笑，挖苦他。「他們說你是良善之人，眞希望那些選擇留在另一個世界的走狗看到你現在的模樣。」

弟。

「他們沒說我是良善之人。不過，他們說你是篡奪之徒！」俄瑞波斯把話語拋向他的兄

「是嗎？你最好再去問問他們。我相信，經過幾個世紀的思量之後，他們會說我是拒絕跟別人分享她的人。」卡羅納說。

「她選擇了我。」俄瑞波斯低沉著嗓子說，垂下的兩手握緊拳頭。

「是嗎？我可不記得是這樣。」

「你背叛了她！」俄瑞波斯吼道。

卡羅納不理會他兄弟發作的脾氣，他早見識過他這副德性。他逕自透出月色的清冷，冷冷地說：「你爲何來這裡？想說什麼快說，說完就離開。這個凡俗世界很平凡，但終究屬於我。我不想跟你分享這個世界，就像我不願跟你分享她。」

「我來是要警告你。我們在另一個世界已聽到你的誓言，知道你立誓成爲死神的戰士，擔任這所學校的御劍大師。」

「以及冥界之子的領導人。」卡羅納補充道。「別忘了我的另一個頭銜。」

「我永遠不會忘記你意圖褻瀆我的孩子。」

「孩子？你什麼時候跟人類交配，生出這群長成吸血鬼戰士的兒子？這可眞有趣，我還

因產出大批兒子而飽受你們抨擊呢。」

「離開這裡，」俄瑞波斯的金色眼眸開始發亮，「離開這地方，別干涉妮克絲的吸血鬼子民，也別打擾誓言爲我效命的高貴戰士。」

「你命令我離開，不就是在干涉？我很驚訝妮克絲會同意你這麼做。」

「我的伴侶不知我來。我來這裡，全是因爲你又在引發她的不安。我活著就是要替她排除不安。這是我來這裡的唯一理由。」俄瑞波斯說。

「你活著只是爲了舔她的腳，而你一向嫉妒我。」卡羅納忍不住心裡暗暗雀躍，因爲俄瑞波斯的話已暗示，**我仍能讓妮克絲有所感覺！女神仍注視著我！**不死生物克制自己的情緒，不讓俄瑞波斯察覺他的喜悅。他再次開口時，聲音是如此冷淡。「聽好了——我立誓效命的，不是你，而是由於女神所賜予的感應力，代表死神的一位女祭司長。你來這裡，只讓我有理由排除自稱是你兒子的戰士。放心，我不會硬要去領導你的**兒子**。」

「那麼，你就離開這所夜之屋。」俄瑞波斯說。

「不，該離開的人是你。替我捎個訊息給妮克絲：凡人都會死，死神對追隨她的人和追隨其他神祇的人一視同仁。我服事死神，不需要你或女神的同意。現在，走吧，兄弟，我要去參加葬禮了。」卡羅納說著雙手往前伸，用力一拍，四周爆出一波波震幅強烈的冷冽銀光，將他兄弟製造的另一個世界的泡泡擊碎，把冥神俄瑞波斯遠遠地送上天空。

待四周的亮光褪去，卡羅納的雙腿又牢牢地踩在地上，他再次站在妮克絲的神殿旁。

愛芙羅黛蒂從轉角跑過來，停住，瞅著他看。

「召喚我了嗎？」他問。

她眨了眨眼，揉揉眼睛，彷彿她看不清楚。「你剛剛是不是在這裡玩手電筒？」

「我沒有手電筒。召喚我了嗎？」他再一次問道。

「差不多了。有個白痴，我是說克拉米夏啦，她負責準備蠟燭，結果忘了代表靈的蠟燭。所以我得進妮克絲神殿拿一根。然後，你就跟我回龍老師的火葬柴堆旁。桑納托絲解除守護圈後，會褒揚龍老師的生平事蹟，然後就會向大家引介你。」

妮克絲基於多數人難以理解的理由，挑選了這個討厭的奇怪人類作為她的女先知。而這會兒，這位女先知瞅著卡羅納，看得他渾身不自在。卡羅納不發一語，默默地在喉嚨裡咕噥一聲，轉身去開神殿的側門。

打不開。

卡羅納再試一次。

他全身繃緊，使出不死生物全部的驚人力氣。

怎樣都打不開。

這時，他發現，木門早已消失，門把嵌在厚重的石牆上。根本沒有入口，什麼都沒有。愛芙羅黛蒂忽然伸手把他推開，抓住門把，一拉，石頭消失，木門再現，若無其事地爲她開啓。她跨過神殿的門檻之前，抬頭瞥他一眼。「你這個人眞是怪里怪氣。」說著，她把頭髮往後一甩，走入神殿。

門在她的身後掩上。卡羅納伸手貼住門，手掌底下的門微微震顫，從親切迎人的木門變成石頭。

他後退，心一沉，有一種可怖的空洞的感覺。

幾分鐘後，愛芙羅黛蒂穿過看起來正常不過的門，走了出來，手裡拿著一根粗厚的紫色蠟燭。她大步從他身邊走過，說：「走啊。桑納托絲要你站在守護圈的邊邊，盡可能不要引人注意。不過，你應該知道，你多穿點衣服的話，比較不會引人側目。」

卡羅納跟在她後頭，努力不去理會內心的空虛感。果然如俄瑞波斯所言，他毛毛躁躁，像個傻瓜，是個篡奪之徒。就算妮克絲眞的注視著他，也必然只帶著鄙夷的表情吧。她徹底拒絕了他——不讓他進入另一個世界，不讓他進入她的神殿，也不讓他進入她的心……

照理說，幾個世紀的光陰足以減輕他的苦痛。然而，卡羅納這才開始了解，實情正好相反。

元牲

妮克絲，如果妳真是一位寬恕的神，請幫助我……拜託……

元牲沒逃離他在地下的藏匿之所，而是待在裡面，一遍又一遍地複誦這句話，這句禱詞。或許妮克絲會獎勵他的認眞。起碼，這是他能獻給女神的東西。

就在他反覆默禱之際，魔法開始在他四周打旋。起初，元牲的精神爲之一振。**妮克絲聽見我的祈禱了**！但他旋即發現自己錯了。從周遭溼冷空氣中緩緩現形的生物，絕不可能服事寬恕的女神。

元牲怵然後退，躲著它們。它們的氣味奇臭無比，而那一張張目盲的臉，令人驚怖，不敢逼視。他心跳加速，全身發抖，裡面的野獸躁動著。這些東西是要來懲罰他效命於奈菲瑞特所犯下的惡行嗎？元牲開始利用自身的恐懼，餵養裡面的野獸。他不希望牠甦醒，但他不可能不戰而降，屈服於這群準備吞沒他的邪惡生物。

然而，他沒被吞沒。緩緩地，它們乘著魔法的漩渦，往上攀升。爬升得愈高，移動的速度就愈快，彷彿受到召喚，它們逐漸醒來，回應無聲的呼叫。

元牲的恐懼褪去，體內的野獸也平息下來。它們的對象不是他，絲毫不理會他。圓柱狀漩渦拖著一道闇黑惡臭的煙霧的尾巴，元牲被一股莫名的力量驅使，伸手穿過那道尾巴。

他的手變成一團煙霧，彷彿漩渦和他是同一種物質。漩渦摸起來似乎空無一物，卻分解了他的肉身。元牲驚訝地睜大眼睛，試圖把手抽回來，但他的手不見了。他打了個寒顫，煙霧開始吞噬他的身體。元牲無助地眼睜睜看著自己的前臂消失，接著是胳膊，然後肩膀也不見了。他試圖汲取蟄伏於體內的力量，喚醒裡面的獸，但煙霧淹沒了他的感覺。它吞噬他的同時，也麻痹了他。當煙霧吞噬元牲的頭顱，他變成了煙霧，什麼感覺都沒有，只剩一股巨大的渴望——一個未竟的追尋——一種強烈的需求。但，渴望什麼呢？元牲說不上來。他只知道黑暗吞沒了他，絕望的浪帶著他爬升。

我一定不只是這樣！他心急如焚地想著，**我一定不只是煙霧和渴望、幽暗和野獸！**然而，他似乎真的就只是這樣。一發現這個事實，絕望席捲而來。他是這些東西，但又不是這些東西。元牲是空無一物……他什麼都不是……

元牲心想，那作嘔的聲音應該是他發出的。不知怎地，他的身體一定待在某處，也一定還是他自己的，正因眼前的事而反胃作嘔。接著，他看見她。

柔依在那裡。她手上拿著一塊白石頭，就像她在前一晚那場儀式裡一樣。那時，他試著做出抉擇，做出正確的事。

他感覺到煙霧在移動。它也看見柔依了。

它要去吞噬她了。

不！他內心深處的靈魂大喊。**不可以！**元牲的心智呼應這聲呼喊。原本絕望的他看著柔依，開始感受到別的東西。他感受到她的恐懼和堅強、她的決心和軟弱。元牲驚訝地察覺，柔依跟他一樣，沒有自信，對自己在這個世界中的角色感到困惑。她擔心自己沒有勇氣做出正確的事。她懷疑自己的決定，爲自己犯下的錯誤感到丟臉。原來，連柔依·紅鳥，這個被女神觸摸過，深具天賦的雛鬼，也覺得自己是失敗者，也會想要放棄。

就跟他一樣。

頓時，同情和理解的感覺淌過元牲的胸臆，他感受到一股炙熱的力量在體內湧起。一陣眩目的亮光霎時閃現，他從漩渦當中跌落，穩穩地掉進他重新出現的身體，喘著氣，全身顫抖。

他沒休息太久。雖然虛弱，雖然仍不住地顫抖，元牲在殘破樹根宛如迷宮的節瘤之中找到攀爬踏足的地方。慢慢地，他往上爬。花了好長一段時間，他終於爬出地穴。他趴在地上，躊躇了一會兒，注意聆聽。

他什麼都沒聽見，除了風聲。

元牲站起來，躲在殘破的樹幹後。柔依已經走了。他環顧四周，目光立刻被一個巨大柴堆吸引。柴堆上方，躺著一具裹著袍服的人形軀體。即使柴堆被夜之屋全校師生團團圍住，元牲仍一眼就察覺這是什麼場景。他首先想到的是，**這是龍·藍克福特的火葬柴堆**。他緊接著想到的是，**我殺了他**。猶如他情不自禁地趨近魔法煙霧中的絕望，他也想靠近葬禮。

要靠近那一圈雛鬼和成鬼並不困難。雖然冥界之子戰士們戒備森嚴，所有人的注意力卻都放在圓圈之內和中央的火葬柴堆。

元牲悄悄移動，利用一棵棵巨大的老橡樹和陰影，慢慢靠近，直到能清楚聽見桑納托絲所說的話。然後，他用力一躍，抓住低垂的樹枝，往上一攀，蹲伏在枝椏間，一覽無遺地看著這場葬禮。

桑納托絲剛設立好守護圈。元牲看見四名吸血鬼老師手持代表四元素的蠟燭。他以爲會在守護圈中央靠近柴堆的地方看見柔依，沒想到那兒佇立著一手拿紫蠟燭，另一手拿大火炬的桑納托絲。

柔依在哪裡？難道被煙霧裡的怪物抓走了？它們就是因爲這樣才突然渙散消失嗎？他

驚慌地搜尋，終於看見她站在史塔克身邊，被她的守護圈朋友簇擁著，一臉哀戚，但毫髮無傷。她正專注地看著桑納托絲。除了因失去御劍大師而哀傷，她看起來毫無異狀。元牲鬆了一口氣，登時全身虛軟，差點跌下樹。

元牲凝視著她。他可以感覺到她內心交戰。爲什麼？他不解，一如他不解被她喚醒的那些心裡的感覺。

他把注意力轉移到桑納托絲身上。她正沿著守護圈的圓周優雅地走著，她說話的聲音是如此舒緩，甚至安撫了他緊繃的神經。

「我們的御劍大師生是戰士，死也是戰士，忠於誓言，忠於夜之屋，忠於女神。在此，還有一項事實是我們必須知道的：儘管我們哀悼他的去世，但我們知道，自從失去他的配偶安娜塔西亞，他其實只剩一副軀殼。」元牲的目光瞥向利乏音。他知道，還是仿人鴉的時候，利乏音殺了安娜塔西亞．藍克福特。諷刺的是，御劍大師之所以死，正是爲了保護利乏音。更荒謬的是，現在，這男孩淚流滿面，坦然地爲龍老師的死哭泣。

「死神對龍．藍克福特是仁慈的，不只讓他帶著戰士的尊嚴赴死，還引領他找到女神。妮克絲不但讓布萊恩．龍．藍克福特和摯愛重逢，還讓他們和兩隻愛貓——影疾和圭妮亞——的閃耀靈魂相伴。」

他們的貓也死了？我不記得那天的儀式上有貓啊。元牲困惑地觀察火葬柴堆。果然，有兩團東西跟龍老師一起包覆在袍服底下，蜷縮在殞落的戰士左右兩側。

桑納托絲這時已停下腳步，站在柔依面前。女祭司長對著她微笑。「柔依．紅鳥，既然妳曾進入另一個世界，又回到人間，請告訴大家，那個國度有什麼是恆常不變的？」

「愛，」柔依毫不遲疑地說：「始終是愛。」

「你呢？詹姆士．史塔克？你在另一個世界有何發現？」桑納托絲問，一隻手摟著柔依肩膀的年輕戰士。

「愛，」他以堅定有力的聲音重複柔依的話：「始終是愛。」

「確實如此。」桑納托絲又開始繞著守護圈走。「我可以告訴大家，我跟死神的親密關係讓我也能一窺另一個世界。就我所見，我知道，儘管我們從這個國度去到另一個國度時依然有愛相隨，但如果沒有同情，愛無法獨存，一如光亮因希望而存在，黑暗因仇恨而存在。在了解和體悟到這一點之後，我在此請大家敞開心胸，歡迎我們的新御劍大師、冥界之子戰士的新領導人、我的誓約戰士——卡羅納！」

元牲震驚不已，看到底下眾人也露出驚訝的表情。長久以來與黑暗為伍，長翅膀的不死生物卡羅納大步走進守護圈，趨近桑納托絲，握拳放在心臟位置，恭敬鞠躬。然後，他抬起頭，低沉洪亮的聲音在空中縈繞。

「我已宣誓成爲死神的戰士，我必做到。我已宣誓成爲這所夜之屋的御劍大師，我必做到。但我不能取代龍．藍克福特的位置，成爲冥界之子戰士的領導人。」元牲看見桑納托絲注視著卡羅納，表情似乎很喜悅。守護圈四周的戰士侷促不安地動來動去，彷彿不確定該怎麼看待不死生物的宣示。

「我將負起死神的戰士的職責。」卡羅納繼續往下說。這時，他是對著桑納托絲說，但聲音足以傳遍整個守護圈。「我會保護妳和學校，但我不能承擔跟俄瑞波斯有關的頭銜。」

「當你自稱來到人間的俄瑞波斯，我人在最高委員會。」桑納托絲說：「這事你怎麼說？」

「我從未這樣自稱，那是奈菲瑞特說的。她意圖成爲一名女神，而這代表她必須有個不死生物當伴侶，所以，她替我冠上人間冥神俄瑞波斯的頭銜。當我拒絕奈菲瑞特，我就拒絕了這個角色。」

眾人竊竊私語，猶如風在林間窸窸窣窣地穿梭。桑納托絲舉起火炬。「安靜！」全場頓時鴉雀無聲，但驚嚇和懷疑猶存。「關於奈菲瑞特，卡羅納說的是實話。龍老師是被她的生物——元牲——所屠戮。他絕不是來自妮克絲的禮物。昨晚，在席薇雅．紅鳥的薰衣草田舉行揭發眞相的儀式時，大地已顯現這可怕的事實。元牲是黑暗以柔依．紅鳥的母親爲祭品所創造的生物，成爲奈菲瑞特掌控的工具人。而黑暗便是一再透過這樣的血腥犧牲，持續控制他。」她把火炬指向火葬柴堆上方的三具屍體。「我有證據可以證明影疾是奈菲瑞特所殺，她這麼做是爲了讓黑暗繼續控制元牲。對安娜塔西亞的愛貓圭妮亞來說，影疾的死令她難以承受，所以她哀慟而死，自願追隨影疾到另一個世界，好跟他們最愛的人團圓。」

元牲愣住，全身僵直，幾乎喘不過氣來。他覺得自己彷彿被桑納托絲開膛剖腹。他想大喊：**這不是真的！這不是真的！**但她往下說的話，一句句繼續搥打著他。

「柔依、戴米恩、簫妮、依琳、史蒂薇．蕾、達瑞司、史塔克、利乏音和我！」她逐一唱名，「我們都已目睹奈菲瑞特的惡行。龍．藍克福特犧牲性命，讓我們得以公開揭露這一切。現在，我們必須迎戰御劍大師喪命其中的這場戰役。卡羅納，我很高興聽見你的告白。最高委員會很清楚，你是受到奈菲瑞特的詭計所掌控。我接受你爲死神的戰士、本校的守護者，但沒辦法讓你領導戰士，因爲他們已宣誓成爲冥神俄瑞波斯之子。」

元牲看見不死生物的眼睛閃過一絲憤怒，但卡羅納還是對桑納托絲頷首鞠躬，握拳放在心臟位置，說：「如我所願，女祭司長。」接著，他退到守護圈的邊緣。附近的人見他靠近，紛紛往後退半步。步伐雖小，卻明顯可見。

桑納托絲要簫妮召喚火，點燃柴堆。就在火柱吞沒龍·藍克福特的柴堆時，元牲從樹上跳下，踉踉蹌蹌地折返碎裂的老橡樹，回到坑穴裡，隱沒在地底，絕望地獨自飲泣，憎恨自己。

13 柔依

「柔，一切都還好嗎？」史塔克嘴巴附在我的耳邊，壓低聲音說。我的守護圈成員和我聚集在學校大廳的入口。桑納托絲要我們在這裡等她，她跟幾位老師和戰士談完話後，就會過來跟我們一起召開記者會。

「龍老師的死讓我很難過。」我低聲回答他。

「我不是指這個。」他繼續放輕音量，所以只有我聽得見。「我是說那顆小石頭沒異狀吧？葬禮時我看見妳摸了摸它。」

「有段時間它好像變熱了，不過很快就又恢復正常。大概是因爲我們離火葬柴堆很近吧。喔，對了——」我提高音量，對簫妮說——「在龍老師的葬禮上，火表現得很棒。我知道，要一再點燃火葬柴堆決不是件容易的事，但妳是在幫大家的忙。妳讓它燒得比平常快。」

「謝謝。唉，大家都受夠了葬禮。所幸在葬禮之前，我們都目睹了龍老師進入另一個世界。可是，見到那兩隻貓跟他一起躺在柴堆上，我還是很難過。」她指了指眼淚。我不禁納悶，爲什麼她哭泣時看起來還是可以這麼美。「對了，說到這個，我想起一件事。」簫妮轉身面向依琳——她站在我們這群人的邊邊，呆呆地望著仍留在火葬柴堆旁的學生，彷彿在尋找什麼人。「依琳，我把小惡魔的貓窩搬進我的房間，好嗎？最近他都待在我的房裡。」

依琳瞥了一眼簫妮，聳聳肩，說：「好啊，隨便。反正那個貓窩臭死了。」

「依琳，貓不喜歡盒子髒，妳得每天清理。」戴米恩皺起眉頭告訴她。

依琳冷冷地哼了一聲。「反正以後不關我的事了。」說著她轉身繼續看其他學生。

我注意到她沒哭。我想了一下，發覺整場葬禮中她完全沒掉淚。一開始，孿生的鬧翻時，最受影響的人好像是簫妮，但後來我注意到，最反常的是依琳。其實，這應該是正常的現象，畢竟依琳原本舉手投足都跟簫妮一樣，但簫妮現在變得更成熟，更善良。我在心裡暗暗記下，得找個時間跟依琳談談，確定她沒事。

「唉，眞希望桑納托絲沒叫利乏音跟其他學生在巴士上等。葬禮時他好難過。我實在不想丟下他一個人。」史蒂薇．蕾說，走到我的身邊。

「他不是一個人，他跟紅雛鬼們在一起。我看見他們走向巴士。克拉米夏還邊走邊跟他說，寫詩是抒發情緒的好方法。」

「克拉米夏滿嘴鬼詩，肯定會把鳥男孩搞得一頭霧水。押韻啦，抑揚頓挫啦，有的沒的。」愛芙羅黛蒂說：「再說，妳應該要想到，如果讓人類發現他的『鳥問題』——」她在半空比劃出引號——「那可不是好事。」

「嗨，呃，不好意思，打擾一下，請問大廳在哪裡？」

我們一夥人循聲轉身，盯著沿人行道，從停車場的方向走過來的人類。在他的身後，有另一個傢伙拿著攝影機，肩膀上掛著黑色大袋子，裡頭塞滿東西，還有一根麥克風似的灰色長條狀東西在他頭上晃來蕩去。

想也知道，戴米恩是我們當中第一個回神的人。我的意思是，戴米恩絕對有資格當選陶沙市夜之屋的親善大使。

「你來對地方了。好極，找到了我們！」戴米恩笑得好親切，我看見這個人類緊張的肩膀開始放鬆。接著，那人伸出手，說：「太好了，我是亞當・帕魯卡，陶沙市福斯新聞二十三台的記者。我來這裡訪問你們的女祭司長，嗯，我想，也會訪問你們幾位。」

「很高興見到你，帕魯卡先生，我是戴米恩。」戴米恩說，握住他的手。然後，他輕聲笑了一下，說：「哇，你的手好有力啊！」

記者咧嘴一笑。「我總希望對方能感受到我的誠懇。還有，叫我亞當就行了。通常帕魯卡先生指的是我爸。」

戴米恩再次咯咯傻笑，亞當輕聲笑了一下，兩人四目相望。史蒂薇・蕾用肩膀撞我一下，我們交換了個眼色。亞當挺可愛的，是那種年輕、時尚、都會型的性感帥哥，一頭黑髮，深黝眼眸，朱唇皓齒，穿著高級皮鞋，帶著我和史蒂薇・蕾同時注意到的潮男包包。我們兩人以眼神告訴對方，**戴米恩的潛在男友出現啦**！

「嗨，你好，亞當，我是史蒂薇・蕾。」她伸出手。當他握住她的手，她說：「你沒女友吧？」

他貝齒明亮的笑容頓時褪了一些。「沒有，我沒有，呃，我是說我當然沒有女朋友。」說著，他看見史蒂薇・蕾額頭上的紅色記印。「看來妳是貴校前女祭司長所說的新品種吸血鬼。」

史蒂薇・蕾對他露出燦爛笑容。「是啊，我是史上第一位紅吸血鬼女祭司長。酷吧？」

「妳的刺青眞的好美。」亞當說，好奇多於不自在。

「謝謝！」史蒂薇・蕾熱切地往下說：「這位是詹姆士・史塔克，他是史上第一個紅吸血鬼戰士。他的刺青也很美吧。」

史塔克伸出手。「很高興見到你。不過，你不必說我的刺青很美。」

亞當的臉色變了一下，但還是跟史塔克握手。他的笑容看起來是真誠的——略顯緊張，但誠懇。

「嗨，」我插嘴，跟他握手，「我是柔依。」

亞當的目光迅速從我滿臉的刺青轉移到我的T恤V字領口上的記印，然後從我的鎖骨往下移，盯著我同樣布滿細緻花紋圖案的手掌。「我不曉得吸血鬼會有額頭以外的刺青呢。妳這位刺青藝術家在陶沙市嗎？」

我咧嘴笑笑，「是啊，有時在。不過，她多半時候在另一個世界。」我看得出他正努力消化我說的話。我抓住機會，脫口問他：「嘿，你說你沒有女朋友，那男朋友呢？」

「呃，沒有，我也沒有男朋友，起碼現在沒有。」亞當眼睛瞄著戴米恩，而戴米恩也望向他。

萬歲！我心想。這時愛芙羅黛蒂哼了一聲，說：「喔，拜託，這裡又不是『我愛紅娘』的節目。嗨，我是愛芙羅黛蒂．拉芳特。對，市長就是我爸。這沒啥大不了的。」她挽住達瑞司的手臂。「這位是我的戰士，達瑞司。」

亞當看見愛芙羅黛蒂身上那件學校運動服上有著六年級的徽章——左胸口袋上繡有命運三女神——驚訝地揚起可愛的眉毛。「人類也能念夜之屋啊？」

「愛芙羅黛蒂是妮克絲的女先知。而身爲冥界之子戰士的達瑞司宣誓保護她，和她締下誓約連結，也證明了她的特殊身分。」桑納托絲說著，從陰暗處現身，優雅地走向我們。我心想，她進場的時機和儀態實在太完美了。她看起來高大威嚴，美麗古典，看不出歲月的痕跡。她的聲音悅耳，一開口就提供了適切的資訊，彷彿她每天都在教誨人類記者。「我知道，我們吸血鬼社會的運作方式並非所有人都懂，但我相信，多數人類都曉得戰士無法對普通人類立下守護誓約。」

「我雖然在最後一刻才接下這項採訪任務，卻還勉強有時間做了一點功課。沒錯，妳說的這件事，我確實知道。」

「愛芙羅黛蒂身爲妮克絲的女先知，以及她和幾位紅雛鬼、紅成鬼在這裡念書的事實，正是這次訪談的主題之一。不過，看來訪談已經開始了。」桑納托絲完全走出陰暗處，對攝影師點了點頭。儘管我們沒人理會攝影師，他早舉高了攝影機，顯然已在拍攝。「我是桑納托絲，陶沙市夜之屋的新任女祭司長。歡喜相聚，亞當．帕魯卡，歡迎蒞臨敝校。」

「歡－歡喜相聚。」亞當結巴了一下。「這麼早就開始拍攝，希望沒冒犯到你們。」

桑納托絲面帶微笑。「沒有。是我們邀請你來的。我很高興不用先客套一番就直接進入正題。我們是不是就繼續待在這裡，在陶沙市美麗的夜空下進行訪談呢？」

「好啊。」亞當在攝影師點頭同意後說道：「其實，煤氣燈的照明效果很棒。請先給我們幾秒鐘準備吊桿式麥克風，好盡可能收你們的聲音。」

「這樣安排似乎很不錯。柔依、愛芙羅黛蒂、史蒂薇．蕾、史塔克和戴米恩，請你們留下來一起接受採訪。達瑞司，麻煩你和簫妮及依琳去看看聚集在外頭的雛鬼是不是都回宿舍了，好嗎？對我們學校來說，今晚確實是難捱的一夜。」達瑞司對愛芙羅黛蒂和桑納托絲鞠躬，然後跟簫妮一起離去，而依琳則走往相反的方向。

「妳說今晚對貴校來說很難捱，不曉得是什麼意思？」

「我相信以你對時事脈動的掌握，你應該知道最近我們校園失火。」桑納托絲說。

「我們福斯新聞台確實有這則報導。妳說的難捱，跟馬廄有關？」他敦促桑納托絲道出詳情。

「沒錯。這是一樁不幸的意外，但不特別令人意外。」桑納托絲指著四周一盞盞以美麗掛具懸掛的銅製大燈。「對我們來說，煤氣燈和燭光比一般電器燈泡不傷眼。而且，就像你剛剛說的，這種照明創造出柔美的氛圍。不過，這些是明火，偶爾會發生意外。當時馬廄裡有盞提燈點著火，沒人看管，而那晚風大，一陣風把燈吹倒，翻覆在一大捆乾草上，造成馬廄起火燃燒。」

「希望沒人受傷。」亞當的關切表情看起來很眞誠。

「我們的馬術老師和一位雛鬼有點吸入性嗆傷，我們雇來管理馬廄的人類受到灼傷，主要是雙手燒傷，不過應該會完全復原。對了，我一定要讓你知道，這位崔維斯．佛斯特先生眞是英雄，他讓所有馬匹都平安逃出馬廄。」

「崔維斯．佛斯特是人類？」

「不折不扣的人類。他是我們很重要的員工和朋友。」

「有意思。」亞當說，眼睛四處張望。我看得出來，當他發現遠處那堆已剩橘色餘燼的火葬柴堆，眼睛頓時亮了起來。「如果我說錯，請糾正我。我想，那堆燃燒的木柴應該跟馬廄無關吧。根據我的了解，吸血鬼會搭柴堆，以火葬處理死者。我來採訪的時機是否不恰當？」他詢問的語氣帶著關心，但他的眼神也明顯透著好奇。

「你沒說錯，那是火葬柴堆的餘燼。我們夜之屋的確剛剛痛失一位重要的師長，而這事跟馬廄失火無關。我們的御劍大師龍．藍克福特，最近死於一場不幸的意外。事情發生在一處薰衣草田，鄰近人稱『高草平原』的生態保護區。」我緊閉嘴巴，納悶桑納托絲會如何把龍老師的死因說成「不幸的意外」，好向人類社會解說。「有一頭大公牛跑出保護區，而那時我們正巧在薰衣草田裡，即將完成一項淨化儀式。這頭公牛一定是被鼠尾草燃燒的煙霧和我們圍起來的圈子給搞迷糊了，直接朝我們衝撞過來。我們的御劍大師爲了保護雛鬼，犧牲了自己。」

「太可怕了。眞遺憾發生這種事。」亞當臉上流露出難過的神情。事實上，我們全都一臉哀傷，恰好掩飾了桑納托絲這個大謊言所帶給我們的震驚。

「謝謝你，亞當。雖然這個意外很可怕，讓我們痛失一位好老師，但御劍大師生是一位可敬的戰士，爲了保護我們的年輕人而犧牲，死也是一位可敬的戰士。幸虧有他，其他人才沒受傷，儀式也才能順利進行。在未來的綿長歲月裡，我們所有人都會記住龍·藍克福特的英勇事蹟。」她從袖子裡掏出蕾絲手帕，輕輕揩著眼睛。這眞是動人的一刻。亞當站在那裡，好像很能感同身受，而攝影師把鏡頭從龍老師的火葬柴堆移到桑納托絲身上，捕捉她哀戚的神情，以及她努力保持冷靜，非常人性的掙扎。

這場表演實在精彩。我忍不住心想，這位死神的女祭司長還是雛鬼時，可能上過不少堂表演課。

桑納托絲擦完淚水，深吸一口氣，說：「我現在來回答你的另一個問題。不會，你來訪的時機沒有不恰當。記得嗎，是我們主動邀請你的？即便這是哀傷的時刻，我們仍歡迎你來到夜之屋。好，我們正式開始吧。我們到長凳那邊，可以嗎？」桑納托絲指著大廳入口前那排長石凳中的一張。在平常的日子裡，學生會聚集在長凳附近，寫功課、調情、聊八卦，但今晚這兒空蕩蕩的。

「很好。」亞當說。

趁著他和攝影師進行前置作業，桑納托絲走到長凳的中央坐下，然後低聲說：「柔依、史塔克，你們站在這裡。」她指著她的右手邊。「愛芙羅黛蒂、史蒂薇．蕾和戴米恩，你們站在這邊。」他們走到她的左手邊。

當亞當折回我們面前，開始正式拍攝，我好緊張。這電視畫面，連我在斷箭市南區中學的老同學都看得到！

「奈菲瑞特——也就是陶沙市夜之屋的前任女祭司長——昨晚發表了一些對妳的看法。桑納托絲，不曉得妳可不可以就她所言發表一下意見？她說，死神現在成了這裡的女祭司長。」亞當停頓一下，然後笑著說：「在我看來，妳不像死神。」

「你常見到死神嗎，年輕的亞當？」桑納托絲以開玩笑的口吻輕聲說道。

「沒有。事實上我不曾死過。」他也開玩笑回應。

「這麼說吧，奈菲瑞特說的那些話其實很容易解釋。我不是死神本身，我只是賦有死亡的感應力，能幫助死者從人間過渡到另一個國度。我不等於死亡，一如你不等於人性本身。

我們兩人只是兩者的表徵。把我當作一種精準的媒介，或許比較容易理解。」

「奈菲瑞特還提到一種新形態的吸血鬼——紅吸血鬼，說他們非常危險。」我注意到攝影機的鏡頭掃向史塔克和史蒂薇·蕾。「可以請妳也針對這點做個說明嗎？」

「當然。不過，我想，我有必要先澄清一點。奈菲瑞特不再是陶沙市夜之屋的員工。事實上，在我們吸血鬼的社會中，一名女祭司長一旦失去這個職銜，就終生失去這個角色，換句話說，她永遠不可以再擔任任何一所夜之屋的女祭司長了。你應該可以想見，對雇主和被解雇的員工來說，這樣一種轉變是何等煎熬，何等難堪。吸血鬼沒有規範毀謗的法律，我們的社會是靠誓言和榮譽來運作。但顯然這套運作系統這次不怎麼管用。」

「所以，妳的意思是，奈菲瑞特……」他沒往下說，但對桑納托絲點點頭，期待她幫忙把話說完。

「對，這雖然可悲，卻是事實。奈菲瑞特因爲被解雇而心生不滿，就無中生有，造謠生事。」桑納托絲說得流暢極了。

亞當瞥史塔克一眼。「這位前員工還特別提到夜之屋的一位成員——詹姆士·史塔克。她對他的看法讓人滿不安的。」

「那位成員就是在下。」史塔克立刻說道。我看得出他很緊張，但我相信任何人，包括電視機前的觀眾，都只會見到一個可愛的男孩，臉上有著兩支箭構成的紅色刺青圖案。

「那麼，詹姆士——我可以這樣稱呼你嗎？」亞當問。

「直接叫我史塔克就行了。大家都這麼叫。」

「好，史塔克，奈菲瑞特說你殺了你在芝加哥夜之屋的導師，她還暗示你會對本地居民造成威脅。你可以回應一下這些說法嗎？」

「那全是屁話！」我聽見自己衝口而出。

史塔克對我露出似笑非笑的冷傲笑容，當著鏡頭握住我的手，跟我十指交纏。「柔，別在鏡頭前說髒話。妳阿嬤說不定會聽見，那可就不酷了。」

「對不起。」我喃喃說道：「那我讓你自己講好了。」

史塔克笑得更燦爛。「哇，這可是妳第一次讓我說話欸。」

聽他這麼說，旁邊的朋友都哈哈大笑，我則綳著臉，心想，下次睡覺時或許我該拿枕頭悶死他。

一開始，史塔克說起話來顯得有些躊躇，但愈說愈有信心，也愈有力。「我的導師威廉．齊德席是很棒的老師，人很好，很聰明。我是說，**真的**非常聰明，很有天分。他幫了我很多忙。事實上，對我來說，他更像個父親，而不只是導師。」史塔克頓住，用手抹了一下臉。再次說話時，他好像全然忘了攝影機的存在，彷彿在場只有他和記者。「亞當，當我還是人類所說的高二生，我就發現我有這樣的**天賦**——」史塔克說出這兩個字的語氣，既沒有諷刺的意思，也不把它當作什麼了不起的東西。他的語氣只讓人覺得，這天賦是一種責任，而且一點也不好玩。「我是個神射手，百發百中。」見亞當面露疑惑，他解釋道：「我指的是弓箭。每次我瞄準目標，絕對不失手。不幸的是，事情沒這麼簡單。想想看，在你眼睛所看的東西、腦袋所想的東西，和所瞄準的東西之間，其實有很多彈性空間。舉個簡單的例子來說吧：假設你拿起弓箭，瞄準停車號誌，然後搭箭拉弓，看著大紅號誌的正中央，可是這時你腦袋裡閃過的念頭是『好，我要射中阻止車子前進的東西』，結果箭射出去，射中的竟然是一輛剛巧駛過的汽車的散熱器。」

「嗯，我懂了，這可能會造成很大的麻煩。」亞當說。

「對，麻煩可大了，大到無法收拾。我花了好一段時間，才弄明白這是怎麼回事，才有辦法控制它。但在弄懂之前，我已犯下可怕的錯誤。」史塔克再次停頓，我捏了捏他的手，試圖讓他感受到我的支持。「而這個錯誤害死了我的導師。我發誓，絕不再讓這種事發生。」

「就因為這樣，詹姆士·史塔克才會轉到陶沙市夜之屋來。」桑納托絲接話，攝影機的鏡頭轉向她。「在陶沙市這裡，我們相信每個人都應該有第二次機會。」她的目光移向愛芙羅黛蒂。當桑納托絲接著往下說，我得克制自己，才沒驚訝地張開嘴巴。「愛芙羅黛蒂・拉芳特，妳是不是同意，這裡是給人第二次機會的好地方？」

我實在不需要擔心。愛芙羅黛蒂顯然很習慣面對攝影機鏡頭。她往前跨一步，在桑納托絲旁邊坐下。「我完全同意，女祭司長。我當了將近四年的雛鬼，但妮克絲，我們慈愛的女神，決定拿走我的記印，轉而賜予我預知的天賦。我的父母同意我繼續留在夜之屋。其實，我們討論過，他們希望我從這裡畢業後，能有機會到威尼斯的最高委員會實習。我媽和我爸都非常支持我。」她對著鏡頭綻開笑容。「如果把我過去幾個月的信用卡帳單拿出來看，你就知道我在說什麼了。眞的，我爸媽棒透了！」

眞是夠了。這種又臭又噁的屁話我實在說不出口。幸好史蒂薇・蕾可不是憋得住的人。

「說到父母，我媽金妮・強生做的巧克力脆片全宇宙第一棒。過幾天學校辦校園開放日時，她會帶餅乾來這裡義賣。對不對，桑納托絲老師？」

桑納托絲毫不遲疑地說：「完全正確，史蒂薇・蕾。這個週末，如果天公作美，不要又來一場奧克拉荷馬州的典型狂風暴雨，我們就舉辦校園開放日。我們希望，到時候流浪貓之家能帶貓來這裡讓人領養。事實上，我很高興在此宣布，糕餅義賣所得——」她對史蒂薇・

蕾露出微笑——「將捐贈給本地的慈善機構，流浪貓之家。此外，我們的雛鬼女祭司長柔依・紅鳥的外婆也會來這裡義賣她的薰衣草產品。」

「別忘了還有就業博覽會。」

所有人，包括攝影師，循聲轉頭望向馬術老師。蕾諾比亞站在那裡，牽著她那匹看起來好夢幻的美麗黑色母馬慕嘉吉。

「蕾諾比亞老師，眞是太好了，有妳加入我們的記者會。」桑納托絲說。

「哇！好帥的一匹公馬呀！」亞當驚呼，這時攝影師給了慕嘉吉一個特寫。

戴米恩碰了一下亞當的胳臂，微笑說道：「親愛的，那是母馬。」

「喔，對不起。」亞當大方承認錯誤，臉頰酡紅，笑著說：「我向來不在乎男女之別。」

「因為我們都是平等的。」我聽見我的嘴巴冒出了這麼一句話，隨即在心裡默默地感謝妮克絲的引導。「男生、女生、人類、吸血鬼，到底有何差別？我們共同生活在陶沙市，我們都愛這裡。所以，就讓我們好好相處吧！」

桑納托絲呵呵笑，聲音如銀鈴般悅耳。「喔，柔依，妳說得眞好，我大概沒法子說得這麼好。還有，蕾諾比亞，謝謝妳提醒我。亞當，我要在此宣布，陶沙市夜之屋舉辦校園開放日，爲流浪貓之家義賣的那一天，同時也要舉辦就業博覽會，徵求人類在本校擔任老師。這將是吸血鬼有史以來第一所對人類徵才的夜之屋。我們要尋找戲劇課和文學課的老師。」桑納托絲站起來，張開雙臂，看起來慈祥又睿智。「夜之屋向陶沙市敞開雙臂。祝福大家歡喜相聚，歡喜散場，期待歡喜再聚。週六見。」

14 奈菲瑞特

要不是叫了客房服務，奈菲瑞特大概不會看到這場記者會。這個態度卑屈的金髮男孩夠稚嫩，足以引起她的興趣。上次那個蒙她「寵幸」的大廳服務生大概會請好幾天病假，病懨懨的，什麼都不記得，只記得她的美貌，以及一連串幽暗的春夢。高燒的夢囈，醫生會這麼說。人類眞是脆弱，害她只好持續尋找新玩物。

奈菲瑞特打量著眼前這個小夥子。個頭夠高，神色緊張，膚質很糟。過大的毛孔微微散發出處男的氣息。她打個手勢，叫他進客廳來。他端了一瓶清涼的香檳從她身邊走過，她不禁想著，處男的血混合香檳，滋味肯定絕佳。

「請把酒拿到我的臥房，好嗎？」奈菲瑞特嬌嗔地說。

處男的血是如此甘美，她願意忽視他糟糕的皮膚和冒汗的手掌。反正，她又不打算撫摸他，起碼不打算跟他有太多身體的接觸……

「夫人，放在這裡可以嗎？」他的目光從她的乳房飄移到她的嘴唇，然後回到他正在打開的酒瓶上，渾身散發出性的欲望、恐懼和迷醉。

「放在那裡**很好**。」奈菲瑞特舉起細長尖銳的指甲，劃過低胸絲質長袍開襟的地方。「哇。」他讚歎道，顫抖著手，動作生澀地拆掉香檳瓶口的金色箔片。「希望你不介意我這麼說，不過，妳眞的比電視新聞裡那些吸血鬼美上好幾倍。」

「電視新聞裡那些吸血鬼？」

「是啊，夫人，就在福斯新聞二十三台的深夜新聞啊。」

「打開電視。」她喝令道。

「可是香檳還沒——」

「放著！我可以自己開。打開電視，轉到新聞頻道，然後滾。」

男孩依言行事，靜靜退下，臨走時流連地回頭看她一眼，但奈菲瑞特完全不予理會，只全神貫注地看著平面大電視上的場景。是桑納托絲、柔依和她那幫人。他們聚集在夜之屋的大廳外，輕鬆地跟記者交談。奈菲瑞特沉下臉。他們每個人看起來是這麼**正常**。

聽見桑納托絲把龍．藍克福特的死歸因於野牛攻擊的不幸意外，奈菲瑞特露出嫌惡的表情。「窩囊的元牲，」奈菲瑞特嘟囔著，「差勁的工具人！都是**他的**錯。」

對畫面上的史塔克和柔依，她不屑地冷笑以對，只有在聽到自己的名字時，才注意聆聽。奈菲瑞特按下音量鍵，桑納托絲的聲音響亮地傳來：「……**奈菲瑞特不再是陶沙市夜之屋的員工……因為被解雇而心生不滿，就無中生有，造謠生事**。」

奈菲瑞特瞬間全身冰冷。

「她竟敢稱我爲**員工**！」奈菲瑞特繼續往下看，怒火愈燒愈旺，轟地一聲震碎通往陽台的玻璃門，玻璃碎片撒落在大理石地板上。

「**我們共同生活在陶沙市，我們都愛這裡。所以，就讓我們好好相處吧！**」柔依那可笑的開心的聲音，彷彿沿著奈菲瑞特的脊椎上下刮擦。

「可惡的小鬼，我不會讓妳破壞我的好事。」奈菲瑞特火冒三丈。當桑納托絲宣布陶沙市夜之屋要徵求人類到校教書，奈菲瑞特和螢光幕裡的記者同時驚訝得張口瞠目。末了，在新任女祭司長以和藹的口吻說**歡喜相聚，歡喜散場，期待歡喜再聚**之後，畫面停格在柔依微笑的特寫鏡頭，新聞主播興奮地敘說著這些吸血鬼之間的互動多麼有趣，而夜之屋的校園開放日和徵才活動對陶沙市來說是多麼好的一個消息。奈菲瑞特不敢置信地盯著螢幕。她按下電源鍵，再也無法忍受柔依．紅鳥片刻。

從客廳與飯廳之間精巧的小壁龕，傳來電腦的聲響，螢幕上閃爍著妮克絲高舉雙手的剪影圖案，圖案旁出現幾個字：吸血鬼最高委員會。

奈菲瑞特慢慢地走到電腦前，按下滑鼠，啓動視訊攝影機，螢幕上出現六位表情嚴肅，端坐在大理石寶座上的女祭司長。奈菲瑞特對她們露出冷冷的微笑。「我在想，妳們一定會打電話來。」

最高委員會的資深成員杜安夏率先發言：「我們傳喚妳到最高委員會的面前來，然而，妳仍在陶沙市，而我們在威尼斯。什麼事情耽擱了妳？」奈菲瑞特覺得，她的聲音聽起來非常、**非常**蒼老，那頭濃密的長髮肯定已銀色多過原本的褐色，而那雙深黝的眼睛底下出現眼袋。

「我很忙。」奈菲瑞特的語氣顯得逗趣而非不耐，或害怕。她絕不能讓她們認爲她怕她們，或怕任何人。「這種時候不方便去義大利。」

「那麼，妳這是迫使我們在absente reo（被告缺席）的情況下做出判決嘍。」

奈菲瑞特嘲笑道：「拉丁文就留給老到不適合活在現代的吸血鬼聽吧。」

杜安夏不理會她，逕自說：「我們的女祭司長姊妹——委員會的第七位成員——桑納托絲已透過揭發眞相的儀式，提出無可反駁的鐵證，在女祭司長柔依．紅鳥及其——」

「那個無恥的小鬼不是女祭司長！」

「不容妳打斷我的話！」即便透過網路，而且遠在數千哩之外，杜安夏的怒氣仍足以震撼人心。奈菲瑞特得極力克制，才沒畏縮。

「要說什麼就說吧，我不打斷妳。」奈菲瑞特冷冷地說。「很多人親眼目睹了桑納托絲主持的那場儀式，包括小女祭司長柔依．紅鳥、她的守護圈成員，以及數位冥界之子戰士。在這場儀式中，大地重現了妳謀殺人類的情景，證實妳將她當祭品，獻給黑暗化身的白牛，而且白牛顯然還是妳的伴侶。」

奈菲瑞特注意到最高委員會的成員忐忑不安地動來動去，彷彿光是聽到以白牛為伴侶這種事，就令她們很難承受。看她們這樣子，奈菲瑞特大樂。不消多久，最高委員會要承受的可不只是話語。

「奈菲瑞特，對此，妳有什麼話說？」杜安夏問。

奈菲瑞特挺直身子。她可以感覺到黑暗絲線在身邊窸窣騷動，拍打著她的腳踝，繞著她的小腿滑行。「我不需替自己辯解。取人類性命不是謀殺，而是神聖的獻祭。」

「妳膽敢稱黑暗為神聖？」名叫愛莉賽雅的委員會成員怒斥道。

「愛莉賽雅②——或者，我該用還沒死的語言稱呼妳『眞相』？——就讓我對妳揭露一點點眞相吧。**眞相**就是，我是不死生物。才一百多年，我的威能已遠大於妳們所有人歷經數百年才獲得的力量。**眞相**就是，再過一百年，妳們多數人將化為塵土，但我仍是年輕貌美、威力無窮的女神。只要我決定以人類獻祭，無論目的爲何，就是神聖，而非罪愆。」

「奈菲瑞特，黑暗當眞是妳的伴侶？」杜安夏的問題打破了奈菲瑞特咆哮之後的沉默。

「妳把白牛叫出來，自己問黑暗啊，如果妳有那個膽子的話。」奈菲瑞特譏諷地說。

「最高委員會，各位如何判決？」杜安夏問，直直盯著奈菲瑞特的眼睛。在這同時，最高委員會的成員逐一起立，一個個大聲說出她們的決定：「罷黜。」

杜安夏最後一個起身。「罷黜！」她堅定地說：「從今日起，我們不再承認妳是妮克絲的女祭司長，也不承認妳是吸血鬼。從今以後，我們視妳已死。」最高委員會的成員整齊劃一地轉身背對奈菲瑞特，電腦發出**通話結束**的尖銳聲響，螢幕復歸空白。

奈菲瑞特盯著黑色的螢幕，呼吸粗重，努力控制內心的騷動。最高委員會竟然罷黜她！

「可惡的老太婆！」她怒罵道。太快了！奈菲瑞特當然早已打算跟最高委員會決裂，但她想先分化她們，讓她們怒目相向，在舒適的小島上忙著內鬨，沒空干涉她在小島以外所打造的新世界。「當卡羅納還是我身邊的冥神俄瑞波斯，我差點成功了。都是柔依壞了我的好事，逼我揭穿卡羅納。」無法消除內心激動的挫敗感，奈菲瑞特緩緩走出房間，細長的鞋跟

②譯按：愛莉賽雅（Alitheia），希臘語詞，意思即是「眞相」。

踩得碎玻璃嘎吱作響。她走到陽台上，雙手扶著冰冷的石欄杆。「都是因爲柔依，桑納托絲才會到陶沙市監視我。還有她媽，如果不是她太脆弱，無法當個完美的祭品，工具人也不至於有瑕疵，殺不了利乏音，沒能阻止揭發眞相的儀式。而現在，我被最高委員會罷黜，被陶沙市民當作他們豢養的夥伴。」奈菲瑞特對著天空高舉雙手，憤怒地吶喊：「我要柔依·紅鳥爲她造成的這一切後果付出代價！」

奈菲瑞特放下雙手，扯下身上的絲質長袍，裸身面向黑夜。她再度舉高雙手，頭往後仰，長髮如黑色簾幕罩住她。「來找我，黑暗！」她兩臂交叉環抱自己，等待白牛的冰冷撫觸和牠帶來的痛楚快感。

然而，什麼事都沒發生。

黑夜裡唯一的動靜，是恆常伴隨著她的闇黑卷鬚窸窸窣窣地騷動著。

「我的主！來我這裡！我需要你！」奈菲瑞特呼喊道。

「沒心沒肺的女人，妳的呼求我毫不意外。」

如同往常，奈菲瑞特在腦子裡聽見他的聲音。然而，她沒感覺到他令人敬畏的存在。她放下雙手，轉身，搜尋他的身影。「我的主，我看不見你。」

「妳有所需求。」

奈菲瑞特依舊不明白他爲何不現身，但她不允許自己流露困惑的情緒，反而挑逗地說：「我所需求的就是**你**，我的主。」

瞬間，從蛇一般的黑暗絲線當中，最粗厚的那根卷鬚脫離在她腳踝蠕動的同伴，環繞抽打她的腰際，劃開她的光滑肌膚，形成一圈完美的猩紅傷口。其他卷鬚沿著她的腿往上爬，吸吮她汩汩湧出的溫熱血液。

奈菲瑞特克制住自己，小心不出聲哭叫。

「對我撒謊是不智的，妳這沒心沒肺的女人。」

「我需要更大的力量。」奈菲瑞特坦承。「我想殺柔依·紅鳥，但她受到重重保護。」

「不僅受到重重保護，還得到一個女神的寵愛。即便是妳，也還無法公開摧毀像她這樣一個人。」

「那麼，請幫助我。我求你，我的主。」奈菲瑞特央求道，無視於銳利如剃刀的絲線繼續割著她的肌膚，也無視於其他卷鬚不停地吸吮她的血。

「妳讓我失望。我就知道妳會呼喚我，求我幫助。瞧，妳這沒心沒肺的女人，妳不該讓我預料到妳的行動，這會讓我感到無趣。我絲毫不想把我的力量浪費在可預期的、乏味的事物上。」這些話語無情地鞭笞著她的心。

但奈菲瑞特沒有畏縮。

「我不求你原諒，」她冷靜地說：「我們在一起之初，你就知道我是什麼樣的人。我自始至終都沒變，將來也不會變。」

「的確，所以我才稱呼妳沒心沒肺的女人。」這聲音不像是被觸怒的口吻，反倒帶了點愉悅的成分。**「妳讓我想起我們一開始的關係有多美妙。那時，妳真有趣，帶給我驚喜。如果妳能再讓我驚喜，我就會考慮幫助妳。在那之前，我准許妳控制那些決定親近妳的黑暗絲線。不用灰心，會有很多黑暗絲線選擇妳，妳是如此善於餵養它們。我們會再見面的，沒心沒肺的女人，如果……妳引起我足夠的興趣，讓我想再回來的話……」**他的聲音逐漸消失，而環繞她腰際的那根粗厚卷鬚也撤離，消失在黑夜裡。

奈菲瑞特全身癱軟，倒在冰冷的石砌陽台上，看著黑暗絲線舔舐她的血液。她沒出手阻止，任由它們吸吮，並撫摸它們，鼓勵它們，數算著有多少卷鬚仍對她忠誠。

如果公牛不幫她，奈菲瑞特就自己幫自己。長久以來，柔依．紅鳥一直是她的心腹大患。然而，她不會動手殺她，免得太早招致妮克絲的怒火。女神跟最高委員會不一樣，可不容她輕忽。不，奈菲瑞特心想，**不需由我殺柔依，我只需創造一個生物來替我動手。工具人這次失敗，是因為祭品不完美。只要有完美的祭品，我一定能成功。**

「我是不死生物，我不需要公牛替我創造。我只需要聖潔的祭品和威能。我已學會咒語。元牲只是個開始……」奈菲瑞特撫挲著黑暗絲線，任由它們繼續吸吮她的血。

有的是血，她安慰自己，**還有的是血**。

柔依

「天曉得我有多不想承認，但我錯了，這簡直像在收看愚蠢的『我愛紅娘』嘛。」愛芙羅黛蒂搖頭翻白眼。她、史蒂薇．蕾和我正慢慢地走向停車場，要去搭已載滿紅雛鬼學生，等著我們的巴士。我們走得慢，是因爲我們三個忙著瞠目結舌地看戴米恩和那個名叫亞當的記者。他們兩人站在福斯二十三新聞台的轉播車旁閒聊說笑。

「噓！」我壓低聲音對愛芙羅黛蒂說：「別讓他們聽見，不然戴米恩會不好意思。」

「喔，拜託，」愛芙羅黛蒂哼了一聲，「同志男孩正興奮地在那兒嘰嘰喳喳，才不會注意我們。」

「我眞高興他開始跟人調情了。」我說。

「看，他們拿出手機了！」史蒂薇．蕾壓低聲音，但激動的語氣一點也不像耳語。

「我又錯了。」愛芙羅黛蒂說：「這不像在收看『我愛紅娘』，而是像收看『國家地理頻道』。」

「我覺得他是個可愛的小甜心。」史蒂薇·蕾說。

「跟戴米恩說話的傢伙？」夏琳加入我們。

「是啊，我們猜他們正在約下次見面的時間。」史蒂薇·蕾說，仍張口瞠目看著他們。

「他的顏色很柔和，很漂亮，」夏琳說：「事實上，跟戴米恩的顏色挺合的。」

「什麼？他們的彩虹顏色會交融？」愛芙羅黛蒂譏諷地說。

夏琳皺起眉頭。「他們沒有彩虹色。把彩虹等同於同志，是差勁的刻板印象。他們的顏色是夏日的天空——藍色和黃色。戴米恩還另有一波波海浪般的白色，看起來很像積雲。」

「喔，拜託，這東西一點幽默感都沒有。」愛芙羅黛蒂說。

「愛芙羅黛蒂，妳別再稱呼夏琳**這東西**，這樣很不禮貌。」史蒂薇·蕾說。

「好，爲了方便將來參考，妳告訴我，**這東西**在智障的惡毒辭彙裡算什麼等級的不禮貌？」她揚起眉毛，質問史蒂薇·蕾：「是更渾帳、可惡，或者更老派、露骨、智障？」

「妳是女祭司長，不過我認爲回答她只會鼓勵她。妳知道的，就像抱起號啕大哭的幼兒，只會讓他們哭得更凶。」夏琳告訴史蒂薇·蕾，一副正經八百的口吻。

這時，我只想到，**毀了，這下子愛芙羅黛蒂肯定會氣得把她的頭髮連根拔起**。

沒想到她哈哈大笑，說：「喂，這東西說了個笑話欸！這東西說不定真的有個性喔。」

「愛芙羅黛蒂，我想妳的腦子壞掉了。」史蒂薇．蕾說。

「多謝啊。」愛芙羅黛蒂說：「我要上車了。還有，我現在開始幫同志男孩計時，如果他繼續調情超過五分鐘，我就要——」她轉向巴士時，話語戛然止住。我循著她的目光望去，看到簫妮和依琳站在巴士敞開的車門邊。簫妮一臉沮喪，依琳則面無表情。我看得出她們正在說話，但距離太遠，聽不見她們在說什麼。

「她不對勁。」夏琳說。

「哪個她？」史蒂薇．蕾問。

「依琳。」夏琳說。

「夏琳說得對，依琳不對勁。」愛芙羅黛蒂說。

我不曉得哪件事比較令我吃驚：是愛芙羅黛蒂和夏琳說的話，還是她們竟然意見一致。

「告訴我，妳看到了什麼。」史蒂薇．蕾低聲問夏琳。

「我想，最適合的比喻應該是這樣：小時候，我還沒失明之前，我家後面有一條陰溝，遠遠看去很清澈，而且滿美的，所以我常會在附近玩耍，假裝它是一條潺潺的美麗山澗，而我住在科羅拉多州的落磯山區。可是，有一次我靠太近，聞到它的臭味，像化學品之類的氣味，還摻雜了腐爛的味道。水看起來很清，但底下污穢骯髒。」

「夏琳，」我快失去耐性了。我覺得我好像在聽克拉米夏的預言詩，而那肯定不是什麼好事。「妳到底在說什麼？依琳的顏色是受到污染的水？如果眞是這樣，妳之前怎麼沒說？」

「她在改變呀！」夏琳吼道。巴士上的一張張臉孔和簫妮及依琳紛紛轉向我們這邊。夏琳趕緊說：「冬天看來要變成春天了，這樣的晚上很美吧？」

巴士上的學生搖搖頭，對夏琳蹙起眉頭，但起碼他們似乎不再理會她說什麼。

「喔，拜託，妳實在沒本事當間諜欸。」愛芙羅黛蒂壓低聲音，招手要我們靠攏。「柔，用點腦筋，這很簡單。夏琳的意思是，依琳看起來就像平常那樣——漂亮、金髮、受歡迎、完美。總之，妳曉得，很典型。但事實上，在這樣的外表底下，有東西腐臭了。那種腐臭，妳看不見，我看不見，但夏琳看得見。」愛芙羅黛蒂瞥向巴士，我們跟著她轉頭，剛好見到簫妮不停地搖頭，跑上黑色橡膠踏階，進入巴士，而依琳站在原地，外貌美麗，神情冰冷。「看來簫妮也看得見，只是我們不相信她。我們以爲她生依琳的氣是因爲這對連體嬰慘遭手術分割。」

「我覺得這樣子說她太嚴厲了。」我說。

「我也這麼覺得。」史蒂薇．蕾說：「不過，我的直覺告訴我，實情眞是這樣。」

「我也是這麼覺得。」戴米恩說，走向我們。他雙頰還透著緋紅，輕快地向駛離的轉播車揮手，但注意力放在依琳身上。「但我的直覺也告訴我，實情是另一回事。」

「什麼另一回事？是不是你和記者男孩就要變成屁屁伴侶了？」愛芙羅黛蒂的語氣輕快、有禮，和說話的內容截然相反。

「**這**不關妳的事。」戴米恩說，然後不著痕跡地改變話題。「愛芙羅黛蒂，妳注意嘍，現在我要說的事肯定會撼動妳的世界。」

「這種說法很老套欸。」愛芙羅黛蒂說。

「老套不等於不正確。」戴米恩說：「妳在詮釋夏琳見到的東西，這代表妳是神諭師。」

「我才不是什麼該死的神諭師，我是女先知。」愛芙羅黛蒂看起來眞的很生氣。

「神諭師——女先知。」戴米恩先舉起一隻手，然後又舉起另一隻手，彷彿用手在掂什麼東西，然後把兩隻手掌並排擺平。「在我看來，兩者是同樣的東西。**女先知**，去查查妳的歷史課本。席貝兒、德爾斐的神媒、卡珊德拉，這些詞兒是不是聽起來很耳熟啊？」③

「不熟，很不熟。我盡可能少讀點課本。」

「喔，如果我是妳，我會開始讀書。在我博學多聞的腦袋裡，這不過是最先冒出來的三個詞兒。古希臘的這些女人，有人稱爲神諭師，有人稱爲女先知，指的其實是同一回事。」

「我可不可以在網路上找到簡易版的女先知史啊？」愛芙羅黛蒂說，試圖裝出很臭屁的口吻，但臉上已失去血色，雙眼睜得很大，眸色變得比平常還藍。她很害怕，非常害怕。

「好，我們上了一課。大家幹得好呀！」我故作輕快地說。見大家呆望著我，我解釋道：「桑納托絲不是要大家練習天賦嗎？我想，剛剛的事就可以多拿幾個學分。好啦，大家上車，回坑道看『迷離檔案』影集的重播吧！」

「『迷離檔案』？我要看。」夏琳說，開始走向巴士。

「我喜歡那個天才瘋博士華特。」愛芙羅黛蒂說：「他讓我想起我爺爺。唔，華特是比較聰明、精神、瘋狂啦，不像我爺爺成天醉醺醺、憤世嫉俗。不過，怪的是，他們倆都很討人喜歡。」

「妳有爺爺？而且妳喜歡他？」史蒂薇．蕾比我早一步發問。

「我當然有爺爺。怎麼，妳是生物學白痴啊？」然後愛芙羅黛蒂聳聳肩，說：「隨便啦，反正我家很複雜，很難三言兩語說得清楚。我要跟**那東西**上車去了。」語畢，她果然跟在夏琳的後頭走。

於是，就剩下史蒂薇・蕾、戴米恩和我了。

「瘋瘋癲癲。」我只能這麼說。

「的確。」戴米恩點點頭。

「好，是不是所有人都上車了？」我問。

「希望如此。起碼我知道利伐音已經在車上，而還有兩個小時就天亮。我相信利伐音沒看過『迷離檔案』，我想他會喜歡。想到能依偎在他的身邊看影集，就覺得好幸福喔，即使旁邊有瘋瘋癲癲的愛芙羅黛蒂。」史蒂薇・蕾對我咧嘴一笑。「我們可以訂安多里尼的披薩嗎？」

「當然。」我說。

「欸……」戴米恩清了清喉嚨，彷彿抓準了這個時機。

「什麼事？」我問。

「呃，妳們覺得，如果我，呃，跟某人去喝咖啡，今晚，遲些，在櫻桃街的咖啡之家，

③譯按：席貝兒（Sibyl），希臘語詞，意指女預言師。德爾斐（Delphi），古希臘城市，阿波羅神媒所在地。卡珊德拉（Cassandra），古希臘神話中特洛伊的女先知。

這樣好不好？」

「它還開著啊？」我問，瞥了一眼手機。天哪，將近凌晨四點了。

「他們現在二十四小時營業。之前那場暴風雪害他們好幾個禮拜沒辦法做生意，所以，爲了彌補損失，現在開始服務像我們這種，嗯，**夜貓子**。」戴米恩解釋。

「眞的？他們爲了我們不打烊？」我忘不了他們的三明治有多好吃，店裡展示的本地工藝品也好美。「他們以前十點就打烊的！」

「現在不打烊了。」他開心地說。

「哇，酷。我是說，雖然我沒去過，可是中城能有咖啡館二十四小時營業，讓我們有地方閒晃，眞的很棒。」史蒂薇·蕾說。

「那明天回火車站的途中，我們請達瑞司開車繞過去，如何？」我聽從直覺說。**一群高中生放學後想去咖啡館晃一下，是再正常不過了**。「戴米恩，今晚你去那裡時，幫我們問問，我們明天可以一夥人去嗎？」

「我絕對會幫妳勘查環境一番！」戴米恩一說完，表情立刻變黯淡。「所以，妳們覺得這樣好嗎？傑克會不會不高興？」

「喔，親愛的，不會啦！」我趕緊說：「他當然不會不高興。」

「傑克會懂的。」史蒂薇・蕾說：「他一定不希望你悲傷寂寞，苦苦等著他回來。」

「他會回來，對不對？」戴米恩直直盯著我的眼睛。「傑克會回來，對吧？」

他們的靈魂註定再相遇……這句話在我心裡低聲呢喃。我認出妮克絲睿智、熟悉的聲音，忍不住微笑，伸手勾住戴米恩的臂彎。「我保證，他會回來。女神也可以跟你保證。」

戴米恩眨掉眼眶的淚水。「我要約會了！我好高興。」

「耶！」我附和歡呼。

「我開心到想吐口水！雖然這樣有點噁。」史蒂薇・蕾說，勾住戴米恩的另一隻手臂。

「這種說法眞怪。」戴米恩說。

「非常怪。」我說：「你們知道，《鐵達尼號》裡，男主角李奧納多和女主角凱特吐口水那一幕，眞是噁心死了。」

「眞不該有那一幕。」戴米恩附和說：「這是那部電影的唯一缺點。」

「還有一個缺點，就是李奧納多變成一根迷人的冰棒。」我補充。

戴米恩和史蒂薇・蕾喃喃附和時，我們已走近巴士。我從車窗看著裡頭學生的臉孔，座位好像都坐滿了。我鬆了一大口氣，因爲我好想趕快回家。史塔克就在那裡，跟達瑞司站在階梯的最上層。他的視線移向我，那目光讓我覺得心頭溫溫熱熱的。利乏音坐在第一個位置，後面是克拉米夏。我可以清楚感覺到史蒂薇・蕾跟利乏音揮手時，雀躍不已。夏琳和愛芙羅黛蒂正在爬上階梯。我看不見愛芙羅黛蒂的臉，但她甩頭髮的模樣顯示她已開始跟她的戰士打情罵俏。

好，就算黑暗很讓人傷腦筋，就算我們老是遇到重重困難，但起碼我們都在一起，而且我們有愛。永遠有愛。

「我得跟妳談一談。」

依琳冷冷的聲音像一盆冰水，潑向開心得像在洗熱水澡的我。

「好，沒問題。喂，我等會兒就上車。」我對史蒂薇・蕾和戴米恩說。

「我要留下來。」只剩我們兩人時，依琳劈頭說道。

「留下來？妳是說留在學校？」我知道她的意思，但我得拖延一下，爭取時間來釐清心頭的種種疑問。我的意思是，孿生的鬧翻之初，蕭妮想離開我們，搬回夜之屋，而我阻止了她。那麼，我是不是也該阻止依琳這麼做？

「對，當然是指留在這裡。我受夠了坑道。那裡的溼氣害我的頭髮翹得亂七八糟。」

「喔，Aveda有一款產品可以處理這種問題，我們明天去尤帝卡的美容院幫妳買一罐。」我說。

「問題不只在我的頭髮。反正我不想再住在坑道。這裡才是我想住的地方，這所學校。我不想搭巴士來來去去，那樣很蠢。」

「依琳，我曉得搭那輛巴士很蠢。唉，要命，我被標記之前就覺得這種車很蠢。不過，我認爲我們應該待在一起。我們不只是同一夥人，或同一派，我們是一家人。」

「不，我們不是一家人，我們只是剛好念同一所學校的一群學生。就這樣。」

「我們的感應力讓我們不只是同學。」她讓我很震驚——不只是她的話，還有她的態度。依琳好冷酷！「依琳，我們一起經歷了那麼多事情，很難說我們只是同學。」

「會不會這只是妳自己的感覺，而我壓根兒不這麼覺得？難道我不能選擇嗎？妮克絲給了我們自由意志，不是嗎？」

「對，但這不表示我們在乎的人出差錯時，我們該裝作沒看見，什麼話都不說。」

「讓她走。」

依琳和我抬起頭，看見愛芙羅黛蒂站在巴士階梯的最下面一階，倚著門框，雙臂交叉抱胸。我以爲會在她的臉上看見愛芙羅黛蒂式的招牌訕笑，但她看起來一點也不生氣，聲音聽起來也沒有嘲諷的意味，反而像很有把握。我看見史蒂薇·蕾和夏琳站在她的身後，對著我點點頭。看見她們附和愛芙羅黛蒂的看法，我立刻改變主意。我知道我的委員會運作起來了，她們決定了我們怎麼做對大家最好，即便這樣做對依琳不見得好。

「多謝，愛芙羅黛蒂。誰想得到妳會同意我的看法呢？」依琳大笑。跟愛芙羅黛蒂的冷靜、成熟相比，她的笑聲顯得莽撞、幼稚。

「妳知道嗎，依琳，我很高興妳和愛芙羅黛蒂提醒我，」我說：「妮克絲確實賦予我們自由意志。如果妳選擇住在夜之屋，我會尊重妳的選擇。我希望這不影響我們的守護圈。妳仍是水，妳和妳的元素對我們仍然很重要。」

依琳嘴角露出微笑，但那雙藍眸依然冰冷。「好，當然，我永遠都是水，而水能四處流動。需要我時說一聲，我會立刻到場。」

「很好。」我趕緊說，心裡覺得好彆扭。「那麼，明天見嘍。」

「好，明天課堂上見。」她的手隨便揮了一下，轉身走開。

我上車後問達瑞司：「到齊了嗎？」

「該來的都到齊了。」他回答。

「那就回家吧。」大家各自就座。史蒂薇．蕾坐到利乏音旁邊，愛芙羅黛蒂坐在司機達瑞司背後的第一個位置，史塔克在愛芙羅黛蒂後面的位子上等著我。我彎腰，迅速吻了他一下，低聲說：「我去看一下簫妮，一會兒就回來。」

「我會等著妳，永遠等妳。」他說，輕輕摸了一下我的臉頰。

簫妮獨自一個人坐在最後面。我往巴士後方走時，達瑞司恰好來個大迴轉，壓到停車場上的坑洞，害我踉蹌了一下。

「我在這裡坐一下，可以嗎？」

「好啊，當然。」她說。

「所以，妳和依琳幾乎不交談了？」

簫妮咬著內頰，搖搖頭。「對。」

「她好像很不高興。」我努力想點什麼話說，好敦促簫妮開口。

「不，我不認爲她不高興。」簫妮說。

我皺起眉頭。「可是她看起來一臉不爽。」

「不是。」簫妮堅持，望向窗外。「妳回想一下她最近幾天的舉止，尤其是今天，就會明白她並非不高興。」

我之前沒想到這一點。依琳最近的態度很冷淡，面無表情。但也就只是這樣。「嗯，妳說得對，現在我仔細一想，她好像只是跟大家很疏離。這種感覺很怪。」我說。

「還有更怪的呢——她表現得比依琳還有感情。」簫妮指向窗外離停車場不遠的老師宿舍的小中庭。在噴泉邊上，有個女孩坐在那兒。車子駛過那裡時，正好有足夠的光線讓我看見那女孩把臉埋入手掌，肩膀顫抖著，彷彿哭得很傷心。

「那是誰？」我問。

「妮可。」

「那個紅雛鬼妮可？妳確定？」我伸長脖子，想看清楚些，但車子已經開進樹木包夾的車道，完全看不清那女孩的長相了。

「我很確定。」簫妮說：「我到停車場的途中看到她。」

「嗯，」我說：「不曉得她怎麼了？」

「我想，對我們許多人來說，很多事情都變了。有時，有些變化爛透了。」

「我可以做些什麼，讓妳不覺得那麼爛嗎？」我問。

簫妮看著我。「當我的朋友。」

我驚訝地眨著眼睛。「我一直**是**妳的朋友啊。」

「即使沒有依琳？」

「沒有依琳，我更喜歡妳。」我誠實說出我的感覺。

「我也是，」簫妮說：「我也是。」

一會兒後，我回到史塔克旁邊的座位，讓他摟著我。我把頭靠在他的肩膀，聆聽他的心跳，倚賴他的愛和力量。

「答應我，你不會變得冰冷、疏離、陌生。」我輕聲對他說。

「我保證，無論如何絕不會這樣。」他毫不遲疑地說：「現在，什麼都別想，除了這一點：今晚我要強迫妳吃不一樣的披薩。」

「不吃聖提諾披薩？可是大家都喜歡這款披薩啊。」

「相信我，柔。戴米恩跟我提過雅典披薩。他說，這款才是披薩中的極品珍饈。我不確定這是什麼意思，但應該是指比好吃還要好吃。所以，我們今天就吃它。」

我微笑，放鬆地倚著他。從夜之屋到舊火車站這段短短的車程中，我假裝我的最大困擾是有太多披薩種類可以挑選了。

15 紅鳥阿嬤

席薇雅以喜悅、感恩和多年來不曾有過的輕鬆心情迎接日出。她這時的心情，甚至比那天早晨見到元牲，選擇愛和寬恕，揚棄憤怒和憎恨的時候還要愉快。

她的女兒死了。雖然她餘生都會因失去琳達而感傷，但席薇雅知道，女兒終於脫離了荒原一般的人生。現在，琳達安息在另一個世界，滿足無憂地跟妮克絲在一起。想到這裡，老婦臉上泛起微笑。

她坐在工作室裡的長桌前，一邊哼唱著切羅基族的古老搖籃曲，一邊挑選各式各樣的香草、小石頭、水晶和絲線。她拿起一條細長的茅香葉，裹住一束乾燥的薰衣草。今天破曉，她要對著太陽歌唱，讓自己沐浴在陽光、茅香的淨化輕煙，以及薰衣草的舒緩氣味中。席薇雅編結薰沐草束時，思緒由親生女兒轉移到她的屬靈女兒柔依身上。

「啊，**嗚威記阿給亞**，我好想妳唷。」她輕聲說：「今天日落後我會打電話給妳，聽聽妳的聲音。」她的孫女年紀輕輕，卻擁有女神所賜予的特殊天賦。雖然這代表柔依得承擔起不尋常的重責大任，但也代表她有能力迎接伴隨這些責任而來的挑戰。

接著，席薇雅的思緒轉移到元牲——那個也是野獸的男孩。「或者該說也是男孩的野獸？」老婦搖搖頭，雙手繼續編結草束。「不，我相信他善良的一面，我叫他**楚卡努思迪納**。是公牛，而非野獸。我見過他，注視過他的眼睛，看見他懊悔孤單的淚水。他有靈有魂，因此能做出選擇。我相信元牲會選擇光亮，即使他裡面存在著黑暗。我們沒人百分之百善良，或百分之百邪惡。」席薇雅閉上眼睛，吸進香草的芬芳。「崇高的大地之母啊，請增強這男孩內在的良善，讓**楚卡努思迪納**得以被馴服。」

席薇雅快綁好草束時，又開始哼唱。等編結完茅香與薰衣草，她才發覺自己嘴裡哼唱的不再是搖籃曲，而是另一首截然不同的歌：「英勇女戰士之歌」。儘管依然坐著，席薇雅的腳已不自覺地開始隨著抑揚頓挫的歌聲，拍打出強烈的節奏。

然而，當她驚覺自己在做什麼，席薇雅整個人定住。她低頭看著自己的手。這把茅香和薰衣草裡，織進了一條藍色的線，串著未經琢磨的綠松石。席薇雅猛然醒悟。

「女神之草束。」她虔敬地說：「大地之母，感謝妳給我這個警訊。我的靈聽見了，我的身體會遵守。」老婦莊嚴地緩緩起身，走進臥房，脫掉睡衣，打開緊靠著松樹原木牆壁的衣櫥，取出她最神聖的服裝——當年發現懷了琳達時所縫製的斗篷和裙子。鹿皮老舊了，穿在她瘦小的身子顯得有些寬鬆，但料子仍滑順柔軟。即使過了三十年，顏色仍是當年席薇雅花了很多時間調染出來的苔蘚綠，而綴飾的貝殼和珠子一枚也沒鬆脫。

當席薇雅開始把銀髮編成又粗又長的髮辮，她大聲唱出「英勇女戰士之歌」。

接著，她把鑲有綠松石的銀耳環穿過兩隻耳垂。

她的歌聲時而高亢，時而低沉，赤裸的腳拍打著節奏。她一邊唱歌，一邊把綠松石項鍊戴在頸子上，一條接一條，直到項鍊的重量變得熟悉又溫暖。

然後，席薇雅在細瘦的手腕戴上一個個綠松石手環，以及一條條銀線串綠松石細帶，直到兩隻手臂從手腕到肘部幾乎全部覆蓋住。綠松石，始終都是綠松石。

直到此時，席薇雅．紅鳥才拾起薰沐草束和一盒木頭火柴，走出臥房。

她讓她的靈引領她的赤腳。靈沒把她帶往她平常迎接日出的屋後小溪，而是帶往屋前大露台的正中央。她繼續聽從直覺，點燃薰沐草束，以優雅熟練的動作揮舞草束，讓茅香與薰衣草的氣味環抱自己。就在她從頭到腳被輕煙繚繞，嘴裡唱著女智者的戰歌時，奈菲瑞特從一團黑暗中走出來，現身在席薇雅的面前。

奈菲瑞特

席薇雅・紅鳥的歌聲就像粉筆劃過黑板般刺耳。「根據妳的信仰，不迎接客人很不禮貌。」奈菲瑞特提高音量，蓋過老婦的可怕歌聲。

「受邀者才是客，我沒邀請妳來我家，所以，妳是入侵者。根據我的信仰，這樣對待妳算很客氣了。」

奈菲瑞特露出嫌惡的表情。老婦的歌聲已經止歇，但那雙赤腳仍打著拍子。「那首歌跟這些煙一樣討人厭。難道妳眞的相信它的臭味能保護妳？」

「我相信的事情可多著，特西思基利。」席薇雅說，仍拿著草束揮動，原地跳舞。「此刻，我相信的是，妳打破了妳對我的誓言——我的**嗚威記阿給亞**剛加入妳的世界時，妳所做的承諾。爲此，我嚴厲譴責妳。」

老婦的放肆差點兒令奈菲瑞特發笑。「我可沒對妳做過什麼承諾。」

「有。妳承諾教導柔依，並保護她。但妳違背了諾言。因此，妳欠我食言的代價。」

「老太婆，我是不死生物，不受妳的規矩約束。」奈菲瑞特語帶嘲諷。

「或許妳眞的變成了不死生物，但大地之母的律法不會因此改變。」

「或許不會，但我的新身分改變了律法的執行。」奈菲瑞特說。

「巫婆，食言只是妳欠我的債之一。」席薇雅說。

「我是女神，不是巫婆！」奈菲瑞特怒火上升，慢慢地靠近露台。黑暗卷鬚隨著她蠕動，但幾絲白煙飄過來，消融在它們周圍時，奈菲瑞特察覺它們遲疑了。

席薇雅仍繼續跳著舞，在身體四周揮動著草束。「妳欠我的第二條債遠比食言可惡。妳殺了我的女兒，欠我一條命。」

「我是爲了更崇高的善，拿妳女兒當祭品。我什麼都沒欠妳！」

老婦不理會她，停下舞步，將冒煙的草束放在腳邊，然後抬起頭，張開雙臂，彷彿要擁抱天空。「崇高的大地之母，請聆聽我。我是席薇雅．紅鳥，切羅基族的女智者，我們部落的格希古娃。我在此懇求妳慈悲相待。特西思基利奈菲瑞特曾是妮克絲的女祭司長，但她背誓，欠我食言之債；她謀殺我女兒，又欠我生命之債。大地之母，我懇求妳相助，讓此二債得以償還。我請求妳保護。」

奈菲瑞特不理會四周畏畏縮縮的黑暗卷鬚，朝席薇雅走去，登上露台的階梯。「老太婆，妳大錯特錯了，我是唯一在此聆聽的女神，妳應該向我這個不死生物祈求保護。」

奈菲瑞特踏上煙霧繚繞的露台時，席薇雅再次開口說話。但這次，老婦的聲音變了，之前召喚大地之母的鏗鏘有力已變得溫柔低抑。她放下雙臂，臉孔不再仰望天空，一雙黑眸堅定地看著奈菲瑞特。「妳不是女神，妳是心靈卑劣的可憐小女孩。妳發生了什麼事？誰把妳害成這樣，孩子？」

奈菲瑞特氣到整個人快爆炸了。她忘了有黑暗絲線可以指使，自己出手攻擊席薇雅，渴望以自己的肢體碰撞她的身軀，擊傷、抓傷、咬傷這個死老太婆。

席薇雅的動作快得不像一個老婦，她舉高雙手，護住臉部，擋下奈菲瑞特的攻擊。一陣灼痛從特西思基利的雙手竄出，貫穿她全身。奈菲瑞特尖叫，猛然往後退，盯著自己拳頭上的血痕。那燒灼的痕跡，形狀一如席薇雅枯乾手臂上手鐲的藍綠色寶石。

「妳膽敢攻擊我，攻擊一個女神！」

「我沒攻擊任何人，我只是用大地之母賜予的保護石來保護自己。」老婦繼續迎視奈菲瑞特的目光，高舉著戴滿綠松石銀鐲的手臂，再次開口歌唱。

奈菲瑞特好想徒手把她撕成碎片，但一靠近這個切羅基族女人，就感受到她身上那些藍綠色石頭散發出的一波波熱氣，炙熱猶如自己的怒火。

她需要白牛！白牛的冰寒黑暗一定可以熄滅老太婆的火焰。也許老婦運用的古老能量會令牠驚喜，於是再次將牠迷人的威力借給奈菲瑞特。

奈菲瑞特控制住怒氣，往後退，避開籠罩著席薇雅的煙霧和熱氣。她打量老婦，看她跳舞，聽她唱歌。古老，很古老。席薇雅・紅鳥的一切都說明了一點：她本人和她所運用的大地力量，都存在這個世界很久很久了。

白牛也很古老。

所以，這個印第安女人可能不會爲牠帶來驚喜。

「我自己來對付妳吧。」奈菲瑞特繼續盯著席薇雅・紅鳥的眼睛，同時舉起手，毫不遲疑地以銳利指甲割開剛剛被綠松石灼傷的傷口。血液噴湧而出，濺灑露台。奈菲瑞特甩了甩手，猩紅血珠穿透煙霧，驅散它，沾染老婦。斑斑血跡鮮紅豔麗，跟她那身樸拙的藍綠色恰成鮮明對比。接著，奈菲瑞特雙手一翻，掬起手掌，讓血液匯聚在掌心。「來，我的黑暗孩子，喝吧！」卷鬚起初有些遲疑，但嘗了第一口後，膽子大了起來。

奈菲瑞特看見席薇雅睜大雙眼，眼神流露恐懼。老婦的目光沒有游移，但歌聲開始搖顫，聲音變得蒼老……虛弱……

「孩子！你們嘗過了我的血。席薇雅・紅鳥身上也塗抹了我的血，所以，現在，去捆住她，把老太婆帶到我面前！」奈菲瑞特的聲音一變，抑揚頓挫，呈現吟詠的聲調，竟詭異地呼應了席薇雅樸拙的戰歌。

毋需殺戮
你們儘管喝個飽足
只需平息我的憤怒
為我造個籠子
我要變舊為新
好讓你們享用年輕活躍強壯之軀
對我忠心
毀了老婦的歌曲

卷鬚遵從奈菲瑞特的指示，避開老婦身上的綠松石，纏繞她沒有戴任何飾品的赤腳，遏止她的舞步。黑暗從她的腳往四面八方散開，先造出牢房的地面，然後往上爬升，形成一只籠子，將她關起來。終於，歌聲停歇，取而代之的是痛苦的哀號。它們抬起她，穿越暗影和煙霧，跟在女主人的身後，將可怖的籠子和籠子裡的囚犯帶走。

元牲

元牲等到太陽高掛在冬日的天空，才從地穴爬出來。拂曉時天空灰濛陰沉，經過漫長的數小時後，太陽終於衝破雲靄和灰暗。到了中午，太陽升到最高處時，元牲現身。

他不容許自己因爲內心騷動的急迫感，而魯莽行事。他用肌腱強韌的手臂牢牢地抓住樹根，懸在那裡，下半身垂在地下，上半身露出地面。他利用他所有超凡的感官搜尋、感受。此刻他心裡最在意的是，**我必須悄然離開，無人瞧見**。

校園不若前一天那麼寂靜。人類工人忙著整修損毀的馬廄。元牲沒見到任何吸血鬼。那個人類牛仔崔維斯，卻似乎無所不在。沒錯，他的兩隻手掌和前臂仍纏著白色紗布，但聲音洪亮，穿過校園，傳到了元牲的耳朵。蕾諾比亞沒現身在正午的太陽底下，她不需要，因爲有崔維斯替她打理一切。他不只指揮工人，還自在地跟馬兒互動。元牲看著他把高大的佩爾什馬和蕾諾比亞那匹黑母馬從臨時搭蓋的圓形畜欄移到另一間畜欄。

他不只是蕾諾比亞的員工。她充分信任他。這個發現讓元牲好驚訝。**如果一個女祭司長在充滿壓力的混亂狀況下還能信任人類，或許柔依也可能——**

不。元牲不容許自己耽溺在這種白日夢當中。桑納托絲已說明他的來歷，他親耳聽見了，柔依也聽見了，他們全都聽見了！他是黑暗以柔依母親的血液爲祭品所創造出來的生物。他不可能得到她的信任或寬恕。

這世上只有一個人信任我——只有一個人原諒我。我必須去找她。

元牲抓著樹根，懸著身子，從盤根錯節的樹根和枝椏的縫隙往外望，等待……守候……終於，人類開始慢慢離開馬廄，一群人說說笑笑。他們說，眞高興昆尼餐館就在附近，走路就可以到，中午可以去那裡享用特大號的雞蛋三明治。朋友在一起總是開懷大笑。

元牲渴望也有朋友可以一起暢快歡笑。

他們的身影遠去，聲音漸息，元牲拉著樹根，爬出坑穴，像猴子般沿著老橡樹靠在圍牆上的枝椏，爬到牆頭，然後一躍而下。

元牲很想狂奔——很想喚醒他裡面的野獸，以非凡的速度刨開土壤，往前衝刺。但他強迫自己用走的。他拂掉衣服上的泥土、落葉和小草，伸手爬梳糾結的亂髮，梳落泥塊與血塊，把自己打理成還算正常的模樣。

正常是好事，正常的話就不會引人注目，正常的話就不會被逮到。

車子就停在前一天的位置，鑰匙仍插在點火孔裡。當引擎啓動，元牲的手微微顫抖，將車子開出尤帝卡廣場後方的停車場，往東南方行駛——駛向他的庇護所。

車程似乎很短，元牲為此心懷感激。他把車開進紅鳥阿嬤家的車道，搖下車窗。即使天氣冷冽，他還是想吸取薰衣草的芳香，迎接這氣味的撫慰，一如他接受紅鳥阿嬤的庇護。

元牲一把車子停在屋前的寬敞露台前，就發現情況不對勁。起初他不明白這是怎麼回事——他沒辦法理解眼前的情景，但那氣味撲鼻而來。他抗拒，不願面對他接收到的訊息。

「阿嬤？紅鳥阿嬤？」元牲下車時喊道，跑步繞過小屋，心想應該會見到她在澄澈的小溪畔——因為她喜歡那裡。她應該是在那裡哼著愉快的歌曲，恬靜、平安。

但她不在那裡。

不祥的預感席捲而來，元牲想起剛才在屋前時，薰衣草氣味當中夾帶著一股惡臭。

元牲奔跑。

「阿嬤！妳在哪裡？」他繞過屋側，邊跑邊喊，在屋前停車場的鬆散碎石上滑了一跤。

他抓住露台欄杆，兩個大步跨上六個台階，站在木製的大露台中央，面對緊閉的大門。

元牲用力拉開門，奔入屋內。

「阿嬤！是我，元牲，妳的**楚卡努思迪納**，我回來了！」

沒有任何回應。她不在屋裡。不對勁，非常不對勁。

元牲折返露台中央。這兒的氣味最濃烈。黑暗、恐懼、憎恨、痛苦。元牲從氣味裡讀到這些情緒，接著又從噴濺在露台上的血讀到更多訊息。他站在那裡，大力喘息，感受到暴力與毀滅。這時，一陣煙飄向他，從他穿著鹿皮軟鞋的雙腳盤旋而上，捎來縷縷訊息。有一首古老的歌，烙印在灰色輕煙裡，飄浮著，如羽毛。元牲聽見歌中迴盪著英勇女戰士的聲音。

元牲閉上眼睛，深深吸氣，默默祈求，**請讓我知道這裡發生什麼事**。憎恨和憤怒的感覺迎面襲來。這些感覺太熟悉，容易理解。「奈菲瑞特，」他低聲說：「妳來過。我聞到妳的氣味，感覺到妳的存在。」然而，繼這些熟悉的情緒之後，緊接著出現的感受將他擊倒。

元牲感受到席薇雅．紅鳥的勇氣。他察覺她的智慧和決心，也察覺她的恐懼。他雙膝跪地。「喔，女神，不！」元牲對天空嘶喊。「這是奈菲瑞特的血，紅鳥阿嬤讓她流的血。難道奈菲瑞特殺了她，一如殺她女兒那樣？阿嬤的屍體在哪裡？」沒有回應，只除了聆聽的風輕聲嘆息，以及一隻大渡鴉棲在露台邊緣，嘎嘎啼叫，惹人心煩。

「利乏音！是你嗎？」元牲舉起雙手，爬梳自己骯髒的頭髮。渡鴉直盯著他，頭從一側轉到另一側。「眞希望女神能拿走我裡面那頭牛，把我變成一隻鳥。如果這樣，我就要飛上天空，不停地飛，永遠地飛。」

渡鴉對他啼叫，然後展開翅膀，飛走，留下元牲獨自一人。

一方面，元牲絕望、沮喪得想哭，但另一方面，他想叫出體內的野獸，在憤怒和害怕中攻擊人，任何人都行。

然而，既是獸也是人的男孩，既沒有哭泣也沒有召喚野獸。他什麼都沒做，只除了思考。置身殘餘的血和煙、恐懼和勇氣之中，他坐在阿嬷的露台，坐了好久，思考，尋找眞相。

要是奈菲瑞特真的殺了紅鳥阿嬷，她的屍體應該會在這裡。奈菲瑞特沒理由掩飾她的形跡，因為她的罪行已被揭發，桑納托絲也已確認。所以，除了死亡和破壞，奈菲瑞特還想要什麼？

答案既簡單，又駭人。

奈菲瑞特意圖製造混亂，而最簡單的辦法就是讓柔依．紅鳥痛苦。元牲一冒出這想法，就知道確實如此。在凡人當中，阿嬷是獨特的，是眾人愛戴的領袖，稟賦特殊，強盛有力。是的，阿嬷很厲害，因此絕對比她的女兒更適合當祭品。

「不！」這可怕的想法讓元牲心驚膽戰，趕緊轉移心思。同樣眞確的是，抓走紅鳥阿嬤，奈菲瑞特將逼使柔依發揮她驚人的能力，竭盡所能追到天涯海角。這樣一來，奈菲瑞特就能分化吸血鬼社會，在陶沙市製造動亂。

「無論奈菲瑞特想拿阿嬤當祭品或人質，只要紅鳥阿嬤在她手上，柔依就會設法營救，而奈菲瑞特就能達成目的——混亂和報復。不行，得由別人去救阿嬤。」

元牲迅速做出決定，雖然他明白這個決定很可能結束他的性命。返回陶沙市的這段車程，變得出奇漫長緩慢，但元牲也因此有時間思考。他想到奈菲瑞特，想到她視人命如草芥。他想到龍·藍克福特，想到他奮力振作，克服幾乎吞沒他的寂寞和絕望。元牲還想到所有那些勇敢對抗強敵的人和他們的勇氣，而這強敵就是白牛。想到白牛，元牲的內心打起寒顫。此外，他想著柔依·紅鳥。

元牲回到陶沙市時，太陽已下山。他沒將車開到尤帝卡廣場後方隱密的停車場，反而直接駛過打烊的購物中心，沿著第二十一街往東駛去，在尤帝卡街的紅綠燈左轉，經過一個街區後再左轉，直接開進夜之屋的大門，將車子停在空無一人的黃色小巴士附近。

元牲深吸一口氣。**冷靜，控制野獸。我辦得到，我必須辦到**。然後，他下車。

從紅鳥阿嬤的空屋子回陶沙市的途中，元牲想了很多，但抵達夜之屋後該怎麼做，他還沒仔細思考細節。所以，他任由直覺引導，穿越校園。

顯然是午餐時間。從主校舍餐廳飄出的食物香味讓他流口水，這時他才想到自己一整天都沒吃東西。循著食物的香味，他的雙腳本能地走向校園中央。

就在他踏上餐廳門口外的人行道時，餐廳的木製大門敞開，一群雛鬼蜂擁而出，輕鬆、親暱地嘻笑交談。

其他人還沒注意到他，柔依就發現了他。他知道，因爲他看到她驚愕得睜大雙眼。她開始搖頭，張開嘴巴，彷彿準備對他喊叫。這時，史塔克的聲音宛如一把箭，飛射而來，穿過他和柔依之間的空間。

「柔依，回裡頭去！達瑞司、利乏音，快來。我們把他抓起來！」

16 柔依

「我有話跟柔依說！」元牲大喊，但史塔克一拳打中他的嘴巴。他忙著將血吐掉，雙膝一癱，再也喊不出來。

「史塔克！老天！住手！」我試圖抓住我的戰士的手。

「我說了，回裡頭去！」史塔克對我吼叫，把我像隻螞蟻般甩開。他和達瑞司把元牲從人行道扔到操場上，一路將他拖到橡樹叢中最陰暗的地方。

他們要把他打死！

「他又沒攻擊你，史塔克，他沒傷害任何人。」我跟在史塔克和達瑞司後頭跑，聽見元牲被他們拖過草地時隱約發出痛苦哀號。我想跟史塔克講理，但他根本不聽，而達瑞司則連看都沒看我一眼。

接著，我感覺到史蒂薇・蕾拉住我的手腕。「柔，讓他們處理吧。」

「不行，他——」

「他哪裡都別想去。」史塔克踢元牲一腳，元牲滾進一棵大橡樹底下的暗影中。「就算他變成野獸，也不容他逃走。」史塔克的聲音跟他的表情一樣凶狠。他從背上的箭筒抽出一支箭，搭上弓，瞄準元牲。

「我不想變成野獸，我努力不讓自己變。」元牲掙扎著跪起來。他垂著頭，嘴角流出的血沾污了衣裳。「如果你不讓我跟柔依說話，請叫桑納托絲來。」

「去，」達瑞司告訴利乏音，「也把卡羅納找來。」利乏音去叫人，達瑞司走向元牲。元牲抬起頭，眼神明亮，滿臉通紅。他想站起來，但達瑞司反手一擊，又將他打倒在地上。接著，戰士從外套裡抽出一把細薄、駭人的刀，俯視著元牲。

元牲的臉被壓在地上，我聽見他喉嚨裡發出可怕的呻吟聲。

「你敢變成野獸，我就殺了你。」史塔克一字一句緩慢而清晰地說。

「我不變，我努力不變！」他的聲音聽起來很怪，彷彿勉強從喉嚨擠出來。接著，他轉過頭來，我看見他的臉扭曲，雙眼灼亮，肌膚抽搐著，一波波起伏，彷彿肌膚底下有幾十隻蟲子鑽來鑽去。

好噁心，看得我反胃。**這東西不可能是我的西斯，占卜石搞錯了**。我把手放在占卜石上，把它壓在我的胸口。什麼感覺都沒有，一點也不熱。**我搞錯了。我又一次搞砸了**。我沮喪、難過得幾乎無法思考。

「再努力一點，別讓自己變成野獸！」愛芙羅黛蒂說。我驚訝地眨眼，看著她從我身邊走過，直接走向元牲，不明白這是怎麼一回事。

「愛芙羅黛蒂，退後！他很可能——」達瑞司話沒說完，就被愛芙羅黛蒂打斷。

「他什麼屁事都不敢做，否則弓箭男孩會射穿他的屁股，而你會把他從鼠蹊到喉嚨劈成兩半。在幼稚園當老師都還沒現在安全咧。如果我旁邊圍著一群小鬼頭，我一定會作嘔。你們懂我的意思。」

「愛芙羅黛蒂，妳在做什麼？」我終於發得出聲音了。

她伸出美容過的指甲，指著元牲。「只要你不攻擊任何人，就不需要反抗。所以，管好你裡面那個鬼東西吧。」她轉頭看著我。「大家靠過來，別引來全校師生圍觀，以爲這裡出了車禍。」她的目光涵蓋了我的守護圈成員——他們這時已經跑過來，聚集在我的背後。有戴米恩、簫妮、夏琳和史蒂薇·蕾在身邊，我開始平靜下來，腦筋又能思考了。愛芙羅黛蒂繼續往下說：「聽著，夏琳說，他是月光的顏色。這讓我想到妮克絲。我在想，任何能讓我想到妮克絲的人——包括噁心的牛男孩——或許我們都應該聽聽他要說什麼。就這樣，報告完畢。」

「是啊，不好意思。」夏琳走過來，輕聲說：「我知道大家不想聽我這麼說，但我眞的看見他發出銀亮的月光顏色。」

「我想聽。」元牲的聲音變得正常了些，肌膚不再蠕動。他的嘴巴仍流著血，一邊臉頰有鮮紅的擦傷痕跡，正是史塔克一拳打下去時，他擦撞到人行道的地方。不過，此刻他看起來又像個正常的男生，不像《惡靈古堡》裡的變態生物。

「不准給我亂動！」史塔克咬牙切齒地說。「愛芙羅黛蒂，拜託妳這次聽達瑞司的話，往後退。妳忘了他會變成什麼樣的生物嗎？」

「他殺了龍老師，也可能殺了妳。」達瑞司說。

「我不想殺人！我也努力不讓自己殺人。」元牲看著我的眼睛。「柔依，告訴他們，我曾試著阻止這一切發生。事實上，我不知道到底發生什麼事。妳相信我的，我知道妳相信我。紅鳥阿嬤說妳想保護我。」

史塔克朝元牲靠近一步。「不准你提到柔依的阿嬤！」

「我來這裡就是爲了阿嬤！柔依，阿嬤有危險。」

我覺得元牲彷彿往我的肚子狠狠地揍了一拳。史塔克大喊一聲，好像說阿嬤怎麼了，然後一腳踩在元牲的頸背上，把他的臉壓貼在地上。達瑞司也在咆哮，戴米恩則開始尖叫。元牲的臉又出現波浪。這時，卡羅納忽然現身。他一手拎起史塔克，另一手抓住達瑞司，將他們扔開。他張開翅膀，俯視著元牲，雙拳緊握，看起來就像不死的綠巨人浩克。如果他一拳打下去，元牲肯定變成肉醬。

「別殺他！」我尖叫，「他知道我阿嬤有事！」

「戰士，退下！」桑納托絲沒提高音量，但威嚴的力道在卡羅納的肌膚泛起漣漪。他抖了一下，像一匹馬想甩掉一隻蒼蠅，並放下拳頭。死神的女祭司長以她那雙深黝的眼眸直直看著我，「召喚靈，強化元牲裡面的良善，幫助他別變成野獸。」

我顫抖著深吸一口氣，閉上眼睛，不去看那個名叫元牲的東西——那個我以爲是西斯的東西——那個可能傷害阿嬤的東西。「靈，降臨我。」我低聲說：「如果元牲的裡面有良善，請增強它，幫助他保持男孩的模樣。」我感覺到靈元素在我的四周飄拂，而當它飄到元牲身上，我聽見他大口吸氣。接著，就在那一瞬間，我感覺到占卜石開始發熱。

我張開眼睛時，占卜石又冷卻了。元牲坐在地上，整個人倚靠著大橡樹，鼻青臉腫，流著血，但完全是個正常男孩的模樣。達瑞司和史塔克已經站起來，繃著臉往後退到我們這群人身邊。卡羅納滿臉怒氣，但也乖乖站到一旁。

「史蒂薇．蕾，召喚土，讓樹下變得更陰暗。戴米恩，召喚風，讓風勢大到足以遮蔽我們的話語。學校裡的雛鬼不需要再目睹更多的暴力和混亂。讓這裡發生的事停留在這裡吧。」桑納托絲下令。

史蒂薇．蕾和戴米恩遵令而行。登時，我們這群人彷彿站在一個瀰漫著橡樹氣味的小泡泡裡，風在四周呼嘯，吹散我們的話語。

桑納托絲對他們兩人點頭讚許，然後對元牲說：「說，你知道席薇雅．紅鳥什麼事？」

「她被奈菲瑞特抓走了。」

「喔，天哪！」我整個人癱軟，史塔克在我跌倒之前扶住我。「她死了嗎？」

「我，我不知道。我希望沒有。」元牲急切地說。

「你不知道？你希望她沒死？」史蒂薇．蕾氣沖沖地說：「難道你又幹了什麼好事，然後希望自己沒這麼幹？」

「不是！我跟這事無關。」

「那你怎麼會知道？」我的聲音顫抖，覺得自己快要吐了。

「我回去她家時，發現她不在。露台上有血，是奈菲瑞特的血，我聞得出她的氣味。」

「有阿嬤的血嗎？」我問。

「沒有，」他搖頭，「不過，煙霧和土地裡殘存著她的力量，看來她早就做好準備，等著奈菲瑞特到來。」

「你說，你回席薇雅家。這話怎麼說？」桑納托絲問。

元牲伸出顫抖的手，抹掉嘴巴上的血，看起來好像快哭出來。

「經過那可怕的一夜之後，昨天早上她發現我在她家附近。她原諒我，還說她相信我，讓我留下來。她視我為正常人，跟我聊天，彷彿我不是怪物。她還叫我**楚卡努思迪納**。」元牲迎視我的目光。

「公牛。」我說，想起小時候學到的切羅基族語。「這是切羅基族語，意思是公牛。」

「對，阿嬤就是這麼說的。她還說，只要我不再傷害任何人，就能留在她那裡，但我離開了。」他搖搖頭。「我不該離開的！我應該留下來保護她，但那時我不知道她有危險。」

「這次，我不怪你。」桑納托絲說：「所以，你昨天離開，今天又回去？」

元牲點點頭。「我離開，是因為我必須搞清楚我是誰——我是什麼。離開那裡後，我回來這裡，躲在那棵殘破的橡樹底下。」他帶著懇求的眼神看著桑納托絲。「我聽見妳在龍老師的葬禮上提到我是什麼，我聽了很難過，無法承受。那時，我只想到我必須回紅鳥阿嬤那裡——不管是什麼事情造就了這樣一個我，她會幫我想辦法解決的。」

「工具人，你之所以存在，是因為奈菲瑞特殺了她的女兒。」卡羅納說，聲音冷酷。

「你以為我們會相信這種事——為了創造你，她的女兒慘遭殺害，而她還願意收留你？」

「我知道，這聽起來難以置信。」元牲那雙顏色怪異的眸子再次凝視著我。「我不懂阿嬤怎能這麼仁慈，這麼寬大，但她的確如此。她甚至拿牛奶、巧克力脆片和薰衣草餅乾款待我。」他指著他的鞋子。我認得那雙手工縫製的鹿皮軟鞋，正是阿嬤最喜歡拿來送人的聖誕禮物。

「沒有哪個凡人可以這麼寬大慈悲。任何女神也都難以原諒像你這樣的生物。」卡羅納冷冷地說。

「女神原諒了我。」利乏音輕聲說道：「而我做過的壞事比元牲還可惡。」

「阿嬤以切羅基族語稱呼他公牛，請他吃巧克力脆片和薰衣草餅乾。」我說：「連他腳上那雙鹿皮軟鞋，也是她親手縫製的。」

「這代表你確實去過她家，跟她說過話。」史塔克說：「但這不代表你沒對她做出可怕的事，然後偷了她的東西。」

「如果是這樣，他何必跑來這裡？」我聽見自己問道。

「說得對。」桑納托絲說，然後轉向夏琳。「孩子，看看他的顏色。」

「我已經看過了，所以愛芙羅黛蒂才會阻止達瑞司和史塔克揍他。」夏琳說。

「他的靈氣是月光。」愛芙羅黛蒂解釋道：「所以我才會介入，朝著他們兩個的睪丸素潑冷水。」

「說清楚，女先知。」桑納托絲下令。

「如果他是月光的顏色，那我就必須相信他跟妮克絲有連結，因爲月亮是妮克絲的主要象徵。」愛芙羅黛蒂說。

「有道理。」桑納托絲邊說邊打量元牲。「在柔依增強你的靈之前，你就努力不讓自己變身。」

「我控制得不是很好。」他坦承。

「但我看見你在努力。」她的目光從元牲轉移到我身上。「妳認爲，妳阿嬤在見過他變成的野獸後，仍會原諒他嗎？」

我毫不遲疑地說：「會，阿嬤是我見過最仁慈的人。她是我們的女智者、格希古娃。」

我走向元牲。「她在哪裡？奈菲瑞特把她帶去哪裡？」

「我不曉得。我只知道她曾跟奈菲瑞特搏鬥，還讓奈菲瑞特流了血，後來她們兩人都不見了。對不起，小柔。」

「不准——**永遠**不准你再這樣叫我。」我說。

我看見史塔克瞇起眼睛，注視著元牲，彷彿元牲是一隻蒼蠅，他巴不得扯下牠的翅膀。

「你**不是**西斯・郝運。」史塔克壓低聲音說話，但所有人都看得出他氣得快要爆炸。

元牲搖搖頭，一臉困惑。「我是元牲，我不認識什麼西斯・郝運。」

「你當然不認識。」史塔克說：「反正，就像柔依說的，永遠都不准再叫她小柔。以前這麼叫她的那個人，你連幫他擦鞋的資格都沒有。」

「西斯・郝運跟紅鳥阿嬤有關係嗎？」元牲問。

「沒有！」我趕緊說，免得史塔克口不擇言。「我們現在得把重點放在找回阿嬤。」

「我可能知道奈菲瑞特把席薇雅・紅鳥帶去哪裡。」卡羅納說，大家滿心期待地看著他。「奈菲瑞特在馬佑飯店有間頂樓套房。整層頂樓都是她的。那裡的牆壁是厚實的大理石打造的，能完全阻隔聲音。她的財富足以讓她買到絕對的隱私。她大概會把席薇雅・紅鳥帶去那裡。」

「她要怎麼當著大庭廣眾把阿嬤帶去那裡？」我非常希望去奈菲瑞特的頂樓就能找到阿嬤，但我忍不住有這個疑問。「阿嬤不可能乖乖跟著她走進那裡。即便市長和市議會都在拍她的馬屁，馬佑飯店的員工不可能沒看見她拖著一個老婦人穿過大廳。」

「妳親眼見過她能無聲無息、無影無蹤地來去。柔依・紅鳥，我敢說妳也懂得隱形。」

桑納托絲說。

「嗯，對，我是懂，多少啦。不過，我沒辦法讓別人也隱形起來。」

「但奈菲瑞特辦得到。」元牲凝重地說：「她很厲害。你們的女神賜予她能力，白牛也給了她力量。另外，凡是女神和白牛沒賜予的，她就利用痛苦、死亡和詭計去盜取。於是，她變得非常厲害。」

「我們絕不能低估奈菲瑞特。」桑納托絲說。

「那，我們必須去她的頂樓套房，叫她放了阿嬤。」我說。

「等等。」史塔克說：「我們怎麼知道元牲沒有胡亂捏造，好讓我們去找奈菲瑞特？」

「我不是奈菲瑞特的爪牙！」元牲吼道。

「兩天前你明明就是。龍・藍克福特就是死在你的手裡。」史塔克反駁道。

「史塔克說得有道理。」史蒂薇・蕾說：「打電話給阿嬤。」

真高興我有事可做。我掏出手機，按下阿嬤的號碼。鈴響時，桑納托絲說：「她如果沒接，妳留言時語氣要裝得很正常。妳留言時就跟她講我們要舉辦校園開放日的事。如果奈菲瑞特抓了席薇雅，應該也會拿走她的手機。」

我點點頭。確定阿嬤沒接時，我一顆心往下墜。手機那頭傳來熟悉的答錄機聲音。阿嬤說她沒辦法接電話，會盡快回電。我深吸一口氣，嗶聲後開始留言，努力發出正常的聲音。

「嗨，阿嬤，對不起，這麼晚打電話給妳。很高興妳把手機轉成靜音，沒被我吵醒。」我的聲音開始發抖，幸好在我完全崩潰，號啕大哭之前，史塔克及時摟住我的肩膀。我依偎著他，趕緊往下說，並讓聲音顯得活潑輕快，而非歇斯底里。「我不曉得妳有沒有看到新聞。桑納托絲已經宣布，我們要辦校園開放日，邀請陶沙市民來學校，並舉行徵才博覽會。另外，我們也要趁機替流浪貓之家辦慈善活動。這樣，我們就能讓奈菲瑞特暴露出她瘋狂的眞面目，而讓我們看起來，嗯，**一點都不瘋狂**。總之，時間訂在這個週六，桑納托絲要我問妳，能不能幫我們跟瑪麗·安潔拉修女協調一下。我告訴桑納托絲，妳一定很樂意幫忙。所以，盡快回我電話，到時我再告訴妳細節，好嗎？我愛妳唷，阿嬤！我眞的、眞的好愛妳！掰掰。」

史塔克從我的手上拿走手機，按下「結束」鍵，然後把我拉入他的懷裡。這下子，我眞的哭了出來。當我一邊顫抖，一邊一把鼻涕一把眼淚，我感覺到另一隻手撫摸我的背，認出那是土的平靜。接著，又一隻手撫摸我，微風輕輕拂過我。然後，又一隻手碰觸我，火溫暖了我。已經顯現，駐在我內心的靈撫慰了我，終於讓我止住淚水，脫離史塔克的懷抱，抽噎著對朋友微笑。

「謝謝你們，我好多了。」我說。

「如果妳把鼻子擤一擤，應該會更好。」史塔克試圖說笑，從口袋掏出一團皺巴巴的面紙，遞給我。

「柔，妳哭得實在有夠醜。」愛芙羅黛蒂邊說邊搖頭，不過她也跟我的守護圈成員站在一起，肩並肩，以示團結一致，彼此支持。

「我沒騙你們。」我的目光從朋友身上轉移到元牲。他已經站起來，面向桑納托絲。達瑞司和卡羅納擋在他和女祭司長之間。元牲轉過頭來，跟我四目相接。我驚訝地看到，他竟然眼眶噙淚，看起來跟我一樣難過。然後，他轉頭看著女祭司長，懇求道：「把我綁起來，把我關起來，我願意接受妳給我的任何懲罰。但是，拜託，為了席薇雅．紅鳥，你們一定要相信我。我沒跟奈菲瑞特同夥，我唾棄她。我恨她用死亡和痛苦製造我。為了控制我，她讓黑暗掌控我的身體，喚醒我內在的那頭野獸。女祭司長，妳知道我說的句句屬實。」

「從目前的證據看來，你說的話的確屬實。」桑納托絲說。

「那就相信我的話。我發誓，奈菲瑞特真的抓走了柔依的阿嬤。」

「我們只給你這次機會。」我離開朋友的圍繞，走向元牲。「如果你欺騙我們，如果你做出傷害阿嬤的事，我絕對會利用五元素和女神賜給我的一切力量來摧毀你，不管你是什麼，也不管你是誰。我跟你保證。」

「我接受。」他說，對我低下頭。

「就這麼說定。」桑納托絲說：「凡有靈的生物都有選擇的自由。元牲，我希望這次你做了正確的選擇。」

「我保證。」他說。

「好，我們相信你的保證。」桑納托絲說，然後環視我們所有人。「我們得去奈菲瑞特的頂樓套房一趟。」

「我可以去。」元牲說。

「不行！」史塔克、達瑞司、卡羅納和我異口同聲地說。

「我可以去她那該死的套房。」愛芙羅黛蒂說：「那賤人認爲我跟她一樣賤，嗯，也算對啦——而且她總是以小人之心度君子之腹，認爲人人跟她一樣會背棄女神和朋友。她一向都想利用我，**卻**無法聽見我的思緒。所以，我進得去。」

「她或許會讓妳進去，可是她絕不會讓妳知道她是否囚禁了紅鳥阿嬤。」元牲說。

「確實如此。她可以把人質隱形起來，不讓愛芙羅黛蒂看見。」桑納托絲說。

「我卻可能看見。她不會認爲有必要對我隱瞞。她會對我發怒，因爲我沒能阻止揭發眞相的儀式，但她會讓我留在那裡，讓我有時間查探她是否挾持了紅鳥阿嬤。」元牲說。

「或者讓她有機會操控你。」達瑞司說。

「然後喚醒你裡面那頭沉睡的野獸。」史塔克接腔。

「元牲，你控制不了那生物的，如果奈菲瑞特透過祭品來喚醒牠。」桑納托絲說。

「而這可能就是她抓走柔依阿嬤的目的。」達瑞司說，帶著愧疚的眼神看我一眼。「或許奈菲瑞特需要比戰士的愛貓更有分量的祭品，以便重新掌控元牲。」

「不！我，不……」元牲震驚得說不出話，肩膀一垮，臉埋入掌心。

而我則是不停地搖頭。史塔克緊緊握住我的手。「我們不會讓這種事發生，我們一定可以把阿嬤救回來。」

「可是，怎麼做？」我邊啜泣邊說。

「我去。」卡羅納直視著我。「我不只能進去。我還能把席薇雅．紅鳥救出來，如果她眞的抓走了妳阿嬤。黑暗沒辦法在我面前隱形，畢竟我們相識已久。奈菲瑞特以爲自己成了不死生物，就所向無敵，但跟我好幾世紀的功力相比，她只是幼稚園程度。我殺不了她，但我偷得了一個老婆婆。」

「嗯，或許吧，**如果**她願意打開門讓你進去。」史塔克說：「據我所知，她現在可不怎麼喜歡你。」

「奈菲瑞特是不喜歡我，但這改變不了她想要我的事實。」

「是嗎？我們可不這麼覺得。奈菲瑞特的眼光變高了。」史塔克繼續說：「現在，她的伴侶是白牛。」

卡羅納對史塔克冷笑，說：「你還太年輕，對女人了解不夠多。」

我感覺得到史塔克怒髮衝冠，趕緊抹淚擤鼻，打起精神，說：「你得讓她相信你背叛了我們，投向她的懷抱。也就是說，你對桑納托絲的誓言是假的。」

「奈菲瑞特不知道我對桑納托絲立了誓。」他說。

「喔，我想，她知道。」簫妮說。

我驚訝地看著她。

「我不是故意潑冷水，不過我不想說太多。我只能求你們相信我——我們的任何事情，如果依琳知道，那麼達拉斯就知道。」簫妮說。

「啊，該死！」史蒂薇．蕾說。

「而達拉斯會告訴奈菲瑞特。」利乏音說。

「什麼？」我幾乎忘了利乏音在場。接著，我覺得好愧疚，因爲他聳聳肩，解釋道：

「我通常不多話，所以大家很容易忘了我的存在，也因此我能無意中聽到很多事。」

「我不會忘了你的存在。」史蒂薇・蕾說，踮腳親吻他的臉頰。

他對她微笑。「對，妳不會。但達拉斯會。今天，有兩次下課，他的手機響起時我就在旁邊。那兩次都是奈菲瑞特打來的。」

「而我有百分之九十九的把握，依琳會把達拉斯想知道的事告訴他。」簫妮說。

「我注意到，昨天你們回火車站時，依琳仍留在學校。」桑納托絲說。

我看著夏琳的眼睛，對她說：「告訴老師吧。」

她毫不遲疑。「幾天前我注意到，依琳的顏色變得跟以前不一樣了。」

「她變了。」愛芙羅黛蒂說：「夏琳和我都這麼認爲，所以，昨天她跟柔依說想留在夜之屋時，我們兩個才會建議柔依答應她。」

「那麼，我同意簫妮的看法。依琳知道的事，奈菲瑞特很可能也知道。」桑納托絲說。

「我在想，」愛芙羅黛蒂說：「我們應該閉緊嘴巴，別把元牲、紅鳥阿嬤的事，或我們的其他事情洩漏出去。這樣一來，如果你不是我們的一分子，你就什麼屁都不會知道。依琳只是個孩子，但她知道的事很可能會把我們害慘。」

「女先知，看來妳的話很值得我們記取。」桑納托絲說，我們其他人點點頭。

我瞥卡羅納一眼。把他當作自己人，實在很怪。我眞不知道我們該不該信任他。

詭異的是，桑納托絲彷彿在呼應我的思緒，竟然問卡羅納：「你仍認爲她會信任你？」

「奈菲瑞特？信任我？絕對不會。但她想要我，即使眞正撩起她欲望的不是我的人，而是我的不死能力。況且，就像愛芙羅黛蒂說的，她以小人之心度君子之腹，以爲別人都像她一樣不忠心。」卡羅納說。

「奈菲瑞特只忠於她自己。」利乏音說。

「沒錯。」卡羅納說。

「嗯，希望你的忠心指數不像她那麼低。」史塔克說，言外之意似乎毫無信心。

我站在那兒，盯著卡羅納，想起他曾是一個滿口謊言、工於心計的凶手，也想著，**難道現在卻要仰賴他去拯救我的阿嬤**？

我眨巴著眼睛，把驚嚇的淚水嚥回去時，聽到利乏音低聲喚我。我望向他，他對我微笑，以嘴形告訴我：**人會改變**。

17 夏琳

「妳，過來。」愛芙羅黛蒂對著夏琳彎曲手指，示意夏琳跟她走。接著她便扭腰擺臀地穿越草地，朝雛鬼宿舍的方向走去。

夏琳嘆一口氣，壓抑住心裡的不滿，疾步跟在金髮美女討厭鬼背後。一等她跟上，愛芙羅黛蒂就開始下令：「聽著，妳得去偵查敵情。」

「聽著，妳的態度要好一點。」夏琳說。

愛芙羅黛蒂停下腳步，藍色眸子瞇成一條線。

「妳應該知道，這種表情很難看，而且會長魚尾紋。」夏琳搶在愛芙羅黛蒂口出什麼臭屁髒話之前說道。

「妳跟戴米恩談過了，對不對？」

「或許。」夏琳含糊回答，不想把戴米恩扯進來。不過，對，她的確跟他談過。事實上，她已開始喜歡上戴米恩，以及史蒂薇．蕾和柔依。至於愛芙羅黛蒂，那就得另當別論了。「愛芙羅黛蒂，說眞的，看來妳、我必須攜手合作，不論妳怎麼看待女先知這種東東。所以，如果妳能至少有禮貌一點，我們兩人的日子都會比較好過。」

「不，那只會讓妳的日子好過，而我，完全不受影響。」

夏琳搖搖頭。「是嗎？那妳怎麼不在妮克絲面前擺出這種態度？我們跟黑暗有一場硬仗要打欸。柔依的媽媽才被殺不久，現在她的阿嬤又身處險境。如果我說錯，請糾正我——我記得柔依是妳的朋友啊，不是嗎？」

愛芙羅黛蒂再次瞇起眼睛，但只說了這麼一個字：「對。」

「那妳就該竭盡所能去幫她啊。」

「賤人，我不是正在幫她嗎？」愛芙羅黛蒂說，口氣很差。

「妳確定妳在幫她？妳有沒有想過，如果妳別那麼討人厭，或許更能充分利用妳的預言天賦來幫她？」

愛芙羅黛蒂瞇起來的眼睛慢慢張開，甚至露出一點驚訝的表情。「沒，我從沒想過。」

夏琳沮喪地雙手一攤，說：「拜託，妳是野狼養大的喔？」

「差不多。」愛芙羅黛蒂說：「很有錢的狼。」

「不可思議。」夏琳咕噥一聲，然後回歸正題。「好吧，是這樣的：之前我看妳的靈氣，拿妳裡面閃爍的小亮光取笑時，我的腦袋就開始迷糊。後來我看著妳，發現妳的顏色全都混在一起了。」

「這顯然表示妳看到我在生氣。」

「不是。事實上，在我跟妳道歉之前，**所有人**的顏色看起來都在流動，混在一起。等等，剛剛說的不算，應該這樣說：在我**誠心誠意**跟妳道歉之前，我的眞視變得亂七八糟。」

「呵，還眞有意思。」

「妳還是聽不懂我的意思，對吧？」

「鬼才懂。」愛芙羅黛蒂說：「好了，言歸正傳——關於偵查敵情。」

「好吧，妳要我怎麼做。」

「去找依琳，還有達拉斯。如果我沒想錯——對了，先告訴妳一聲，我幾乎從沒想錯過——妳應該會發現他們兩個在一起。」

「而這可不是好事，對吧？」

「妳是腦殘啊？」

「這問題我懶得回答。」夏琳說。

「那就好，反正現在沒時間研究妳的腦子。再過兩個小時就天亮了，到時巴士得開回火車站，而卡羅納得前往奈菲瑞特的臭巢穴。」

「對，卡羅納得等天亮，等奈菲瑞特被太陽削弱力量，但他又不能做得太明顯，被人看出他在等她的力量被太陽削弱，免得大家覺得計畫行不通。」夏琳說，抬頭望著天空。

「蠢智障，妳在說什麼鬼話啊？」

夏琳指著天空，說：「烏雲，好多烏雲。真希望烏雲能散開，不然它們會遮住太陽，影響它的削弱效能。現在，誰是蠢智障？」

「不准說我蠢智障。」愛芙羅黛蒂說。

「那妳也別這樣說我。」夏琳說。

「我再考慮考慮。回到正題——在我們回火車站，卡羅納出發之前，我要妳去看看達拉斯和依琳的顏色。最好能看出什麼端倪，多提供一點關於依琳的訊息給我們，特別是看她有沒有變成臭婊子，見色忘友。我對他們倆有個感覺，而那可不是什麼溫馨的感覺。」

「好，似乎是個好主意。不過，我不曉得他們在哪裡。妳曉得嗎？這也是妳的天賦之一嗎？」夏琳問。

「天哪，妳眞是腦殘。我的頭殼裡沒裝GPS，但有裝腦子。我的腦子告訴我，如果依琳和達拉斯打算幹齷齪的事，那就不妨從依琳的寢室開始找——我說的是她**不再**跟簫妮共用的那間寢室。」

「喔，對，有道理。」夏琳猶豫了一下。「可是我不知道她的寢室號碼。」

「三樓，三十六號。她和簫妮還共用一個腦子時，總說這號碼代表她們的胸圍，但我說這是她們兩人加起來的智商。」

「不意外。」夏琳說。

「瞧，妳很瞭解我嘛。」愛芙羅黛蒂裝出熱情的語氣。「盡速回巴士啊。」愛芙羅黛蒂起步離去，卻又停下來，補上一句：「麻煩妳了。」

夏琳睜大眼睛。

愛芙羅黛蒂翻了翻白眼，張開嘴巴，顯然準備說些什麼惡毒的話，但她沒出聲，反而抬頭仰望天空，過了好一會兒，才看夏琳一眼，說：「看來妳的願望實現了。烏雲散開了。」語畢，她頭髮一甩，扭腰擺臀離去。

夏琳搖搖頭。「瘋子一個。」她一邊咕噥一邊走向女生宿舍。「妮克絲，我跟妳還不熟，我不希望妳覺得我很無禮或褻瀆妳什麼的，不過，妳怎麼會挑愛芙羅黛蒂當妳的女先知呢？爲什麼啊？」

「誰曉得，我看愛芙羅黛蒂自己也不曉得。」

夏琳嚇一跳。艾瑞克．奈特從附近一棵橡樹的陰影裡走出來。

「艾瑞克！你在這裡做什麼？」夏琳用手撫著喉嚨。她擔心艾瑞克看出，她脖子那裡脈搏加速不只因為她被嚇到。每次乍見他，都是一樣的印象——高挺迷人，帥到讓人失神。然後，她就會瞥見他的顏色，而那可不很迷人。夏琳已認定，他就像那種釉彩美得讓人屏息的陶器，讓人忍不住想拿來裝沙拉或什麼的，可是，妳把陶器翻轉過來，就會發現底下印著一行字——**警告：不適合作為食物容器**。

「不好意思，我不是故意嚇妳。我待在這裡是為了拖延時間。」他的笑容散發出幾億萬瓦的電力。夏琳可以想見，為什麼幾乎每個女雛鬼都會愛上他。問題是，她看見的，不只是他俊俏迷人的外貌。

「我不是故意打擾你。我這就走開，讓你繼續拖延時間。再見。」

「喂，等等。」她走過他身邊時，他伸手碰了一下她的手臂，希望她留步。「我以為我們是朋友。」

夏琳打量他。那天艾瑞克標記她時，他的顏色泰半是不鮮明的豌豆綠籠罩著些許閃爍的鮮明色彩——可能是金色，像陽光——但它太飄忽，她無法確定。除此之外，他的顏色基本上是水水、霧霧的。過去這幾天，她不太注意他的顏色。所以，這會兒，當她專注觀察，她驚訝地發現，綠色雖然還在，但變明亮了，不再讓人聯想到糊糊的豌豆泥，反而讓她想起綠松石，像海洋浪花的藍綠色。而藍綠色外圍原本模糊的灰色也已消失，露出淡褐色，宛如無人污染的美麗沙灘。夏琳竟有一絲絲墜入深海的感覺。她努力掩飾緊張的情緒，衝口說出：「對，我們是朋友，但僅止於此。」

「我沒提出額外的奢求啊，不是嗎？」

夏琳凝視他的眼睛。那雙明亮的藍色眸子好像花了太多時間往下瞄她的胸部。不過，「我看你根本想當個占我便宜的朋友」聽起來太像愛芙羅黛蒂會說的話，所以，夏琳選擇另一種比較友善的方式回答。「對，你還沒提出別的要求。」

他再次微笑。「所以，我們可以當朋友吧？」

他這種笑容讓人很難不報以微笑，而且老實說，夏琳也想不出理由不這麼做，所以她咧嘴一笑，說：「好，朋友。」

「太好了！那我陪妳到妳要去的地方，如何？陪妳走路跟獨處一樣，都能拖延時間。」

「你在拖延什麼？」夏琳避免提及她要去的地方，只是大致上慢慢朝宿舍的方向走。

「課程大綱啊。」他嘆了一口氣，說：「我真不想寫這種東西。妳知道的，我根本不想當老師。」

「是啊，每個人都知道。你想當電影明星。」夏琳試圖用一種隨口說說的語氣說，既不奉承，也不帶刺。但他受傷的眼神顯示，她的口吻聽起來恐怕既像奉承又像諷刺。

「對，」他語氣乾脆，目光從她身上移開，兩手插進牛仔褲口袋，「每個人都知道。」

「喂，在通往好萊塢的路上，當個躡蹤使者不過是一個小小的減速路障吧？你才幾歲，二十一？」

「十九。我幾個月前才蛻變完成。幹麼問這個？我看起來很老嗎？」

夏琳哈哈笑。「二十一歲哪算老？」

「如果再加上四歲就算老了。躡蹤使者的差事我得做四年欸。」

「當躡蹤使者代表你必須留在陶沙市的夜之屋嗎？」

「想甩掉我啊？」他的語氣有點像半開玩笑。

「不，當然不是。」她安慰他。「我是想說，難道你不能轉去西岸當躡蹤使者嗎？離好萊塢比較近的地方肯定也有夜之屋吧？」夏琳發現艾瑞克不再像個被寵壞的討厭鬼。這會兒，他只是顯得有些疲憊、沮喪，甚至帶點憂鬱。

「這問題我研究過了，得到的答案很怪，有點恐怖。」他停頓一下，瞟她一眼。「嗯，不過，搞不好是被我標記的孩子覺得恐怖，而不是我覺得恐怖。」

「我經驗過啊，並不恐怖。其實你還挺有趣的。」她說。

艾瑞克皺起眉頭。「照理說我應該顯得厲害、自信，或許還有點嚇人。」

「所以，你希望自己讓人害怕？」

這話讓艾瑞克忍不住笑了出來。「不，一點也不。事實上，標記本身不可怕，起碼不該是可怕的。眞正**不正常**的地方，在於我的血液裡有什麼東西教我非留在這裡不可。沒錯，我可以四處旅行，但那必須是因爲我的血液召喚我去標記屬於這所夜之屋的孩子。」

「所以，你有點像定位系統GPS？」

「大概是吧。」艾瑞克聽起來一點也不興奮。「好啦，別再談論我了。妳要去哪裡？」

夏琳用力嚥下喉嚨裡乾澀的感覺，說出心中第一個冒出來的謊言。「去宿舍。愛芙羅黛蒂請我去她的房間幫她拿一些東西。」

「請？**能不能麻煩妳**的那種『請』？或者，她根本是下令，『去拿我的東西，不然我就用橡皮圈把妳的手綁起來，把妳丟進滾燙的鍋子裡，像我媽的廚子煮龍蝦那樣！』」

夏琳咯咯笑。「依我看，你的演技要不是大大進步了，就是大大退步了，因爲你的口氣聽起來跟愛芙羅黛蒂一模一樣。」

他聳聳肩。「我會努力不再模仿她。」

「好啦，回答你的問題——她的口氣比較像你說的第二種，不是第一種。」

「還眞不讓人驚訝喔。那，我陪妳走去宿舍吧？」

夏琳迎視他的目光。**有何不可呢**？「好啊。」她說。

艾瑞克

「我想，你說得沒錯，弄課程大綱一定很無聊——你得想好要教什麼，寫下來，交上去，然後照著教。無聊指數簡直破表。」夏琳說。

「是啊。」艾瑞克淡淡地說：「我們就要上莎士比亞了。我喜歡戲劇，但我喜歡的是上台演出，而不是當學校委員會的教學機器。唉，課程大綱是無聊，寫課程大綱更是難受。」

他得不斷提醒自己，別老盯著夏琳的胸脯。不過，話說回來，誰叫她穿白色T恤，而且單薄到可以瞧見裡頭那件粉紅色胸罩，以及胸罩中間和肩帶上的黑色小蝴蝶結。

「那，你要教莎士比亞的哪齣劇作？」她在問他。

看著她的臉，專心！「莎士比亞？」

她覷他一眼，好像在說他是個白痴——其實，他不得不同意，他的確是個白痴，因爲一且勉強自己不盯著她的胸脯，他的目光就會被那頭黝黑濃密、輕柔如絲的鬈髮給吸引。但願他能——

「喔，對，莎士比亞。當然是喜劇，今天這世界上的悲劇太多了。」

「哪一齣？」

她看起來眞的很感興趣，所以他聽見自己眞誠地說：「我還沒拿定主意。我個人最喜歡的是《馴悍記》，不過，仔細想想，女主角凱特最後那段話跟夜之屋的母系信仰很不合，我可不想冒犯桑納托絲。所以，我在考慮《皆大歡喜》。裡面的女主角羅瑟琳是莎翁筆下最強悍的女英雄。我想，教這一齣戲，校方高層應該不會找我麻煩。」

「這樣不等於是屈服嗎？」

「或許吧。不過，教書可不像妳想的那麼簡單，背後有一堆鳥事要處理，這還不包括跟黑暗之間那場似乎永遠打不完的戰爭。老師一個個被殺，而愈來愈多雛鬼被標記，導致老師欠缺。」

尷尬地沉默了好一會兒之後，夏琳開口說：「是啊，見到老師一個個被獸角刺死、被開腸剖肚、被斬首，一定不好受。何況還要應付那麼多新冒出來的紅雛鬼，只因爲我們沒眞的死去。」

艾瑞克皺起眉頭。他沒那個意思，他沒這麼想。

「我想，我的表達方式恐怕出了差錯。」他說。

「我想，我得記住，豌豆不可能變成藍綠色的美麗海浪和淡褐色的無人沙灘。」

「什麼意思啊？」夏琳眞的很辣，但她實在把他搞糊塗了。

「意思是，我得看清楚事實。多謝你給我這個機會。」夏琳加快腳步，而艾瑞克仍在思索豌豆和藍綠色到底是什麼意思。這時，兩人已經走出冬草覆蓋的操場，來到通往女生宿舍大門的人行道。

「呃，不客氣？」兩人抵達宿舍露台的水泥階梯時，他試探性地回答她。

夏琳仍走在他的前面，所以她比他先踏上第一階。她站在那裡，幾乎與他一般高。從這種角度看她感覺好奇怪，因爲她是那麼嬌小。

「不，你不需要跟我說『不客氣』。」她說，嘆一口氣。「我不是眞的在謝你，我只是在提醒自己一些事情。」

「什麼事情？」他問，眞的很有興趣知道。

她再次嘆氣。「我提醒自己，看一個人時，眼睛看到的不見得最重要，眞正重要的是藏在裡面的東西。」

「不過，在妳的眼睛底下，什麼都無所遁形，對吧？」

「對。」她輕聲說。

「我剛剛那樣說沒有惡意，我只是在吐怨氣。妳知道的，就跟女孩子老是發牢騷一樣。」艾瑞克說。

「艾瑞克，說得像是在仇視女人一點也沒有幫助。」

「像是在仇視女人……那很糟，對吧？就像當婦科醫生，一點都不酷。」

「艾瑞克，或許你該閉嘴。」夏琳語帶不悅，不過他看得出來她正努力不讓自己笑出來。果然，接著，她那漂亮的朱唇發出輕笑聲。「婦科醫生？你剛剛真的這麼說？」

「是啊，我還挺得意的。」艾瑞克裝出鄉村老男孩的奧克腔。「喔，我真感謝有機會從事跟女孩子有關的職業。」

「好了啦，夠了。」她說，仍咯咯笑個不停。「我得走了，免得——」

夏琳往後退，沒踩到第二個階梯。她那可愛渾圓的小屁股差點跌坐在地上，幸好艾瑞克的速度比地心引力還快，以英雄救美的姿態及時抱住她的腰。

就這樣，夏琳站在他上方的階梯，而他的雙手攬住她的腰。剛剛差點跌跤時，她的雙手亂揮一通，一被他抱住，那雙手自然而然地環抱著他的肩膀。就這樣，現在她整個人緊緊貼住他，他甚至感覺得到她粉紅胸罩上的黑色蝴蝶結。

「小心。」他溫柔地輕聲說，當她是一隻受驚嚇的小鳥。「我可不希望妳出事。」

「謝－謝謝。我差點跌倒。」

夏琳凝視著他。他迷失在她那雙水汪汪的褐色大眼睛裡。而她的氣味，就跟那晚他標記她時一樣，香甜迷人，宛如蜜桃混合著草莓。他好想親吻她，一次就好，一秒鐘就好。他俯身，而她似乎朝他噘起了唇。他繼續往前傾，把她抱得更緊。

就在這時，她搥打他的胸口。

「你想吻我？不會吧？」夏琳搖搖頭，將他推下台階。

艾瑞克踉蹌往後退，不明白哪裡出了差錯。這時，他聽見嘲笑的聲音。感覺糟透了，尤其他一抬頭就見到依琳和達拉斯站在寬敞的宿舍大門外，台階的頂端。

「該死，女人心海底針啊。」達拉斯說：「先是投懷送抱，然後把你推開，這怎麼行呢？」

「就是說嘛，當女生的，嘴巴說好，心裡就要眞的想要，可別來這套『嗨，我先挑逗你，再來拒絕你』。」依琳舉起手在半空比劃出引號。

「你們兩個別亂說話。」夏琳一手叉腰，下巴抬高，但滿臉通紅。艾瑞克覺得，她這模樣看起來眞可愛，一點都不凶。

達拉斯伸手攬住依琳的腰，她順勢往他身上靠。兩人步下階梯，走向艾瑞克時，一直嘲笑夏琳。

「喂，老兄，」達拉斯笑著說：「別擔心，我的美人魚和我會讓所有人都知道她是個騷貨。」艾瑞克想打岔，但達拉斯繼續說：「不用，你不用謝我，就當作成鬼之間的情義相挺吧。」

艾瑞克抬頭瞥夏琳一眼。她的粉紅色臉頰變蒼白。他確實這麼想過——雖然只那麼一瞬間——不如大笑幾聲，跟達拉斯和依琳一起離開。這樣說不定可以讓他覺得很酷，就像以前他被公認是全校最帥的萬人迷雛鬼那樣，對女孩子予取予求。然而，他一察覺這個念頭，立刻覺得噁心。

「不，」艾瑞克盯著達拉斯的眼睛，「夏琳說得對，你們別亂說話。是我想亂來，不關夏琳的事。」

「喔，拜託，你是艾瑞克．奈特欸。」達拉斯的聲音仍故作友善，但眼神已變得凶狠。

「對，我是。而我要告訴你，你搞錯了。夏琳沒挑逗我，是我色欲薰心。如果你們兩個想說八卦，就該這麼說。」

「你以為大家會相信她這個小怪胎會拒絕你？」依琳一點也不掩飾她刻薄的語氣。

我以前竟然還動過跟攣生的「三人行」的念頭，天哪，我真是渾球一個。

「我希望你們兩個對這件事，要不就實話實說，要不就閉上嘴巴。」艾瑞克說。

「對，這件事一點都不好玩。」夏琳快步走下階梯。經過艾瑞克身邊時，她停步，說：「我改變主意，不去宿舍拿東西了。愛芙羅黛蒂可以自己過來拿。」夏琳的目光從他身上移向依琳。「我猜，妳今晚也不會搭巴士回火車站。」

「我不會再搭那輛身障車了，要搭妳自己去搭。這種巴士比較適合妳，不適合我。」

「跟他們說吧，我的美人魚。」達拉斯說，一隻手撫摸著依琳的臀部。「水必須自由流動，想去哪裡就去哪裡。」

「沒錯，我們走吧，這裡無聊死了。」依琳說。

「我有辦法讓妳不無聊！」達拉斯輕咬依琳的脖子，她先是尖叫，然後咯咯笑。

「我可不會一下子說要，一下子說不要喔。我這個人啊，要就是要！」依琳不屑地看著夏琳，然後牽起達拉斯的手，兩人轉身離去，發出譏諷的笑聲。

艾瑞克盯著他們的背影。「他們兩人是什麼時候在一起的？」

「就在依琳和簫妮不在一起之後。」夏琳說：「情況果然跟簫妮想的一樣糟。」

艾瑞克睜大眼睛。「妳來這裡，不是爲了拿愛芙羅黛蒂的東西，對吧？」

「你猜對了。」

艾瑞克恍然大悟。「啊，慘了！依琳投效敵營了，對不對？這代表柔依陣營知道的每件事，達拉斯那邊都會知道。」

「看起來是這樣。我得去告訴柔和史蒂薇・蕾，依琳眞的跟達拉斯在一起。」夏琳遲疑了一下，然後說：「謝謝你捍衛我。我知道這對你來說並不容易。」

「妳眞的認爲我是個混蛋，對不對？」

夏琳沒立刻回答，而是打量起他，彷彿明白她的答案對他來說有多重要。終於，她開口說：「我想，你有潛力讓豌豆綠變成綠松石的藍綠。」

「這樣是好事？」

她微笑。「比當個仇視女人的婦產科醫生好。」

他大笑。「好，很好。喂，我可以陪妳走到巴士去嗎？」

「不，這次不要。不過，你下次可以再問我。對了，當我說不要，我是眞的不要；當我說要，我是眞的要。」

「基本上我已經知道妳是這樣的人。」他說。

「很好，那下次你可以等我說好，然後再吻我。掰了，艾瑞克。」

夏琳離去後，艾瑞克的笑容愈來愈燦爛。這不是一百瓦電力的笑容——那是**表演**出快樂。這次的笑容更棒——這是**感受**到快樂。好久好久以來，艾瑞克．奈特第一次明白，感受遠比表演美好……

18 卡羅納

「烏雲散開了，我相信這是好徵兆。」卡羅納對站在巴士前方的桑納托絲說道。巴士裡已坐滿準備回火車站的雛鬼和成鬼。

「是啊，希望如此。我們眞的得回去了，」史蒂薇．蕾說：「祝你好運。我知道，如果奈菲瑞特眞的抓走了紅鳥阿嬤，最適合把她救回來的人是你！」她對卡羅納露出無邪、歡喜的笑容，而他的兒子也附和地朝他揮手。然後，巴士的門關上，達瑞司把車開走。

車子離開前，柔依什麼都沒說，一句話也沒有。當大家邊三三兩兩地交談，邊收拾書包，逐一上車，她只是在巴士裡靜靜坐著，但他可以感覺到她的眼睛盯著他。那雙眼睛透著對他的不信任，也透著期望。**我是把她阿嬤救回來的唯一希望**，當巴士消失在尤帝卡街另一頭，卡羅納心裡想著，**她起碼可以祝我好運**。

「妮克絲，我請求妳看顧我的戰士卡羅納。」

忽然聽見女神的名字，卡羅納嚇一跳，重新把注意力放在桑納托絲身上。女祭司長就站在他的面前，高舉雙手，仰望著拂曉前的天空。

「透過我——妳忠誠的女祭司長——他選擇了謹守妳的道，成爲我的劍、我的盾、我的保護者。而既然這所夜之屋現在歸我管轄，卡羅納也是它的保護者。」

桑納托絲鏗鏘有力的聲音拂掠卡羅納的肌膚，他全身爲之震顫。**她在呼求妮克絲！而女神回應了她！**他屏息聆聽她繼續呼求。

「仁慈的夜之女神，我懇求妳幫助，賜予卡羅納力量，讓他不受黑暗及其虛僞外表的影響，變得軟弱。讓他的選擇發出耀眼光芒，猶如月光穿透灰色迷霧。讓他意志堅定，驅散暗影，判斷力不受蒙蔽，目的不至於偏離。讓他永遠選擇光亮，不落入黑暗的陷阱。」

卡羅納握緊雙手，免得桑納托絲看出他在顫抖。

妮克絲沒有現身，但卡羅納感覺到她在聆聽。他感受得到，女神行經之處，甜美的良善攪動空氣。每次都這樣。妮克絲不朽的心思放在哪裡，哪裡就有魔法和光亮、力量和笑聲、歡喜和愛。永遠有愛。

卡羅納垂下頭。**我是多麼想她啊！**

「卡羅納，帶著妮克絲的祝福去吧！」

桑納托絲的呼求帶來迴旋的能量，拂過她和卡羅納。卡羅納抬起頭，看見女祭司長慈祥地對著他微笑。

「妮克絲聽見妳的祈求了。」他說，慶幸自己的聲音不像情緒那麼激動。

「她眞的聽見了，」桑納托絲說：「而這肯定是好徵兆。」

「我不會讓妳和女神失望的。」卡羅納說，一躍而上，飛入空中。他想著，**這次我不會讓她失望的，這次絕不會**。

卡羅納直直飛往目標。馬佑大樓寬敞的陽台凸出在半空中，他輕巧地從青紫色的天空降落在冰冷的石頭地板上，收攏渡鴉顏色的翅膀，貼在赤裸的背上。是的，他袒露著胸膛來找她，因爲她喜歡他這樣。

「女神，妳的伴侶回來了！」卡羅納喊道。幸好有人砸碎了玻璃門，省得他以難看的姿勢硬將門撞開——萬一她沒如他所預期的，歡迎他歸來。

「我沒看見什麼伴侶，只見到一個長翅膀的廢物。」從遠離套房入口的陽台角落，從他背後的陰影之中，傳來她的聲音。

他慢慢轉身面向她，讓她有時間飽覽他赤裸的胸膛和有力的翅膀。奈菲瑞特情欲濃烈，渴望男人。不過，較諸男人帶給她的肉體歡愉，她更喜歡支配男人。白牛能給她力量，但公牛終究不是男人。

「我有生的這幾個世紀以來，確實失敗過幾次，犯過一些錯。女神，我最大的失敗和錯誤就是離開妳的身邊。」卡羅納懇切地說，但他心裡想的女神不是奈菲瑞特。

「所以，現在你稱呼我爲女神，爬回我的身邊。」

卡羅納往前邁出兩大步，拍動翅膀。「我看起來像用爬的嗎？」

奈菲瑞特側著頭，繼續留在暗影中。當太陽開始從她背後升起，卡羅納只看得見她那雙翠綠色的眸子，以及她紅焰般灼亮的長髮。

「不，」她說，一副意興闌珊的語氣，「你看起來像是拍著翅膀。」

卡羅納展開翅膀，張開雙臂，琥珀色的眼睛迎視她冰冷的綠色眸子，將注意力集中在她身上。奈菲瑞特成爲不死生物還不太久，仍可能無法抗拒他的魅力。

「請再看看我，女神，好好看看妳的伴侶。」

「我看見你了，你已經不像我印象中那麼年輕。」

「放肆！」他企圖舒緩自己的口氣，可她撩起了他的怒火。他都忘了他有多厭惡她那冰冷的譏諷。

「是嗎？」奈菲瑞特從角落的暗影滑出。「是**你**來找**我**的，難不成你認爲我會張開雙手歡迎你？」

太陽已躍出遠方的地平線。她走近時，卡羅納終於看清楚她。奈菲瑞特變得不一樣了。她美麗如昔，但屬於凡人的柔軟和**人性**已完全消失。她看起來像一尊被賦予了生命氣息的精美雕像，栩栩如生，但沒有良知，沒有靈魂。她向來冷血無情，但在此之前還有能力裝出善良和慈愛的模樣，而現在，連這一點也不見了。卡羅納納悶，難道只有他看得出她已變成邪惡的媒介。

「我沒這麼認為，但我抱著這樣的希望，即便謠傳我在妳身邊的位置已經被篡奪。」他希望她把他語氣裡的震驚誤以為是嫉妒。

奈菲瑞特的笑容宛如蛇蠍。「對，我找到了比鳥了不起的生物。不過，我得承認，你的嫉妒逗得我很開心。」

一想到要碰觸她，卡羅納就反胃。他嚥下喉嚨裡湧出的膽汁，走近奈菲瑞特。他勉強自己翅膀往前伸，用冰冷柔軟的翅羽撫摸她的肌膚。

「我比鳥了不起。」

「我有什麼理由接受你回來？」奈菲瑞特一副冰冷的口吻，但卡羅納可以感覺到，在他的愛撫下，她的肌膚因渴望而顫抖著。

「因為妳是女神，值得擁有不死的伴侶。」他進一步貼近她，知道她可以感受到他嚴寒的威力、他受到月亮祝福的不死能量。

「我已經擁有不死的伴侶了。」奈菲瑞特說。

「但那不是能這樣做的不死伴侶。」卡羅納以翅膀將她摟入懷裡，然後緩緩地跪在她的面前，嘴唇離她顫抖的肌膚僅有寸許。「我會好好地侍候妳。」

「怎麼個侍候法？」她的聲音沒流露任何感受，但手已開始撫摸他的翅膀內側。

卡羅納關閉心靈，什麼都不想，只專注於肉體感官，呻吟著。

她繼續愛撫他。「怎麼侍候啊？」奈菲瑞特重複問題，然後說：「尤其現在你服事了另一個夫人。」

他早料到她知道他對桑納托絲立下誓約，已備妥了答案。「我唯一眞正效忠服事的夫人是一位女神。只要我的女神饒恕我，我會爲她赴湯蹈火。」卡羅納心想，這樣說一套想一套，還眞有趣。奈菲瑞特一定以爲他說的是她，其實這話可以指任何一位女神。然而，就在他說出口的這一刻，他眞切地體悟到這句話的眞實性，倒抽一口氣，全身震顫，踉蹌退後，拉開和眼前這個生物的距離。他幾個世紀以來自欺的遊戲，被這麼一句話終結了。**我被創造出來是為了服事一位女神，僅一位女神**。而奈菲瑞特的所作所爲，都跟妮克絲所代表的事物截然相反。他轉身背對奈菲瑞特，臉埋入手掌。**我以前怎會以為她或其他女人能取代妮克絲**

在我心中的地位？我花了幾世紀，拖著殘破的軀殼，試圖透過暴力、情欲和權力來填滿我內心的空虛。但沒用，不管怎麼做都沒有用！

他感覺到她的手搭在他的肩膀上。那雙手柔軟、溫暖，散發出仁慈。她溫柔地，極其溫柔地將卡羅納轉過身，要他面向她。當他抬起頭，他的身體楞住。奈菲瑞特沒跟過來，她壓根兒沒移動。剛才不可能是她碰觸他的，奈菲瑞特**絕不可能**這樣仁慈地碰觸他。

是妮克絲碰觸了他。

卡羅納淚流滿面。他茫然若失地拭去淚水。

「嗯……」奈菲瑞特伸出修長尖銳的指甲，點著自己的下巴，從陽台另一頭打量著他，好像完全沒察覺妮克絲剛才出現在卡羅納的身邊。

這難道是他想像的嗎？**不，我記得她的撫觸——她的溫暖——她的仁慈**。妮克絲來過。卡羅納願意相信。

「卡羅納，我不能否認你的祈求感動了我。看來你終於學會怎麼跟一位眞正的女神說話。或許我會原諒你的背叛，准許你再次愛我。不過，有一個條件。」

「任何條件都行。」卡羅納對他隱形的女神說道，暗自希望她仍在這裡，仍在聆聽。

「這次，你必須把柔依·紅鳥帶來給我。我沒有要殺她，起碼還不到時候。我在想，把她抓來折磨一番應該更有趣。」奈菲瑞特緩緩走向卡羅納，伸出指甲，往他的胸口一劃，劃出幾條猩紅的血痕。奈菲瑞特把手一翻，讓他的血從指頭流淌到掌心。她捧著血，身體往前靠，舔舐他的胸膛，讓傷口癒合。奈菲瑞特面帶微笑，從他的身邊走過。「我都忘了你的滋味有多美。來吧，讓我們瞧瞧你的其他地方是否仍跟以前一樣讓我滿意。」

卡羅納全身麻痺，一動也不動。感受到妮克絲的存在之後，他完全忘了席薇雅．紅鳥。現在，除了他的女神，他什麼也不想要。

我無法忍受奈菲瑞特的碰觸，再也無法靠近冒牌的妮克絲，連假裝也辦不到。

一隻渡鴉的嘎啼聲喚起他的注意。他往身後一瞥，看見太陽已完全升起，映照出石欄杆上一隻鳥的剪影。鳥兒看著他，用牠那雙彷彿懂事的眼睛。

利乏音？卡羅納在心裡搖醒自己。**我已發誓不讓桑納托絲和妮克絲失望，我也不能讓我的兒子失望。可是，我實在無法忍受這個自以為是女神的變態碰觸。**

卡羅納無法移動，他迷惘困惑，內心交戰。

「你是怎麼一回事？」奈菲瑞特站在玻璃破碎的門內，瞇起雙眼，露出狐疑的表情。她舉起手，掌心仍捧著他的血。

「來，好好享用這些血，讓卡羅納看看我改變了多少。現在，我不再容許有人抗命。」

卡羅納看著如蛇一般的黑暗絲線從客廳角落蠕動爬來，團團圍住奈菲瑞特的手，彷彿想連血帶手一併吞沒。卡羅納知道卷鬚必然帶來疼痛，但是，當卷鬚邊吸吮邊蠕動，奈菲瑞特竟伸出另一隻手，愛憐地撫摸它們。

卡羅納別開頭。奈菲瑞特令他作嘔。

這時，他聽見呻吟聲。一開始他以為聲音來自奈菲瑞特，但是，當他望向她，發現她仍面帶微笑，繼續撫摸著黑暗絲線。呻吟聲再次傳來。卡羅納環視屋內。奈菲瑞特沒開燈，而落地窗是厚實的彩繪玻璃，即使位於頂樓，照進屋內的光線仍很稀薄。奈菲瑞特點了幾根粗大的白蠟燭，那搖曳的燭火是屋內唯一像樣的照明。卡羅納往屋子裡覷，除了陰影和黑暗，什麼也沒看見。

又一條卷鬚從客廳最陰暗的角落蠕動爬出，將墨黑的陰影劃開一道縫隙。在暗黑中，有個什麼東西在動。剎那間，燭火映照出一抹銀亮的光。卡羅納眨著眼睛，不確定該不該相信自己的視覺。不死生物把注意力集中在那團暗黑，一個形體逐漸浮現。像是一個繭，從天花板懸垂下來。卡羅納搖搖頭，不明白那是什麼。暗黑中的銀光再次閃現，卡羅納看見繭狀物裡有個東西映射出亮光。眼睛——人類的眼睛。一跟她四目相接，卡羅納頓時明白。

於是，長翅膀的不死生物走入屋內。

席薇雅．紅鳥動來動去，以細微、顫抖的聲音喃喃地說：「不要再……不要再……」卷鬚現形，纏繞著她，割入她的肌膚。她的血淌下，匯入籠子底下的血泊。奇怪的是，飢餓的黑暗卷鬚並沒有享用底下那灘現成的盛宴。席薇雅再度扭動身體，這次她把雙手往外抵住繭狀的籠子。當她兩隻手臂上一圈圈的綠松石銀鐲子碰觸到一條卷鬚，那條縷狀生物立刻顫抖著撤退，冒出一陣黑煙，迅速萎縮，而另一根卷鬚隨即趨前填補它的位置。

「啊，你發現我的新寵物啦。」

卡羅納勉強自己將視線從席薇雅．紅鳥身上移開。奈菲瑞特身上的卷鬚已經吃飽，但仍纏繞著她的手掌和手臂，形狀雖然醜怪，卻像極了席薇雅手上具有保護作用的鐲子。

「想必你認得柔依．紅鳥的阿嬤。可惜我去到她那裡時，她已經在等我，早就把她祖先的大地能量匯聚在保護咒語裡。」奈菲瑞特嘆一口氣，顯然相當不悅。「問題出在綠松石和銀鐲子，它們阻撓了卷鬚靠近。不過，我可愛的黑暗之子還是對她造成了一些傷害。」

「如果沒有意外，老婦將會流血而死。」卡羅納說。

「最後肯定是這種下場。可惜她的血毫無用處，喝不得。沒關係，我就坐等她枯竭而死。」

「妳打算要她的命？」

「我原本打算拿她當祭品。不過，如你所見，她比我預期的還麻煩。沒關係，我是女神，擅長調適。搞不好我會把她當作寵物留著。**這樣**肯定會教她的孫女痛苦不堪。」奈菲瑞特聳聳肩。「不管是殺掉她，還是利用她，反正結果都一樣。她終究是一具會死的軀殼。」

「我以爲元牲才是妳的寵物。」卡羅納努力裝出不怎麼感興趣的樣子。「妳何必放棄那麼厲害的寵物，換成這個老太婆？」

「我沒放棄元牲，但那頭牛有缺陷，不如我期望的有用。有點像你，我迷失的愛人啊。」她撫挲著一根顫動的卷鬚。「不過，這點你已經知道了，對吧？你取代了龍・藍克福特，成爲夜之屋的御劍大師，想必知道你的前任是怎麼死的。」

「我當然知道，元牲殺了他。」卡羅納開始慢慢地朝席薇雅的方向移動。「我取代龍老師的位置，只爲了贏得桑納托絲和最高委員會的信任。」

「你爲何這麼做？」

「當然是爲了我們。最高委員會無異議地罷黜了妳，妳不再能引發她們內部的歧異。所以，我想替妳完成這件事。桑納托絲已開始信任我，而最高委員會信任她。我已開始在死神的身邊挑撥離間。」

「有意思。」奈菲瑞特說：「你還眞貼心啊，尤其上次我們分手時還誓死爲敵呢。」

「我錯了，不該匆促地離開妳。當我得知妳找了別人當伴侶，我才明白自己錯了。我不喜歡嫉妒的感覺。」卡羅納邊說邊踱步，一副因她的質問而感到沮喪的樣子。事實上，他雖然來回踱步，卻逐漸地靠近席薇雅．紅鳥的囚籠。

「而我不喜歡被背叛的感覺。但是，我們都走到了這個地步。」

「我沒背叛妳。」卡羅納這話所言不假。他確實沒背叛奈菲瑞特，因爲他從頭到尾就沒對她忠誠過。

「喔，我相信你不只背叛了我，你還背叛了你的本性。」

她的話語讓他停下腳步。「妳在胡說什麼？」

「你兒子利乏音現在如何啊？」

「利乏音？他干我們什麼事？」兒子的名字被提起，勾起了卡羅納的第一絲憂慮。

「我看見了，我看見你因爲失去他而傷心。**你在乎他**。」奈菲瑞特啐出這幾個字，彷彿它們的味道很臭。她朝他走近一步，他往後退一步。

「利乏音在我的身邊很久了，聽我的吩咐聽了幾世紀。懷念他，不過像是懷念任何一個忠心耿耿的僕人。」

「我認爲你撒謊。」

他逼自己擠出笑聲。「如果妳這麼認爲，那就代表妳相信不死生物也會犯錯。」

「告訴我，你沒有受情緒影響而變得脆弱。告訴我，你沒有像一條可憐兮兮的哈巴狗，追逐著早把你拒於門外的女神。」

「我的感覺沒讓我變脆弱。反而是妳在折磨一個老太婆，好教一個孩子痛苦。」

「你膽敢跟我提起柔依．紅鳥！你明知她帶給我多大的痛苦。」奈菲瑞特大口喘氣，在她身邊蠕動的黑暗卷鬚也激動起來。

「柔依帶給妳的痛苦？」卡羅納不敢置信地搖搖頭。「凡妳走過之處，必留下混亂與痛苦。柔依沒跟妳作對，是妳先攻擊她。這事我知道。妳還利用我去傷害她。」

「我就知道你撒謊。你愛她——你認爲她是你那甜美、獨特的小埃雅重生。」

「我不愛她！」卡羅納幾乎衝口吐露眞話：**我始終愛著妮克絲，也將永遠愛她**！幸好身後傳來的呻吟聲改變了他的話語。「可是我也不恨她。妳沒想過嗎，或許妳可以分化最高委員會，吸收選擇更古老之道的吸血鬼，從卡布里島的城堡實施統治？妳沒想過這可能也滿愜意的嗎？特別是妳那些紅吸血鬼，他們一定會崇拜妳，迫不及待地爲古老的吸血鬼之道注入生命。我願意幫妳實踐這條道路，當妳的伴侶，聽從妳的吩咐。」卡羅納的語氣冷靜而理性，他一步步慢慢往後退，離奈菲瑞特愈遠，離席薇雅．紅鳥就愈近。

「你要我離開陶沙市？」

「有何不可？這裡算什麼呀？冬天冷如冰窖，夏天熱如火爐，還有那些見識淺薄、迷信保守的人類。我相信我們兩人的格局早已不限於陶沙市。」

「你說得對極了。」奈菲瑞特似乎正鄭重地思考他的提議，而那些吸足了卡羅納的血而膨脹的卷鬚安靜下來。「那你必須立下血誓，保證永遠服事我。」

「當然。」卡羅納撒謊。

「很好。或許我錯怪你了。恰好我有完美的生物可以幫我施行血誓之咒。」她憐愛地撫摸如蛇一般的卷鬚。「就讓它們將你我的血混合，讓我們兩人永遠連結，如何？」

卡羅納繃緊全身肌肉，隨時準備趁奈菲瑞特劃開自己的肌膚，喃喃唸著永遠無法施展的咒語，一躍跳過隔開他和席薇雅·紅鳥的那幾步路。他可以命令黑暗絲線放開她，然後帶著她飛向自由的天空。卡羅納面帶微笑，說：「隨妳所願，女神。」

當奈菲瑞特紅豔的豐唇開始上揚，展露笑容，露台上的渡鴉焦躁地啼叫。奈菲瑞特瞇起眼睛，注意力轉向仍棲在欄杆上的鳥。在晨曦映照下，牠成了醒目的目標。她對著鳥兒舉起一根纖細手指，開始下令：

既已飽食不死生物的血，
現在讓渡鴉利乏音消滅！

纏繞在奈菲瑞特身上的卷鬚鬆開，像黑箭一般射向渡鴉。

卡羅納毫不猶豫，撲到渡鴉和死亡之間，擋下針對他兒子的攻擊火力。衝擊的力道把他從屋內彈到陽台，整個人撞上石砌欄杆。卡羅納胸口一陣劇痛，對著靜止不動的鳥兒大喊：「利乏音，快飛！」

當渡鴉聽命飛走，他連喘息的時間都沒有。奈菲瑞特已然逼近，身後跟著蠕動的黑暗卷鬚。卡羅納站著，無視於胸口的劇痛，張開雙臂和翅膀。

「叛徒！騙子！竊賊！」奈菲瑞特對他咆哮，兩臂張開，十指箕張。她爬梳空氣，抓取在她四周繁殖增生的黏稠卷鬚。

「妳想利用黑暗來對付我？難道妳忘了不久前妳也試圖這麼做，我一聲令下，就叫它們乖乖離去？奈菲瑞特，妳不只瘋了，而且變笨了。」卡羅納說。

奈菲瑞特以如歌的咒語回應他：

孩子，你們知道我需要哪些！
去，叫這不死生物流血！
然後，你們就能飽食不迭！

她將黑暗卷鬚擲向他。卡羅納雙手往前推，直接對如蛇一般的黑暗爪牙說話，一字一句恰是幾個星期前，他脫出地下的拘禁，恢復健康，而奈菲瑞特膽敢挑戰他時，他說的那幾句話：「停止！長久與我爲伍的黑暗，聽從我的命令。這裡不是你們的戰場，退去！」

卷鬚劃入他的身體時，他萬分震驚。卷鬚不聽從他的號令！反而如同有毒的血蛭，割裂他的肌膚，吸食他的血。不死生物把胸口一根顫動的生物扯下，扔到陽台地板上。它碎開後，隨即重新組合，增生爲十多條利如剃刀的可怖生物。

奈菲瑞特放聲狂笑。「看來我們兩人當中只有一人與黑暗結盟，而那人不是你啊，我迷失的愛人！」

卡羅納迴身，扯掉黏在身上的黑暗生物。戰鬥展開之際，他的思緒變清晰。他明白奈菲瑞特說對了，卷鬚不再聽命於他，因爲他已眞心選擇了另一條道路。卡羅納再也無法與黑暗交涉。

19 卡羅納

那種感覺迅速回來了，就像失散的老友回來聚首。卡羅納曾是妮克絲親自揀選的戰士，已好幾輩子對抗比這些爪牙凶惡的黑暗。

沒錯，碎裂之後它們會繁殖增生，但若折斷它們的脖子，它們就無法立刻重生。這些爪牙不過是三流貨色。

卡羅納一邊迴身攻擊，一邊哈哈大笑。再次得以善盡天職的感覺眞是太棒了！在混戰中，他瞥見奈菲瑞特在一旁靜靜地觀看。

「妳以爲利用這些傀儡就能打敗我？在另一個世界，我已跟這些東西鬥了好幾世紀。妳應該看得出來，我還能再跟它們鬥上好幾世紀。」

「喔，叛徒，我很確定你可以。不過，**她**可不行。」奈菲瑞特伸出修長的手指，指著仍被困在黑暗牢籠裡受苦的席薇雅．紅鳥。

吸滿卡羅納的血
聽從我，忠心堅確
綠松石再也保不住她的命
他的力量是我的復仇之刃！

卷鬚立刻遵從指示，不再吸附著他。它們吸飽了不死之血，身體膨脹，蜂擁奔向席薇雅．紅鳥。她尖叫，舉起雙手，試圖阻擋它們的進攻。很顯然，她佩戴的寶石仍能遲滯它們的行動，但這樣不夠。從卡羅納竊取了不死之血的力量，若干卷鬚已抵住綠松石的抗拒，劃開老婦的肌膚。然後，當它們力量削弱，開始冒煙，它們就又游回卡羅納身上吸血。卡羅納不停地奮戰，但每擊退兩根，就有兩根卷鬚突破防線，劃開他的肌膚，吸吮他的血。一旦重新儲備戰力，它們便回去攻擊席薇雅。

席薇雅開始唱歌，卡羅納不懂歌詞，但歌曲的含意清清楚楚。她在唱她的死亡之歌。

「對，卡羅納，請繼續跟黑暗纏鬥，你只是用血餵養黑暗生物，讓它們可以繼續折磨柔依的阿嬤。不管怎樣，最後它們一定能突破她的防線。但有**你**相助，她的死期將會更早到來。不過，一旦綠松石的屛障潰決，搞不好我不會殺她，留著她當寵物。你想，一個老太婆可以承受黑暗的折磨多久而不發瘋?」

卡羅納知道奈菲瑞特說得對，他救不了她——他沒辦法命令黑暗放開她。相反地，黑暗會利用他血液的力量來折磨她。

「走!不要管我!」席薇雅停止歌唱，對卡羅納嘶喊。

他知道她說得對。可是，離開老婦，折返夜之屋，他就得承認他被奈菲瑞特打敗。**但他別無選擇**!如果他繼續留下來跟黑暗纏鬥，只會害席薇雅·紅鳥變成奄奄一息的軀殼。奈菲瑞特一定無法控制自己的怒氣，一旦綠松石無法再保護老婦，奈菲瑞特就會摧毀她。即使撤退有損他的自尊，為了贏得勝利，卡羅納必須先撤退，改天再來一戰。不死生物展開有力的翅膀，從陽台縱身飛起，丟下黑暗卷鬚、奈菲瑞特和席薇雅·紅鳥。

卡羅納知道自己該去哪裡。他飛得又高又快，然後以非人的速度驟然降下，落在夜之屋校園的中央，站立在那尊真人大小的妮克絲雕像的前方。卡羅納屈膝跪下，然後做出之前始終不允許自己做的事情。他抬頭凝視妮克絲的大理石雕像——他失落的女神。

不對，他默默地糾正自己，**失落的人不是妮克絲，是我自己**。

雕刻師巧手底下所呈現的妮克絲真的好美。女神全身赤裸，高舉雙手，捧著一彎弦月。大理石的眼睛直視前方，五官鮮明美麗，儀態高貴，威風凜凜。卡羅納願意放棄一切，只求再次被她觸摸。

「爲什麼?」他問雕像,「爲什麼妳接受了我的誓言,讓我走在妳的道上,卻讓我無法制伏黑暗?現在,我不得不讓奈菲瑞特把我擊敗,不得不把一個仁慈的老婦留在那裡受她拘禁、折磨。我失敗了!爲什麼妳接受我,卻讓我失敗?」

「自由意志。」桑納托絲的聲音流露出威嚴。「你比我更清楚這是什麼意思。」

「沒錯,」卡羅納繼續仰望著雕像,「這代表妮克絲不會阻止我們犯錯,即使這錯誤會讓我們和周圍的人付出昂貴代價。」

「身爲不死生物,你或許沒有機會體認這一點。不過,活著就是一門功課。」她說。

「那麼,我永遠修不完這門課。」卡羅納悽苦地說道。

「或者,你可以把它當作永無止境的進化機會。」桑納托絲提出不同看法。

「進化成什麼?」他站起來,面對他的女祭司長。「妳沒聽見我說的話嗎?我失敗了,席薇雅·紅鳥仍被奈菲瑞特所掌控的黑暗拘禁著。」

「首先,你問,你可以進化成什麼。我的答案是:這是你的選擇。你絕對是個戰士,但當個什麼樣的戰士,就看你怎麼選擇。龍·藍克福特也是個戰士,他差點選擇成爲一個滿懷忿恨、違背誓言的叛徒,只因爲他的愛人離開了他。你可能會重蹈他的覆轍。」

「妳全都知道？」卡羅納說。

「知道你愛妮克絲？對，我知道。」桑納托絲說：「我也知道這是不可企及的愛，無論你願不願意承認。」

卡羅納緊抿著唇。他好想大聲吼出心中的憤怒，告訴桑納托絲，他相信女神眞的觸摸了他，或許她並非他不可企及的人。然而，他想起神殿的門在他手下變成銅牆鐵壁，阻止他進入。想到這裡，他不再那麼有把握。

「我承認。」他直截回答。

「很好。現在回答你的第二個問題：對，我聽見你說的話了。你沒能救出席薇雅・紅鳥，因爲你不再能控制黑暗。」

「對。」

桑納托絲的目光轉移到他身上的鞭痕。一道道的傷口正在癒合，但仍滲著血。「你跟黑暗搏鬥過。」

「對。」

「那麼，你沒失敗，你實踐了誓言。」

「可是，實踐了誓言，我卻無法達成妳託付的任務。」他說：「這眞是惱人的矛盾啊。」

「的確是。」桑納托絲說。

「那現在怎麼辦？我們不能任由奈菲瑞特折磨老婦。奈菲瑞特打算利用柔依的外婆來控制她。萬一柔依被她控制，無論是否出於柔依的意願，都會讓黑暗如虎添翼。」

桑納托絲難過地搖搖頭。「戰士，你說的這一切都對，但你忘了一個重點。」

「什麼重點？」

「妮克絲不會准許奈菲瑞特凌虐老婦，因爲這樣做很不人道。如果你能明白這一點，妮克絲就不會那麼不可企及。」

「我明白！」

卡羅納和桑納托絲循聲一齊轉身，看見元牲。他坐在妮克絲神殿的石階上，靜靜地看著他們，而他們兩人都沒注意到他的存在。

「怎麼沒人看管他？起碼該把他關在房裡吧？」卡羅納說。

「我不會比你更需要看管，或囚禁！跟你一樣，我選擇來到這裡，選擇唾棄黑暗！」元牲對卡羅納吼道。「如果我早一點去找紅鳥阿嬷，或根本沒離開那兒，我決不會讓奈菲瑞特帶走她。我會拚了命救她！」

卡羅納大步走向元牲，抓住他的衣領，將他扔到雕像的腳邊。「你連阻止自己殺龍老師都辦不到，還出手攻擊利乏音。像你這樣，打不了黑暗的，蠢貨！不管你嘴巴上如何逞強，用心如何高貴，你終究是由黑暗創造的生物！」

「可是，我卻不必有人告知，就知道一個老婦的生命之所以重要，不只是因爲她的孫女可能被利用。」元牲吼回去。

卡羅納再次抓住他的衣領，準備威脅他，但桑納托絲出聲制止：「別，男孩說的是實話，他眞的關心席薇雅。」

「但他也是黑暗的造物！」

桑納托絲睜大眼睛。「對，他的確是。而這一點，戰士，或許正是我們拯救席薇雅．紅鳥的憑藉。」女祭司長疾步離去，留下卡羅納和元牲楞楞地望著她的背影。「怎麼，你們還在等什麼？跟我來啊！」她喊道，腳步沒停。

卡羅納和元牲面面相覷，趕緊跟上前去。

柔依

我無法入睡，只一味地擔心阿嬤的安危。我努力不去想奈菲瑞特可能對她做出什麼事，但腦海裡浮現的盡是阿嬤被傷害的畫面——或更恐怖的景象。

奈菲瑞特可能已殺了她。

「別再想了！」史塔克和我一起窩在床上時，以堅定的口吻告訴我：「妳不知道眞實的狀況，繼續想下去只會把自己逼瘋。」

「我知道，我知道，但我就是控制不了。史塔克，我不能失去她，不能失去阿嬤！」我把臉埋在他的胸膛，兩手扒著他。

他安慰我，要我放心。有那麼片刻，他的撫摸的確安撫了我。我把注意力放在他的愛和力量。他是我的守護人、我的戰士、我的愛人，帶給我穩定和踏實的力量。

然後，太陽升起，他睡著，留下我單獨一人胡思亂想。連娜拉打呼嚕的聲音都無法關閉我的心思。眞的，我好想蜷縮在角落，抱著娜拉，把臉埋在她的柔軟橘色毛皮裡哭泣。

但這樣做沒辦法把阿嬤救回來。

我知道自己這樣煩躁不安會把史塔克吵醒——而既然太陽已經出來，這可不是好事。所以，我親了親娜拉的鼻子，躡手躡腳走出房間。雙腳自動把我帶到廚房，我翻找出一瓶冰可樂和一包起司玉米餅口味的多力多滋。我在餐桌前坐了一會兒，希望有人醒來，跟我說說話。但半個人都沒出現。我不怪他們。昨天大家起得早，都累壞了，需要睡眠。要命，我也需要睡覺啊。

於是，我盯著手機，喝著可樂，吃著洋芋片。

我還哭了。

如果奈菲瑞特眞的抓走了阿嬤，那都是我的錯。都是因爲我被標記，才讓炸彈在我的人類家庭裡爆開。

「我不該跟他們任何一個人保持聯絡的。」我一邊抽噎，一邊自言自語。「如果我跟他們斷絕來往，奈菲瑞特就不會知道我媽或我阿嬤的事，她們就能平平安安……活得好好的……」我把手上多力多滋的起司抹在牛仔褲上，用紙巾擤鼻涕。「我把吸血鬼的鳥事帶進我家了。」我把臉埋在紙巾裡，哭得像個兩歲娃娃。「我就是這麼覺得，像個該死的娃娃，無助！愚蠢！沒用！」我啜泣著。「妮克絲！妳在哪裡？請幫我，我好需要妳啊！」

那就長大啊，女兒。當個女人，當個女祭司長，不要像個小孩子。

我的腦子裡縈繞著她的聲音。我抬起頭，拚命眨眼，抹掉臉上的鼻涕。我正對面的坑道土牆出現亮光，開始浮現一個影像。那種感覺就像看著一灘黝黑的水，一個形象逐漸從深處浮出。是一個女人！在一般情況下，我會說她是個胖女人。她全身赤裸，乳房巨大，屁股又大又軟，大腿又粗又厚。她的頭髮飄浮在臉龐四周，豐盈黝黑，跟她的身體一樣。

可是，她眞的好美。她身上的每磅肉，每處曲線，都讓我不禁重新思索「胖」的定義。

她張開眼睛，我看見那對眸子是紫色的水晶，眼神溫暖慈祥。

「妮克絲！」

對，嗚威記阿給亞，妮克絲是我的衆多名字之一，妳的祖先稱呼我大地之母。

「妳也是我阿嬤的女神嘍！」

她微笑，而我很難一直盯著她，因爲她美得不可思議。**我的確認識席薇雅·紅鳥。**

「妳能幫她嗎？她現在有危險！」我的雙手緊緊交握。

妳的外婆對我很熟悉。她可以用我大地的力量庇護自己，一如我任何一個孩子，只要他們選擇行我的道路。

「謝謝妳！謝謝妳！妳可以告訴我她在哪裡，然後幫我把她救出來嗎？」

柔依·紅鳥，妳有辦法知道，也有辦法救她。

「我不明白！拜託妳，看在我阿嬤的分上，幫我。」我哀求女神。

她再次微笑，這次亮光更加璀璨，令人目盲。**妳剛剛呼求我時，我已經告訴妳答案了啊。如果想救妳的阿嬤，乃至於妳的同胞，妳就必須長大，當個女人，當個女祭司長，不要像個小孩子。**

「我想長大啊，只是不知道怎麼做。妳可以教我嗎？」我咬著下唇，免得又哭出來。

如何當個妳要成為的女人，沒人能教，妳必須自己找到方法。不過，聽著：小孩子只會坐著哭泣，陷在自憐和沮喪中。而女祭司長會起而行。妳要選擇哪一種，柔依．紅鳥？

「正確的那一種！我要選擇正確的那一種！可是我需要妳幫我。」

如同往常，我會幫妳。我賜予的我決不收回。我的寶貝嗚威記阿給亞，願妳祝福滿滿……

接著，女神沉入坑道的土牆，消失在塵土的閃光中。那亮光像紫水晶，像她的眼睛。

我坐在那裡，望著牆壁，想著女神說的話。我覺得好丟臉。基本上，大地之母就是要我別再哭哭啼啼。我再次抹了抹臉，喝下最後一口可樂。

然後，我做出決定，出聲說：

「該是長大的時候了，該是停止哭哭啼啼的時候了，該是做點什麼的時候了。這表示，如果我沒睡覺，我的蠢蛋幫也不該睡覺，不管有沒有太陽。」

我沿著坑道往回走，邊走邊在手機上按下號碼。

「怎麼了，柔？」史蒂薇．蕾在第三聲鈴響時接起電話，一副愛睏的聲音。

「穿好衣服，拿起綠蠟燭，跟我在地下室碰面。」我說，掛上電話。下一個是愛芙羅黛蒂。

「這種時候打電話給我，最好是有人死掉。」她劈頭就說。

「那麼，無論如何，死的不能是我阿嬤。把達瑞司叫醒，在地下室集合。」

「別告訴我，我也可以打電話叫醒簫妮和戴米恩王后。」她說。

「當然，叫他們帶著守護圈的蠟燭。對了，叫簫妮一併帶著依琳的藍蠟燭。妳可以代表水。」

「我有更好的主意，不過這也不是什麼新點子。總之，待會兒見。」

一回到我的房間。我毫不遲疑——女祭司長可不是猶豫不決的小娃娃。她們採取行動。所以，我也採取行動。

「史塔克，起床。」我搖他的肩膀。

他眨眼，透過他臉上那叢可愛的亂髮覷著我。「怎麼啦？妳沒事吧？」

「我們不能睡覺，除非有個拯救阿嬤的計畫。」

他坐起來，從肚子上把娜拉搬開，惹得她像個老太婆對他喵喵叫，不斷抱怨。「卡羅納不是去救阿嬤了嗎？」

「你會放心地把娜拉交給卡羅納照顧嗎？」

史塔克揉揉眼睛。「不，大概不會。爲什麼妳要卡羅納來照顧娜拉？」

「我沒要他照顧她，我只是打個比方。重點是，我沒辦法指望他救我阿嬤。」

「好吧，那現在呢？」

「現在，我們設立守護圈。」我走到床邊小桌前，拿起打火機和紫蠟燭，深吸一口氣，聞到蠟燭的氣味像薰衣草，像我的童年。我告訴史塔克：「穿好衣服，到地下室集合。」

我腳步急急如風。我誰都不想等，連史塔克也不等。我需要時間獨處，將心思集中在靈元素，汲取它的力量。我必須勇敢、堅強、睿智，但事實上這些特質我一樣都沒有——起碼沒辦法同時都有。我想起有一次問阿嬤，她怎麼會這麼聰明。她笑著告訴我，因爲她與聰明人相處，而且她不中斷地聆聽和學習。

「好，」我告訴自己，爬上從坑道通往地下室的鐵梯，「我有聰明的朋友，我會聆聽，而且理論上我也會學習。我現在就是要這麼做。」

我走到地下室中央，盤腿坐下，把蠟燭放在冰冷的水泥地板上，手裡拿著打火機，閉上眼睛，深吸三口凝神靜慮的氣息，吸吐，吸吐，吸吐。我繼續閉著眼睛，召喚道：「靈，你是我的心，充滿我，給我力量。我在此請求，降臨我，靈！」我張開眼睛，點燃紫蠟燭。

火焰變成銀色，我感覺到元素湧入。自從聽到元牲說阿嬤失蹤後，一直縈繞在我心魂裡的混亂與困惑，瞬間消散。當靈在我的四周和裡面奔馳，紫蠟燭的銀色火焰開心地起舞回應，我覺得自己也變堅強了。我點點頭。「好，開始嘍。第一步，搞清楚狀況。」我從口袋掏出手機，按下桑納托絲的號碼。

當卡羅納把生鏽的鐵柵門拉開，桑納托絲大步走入地下室，長翅膀的戰士和元牲緊跟在後，她的手機鈴聲還在響。

我按下結束鍵，站起來。我張開嘴巴，準備問桑納托絲她在幹麼，爲何把元牲帶來這裡——這時，我的腦袋跟上我的眼睛。我看見卡羅納身上布滿粉紅色的傷痕，血跡斑斑，像是被剃刀做成的鞭子抽打過。

「阿嬤呢？她在哪裡？」

卡羅納在我面前停下腳步，琥珀色的眸子凝視我的眼睛。這時，他身上有幾條粉紅色的傷痕裂開，開始滲血。**在這裡，在地底，他的身體是脆弱的**。我想起來了，**在這裡，他的傷**

口很難癒合。可是，儘管他明顯受了傷還願意來到地底，我一點也不在乎。他是戰士，保護他的女祭司長是他立誓堅守的職責。

「她在哪裡？」我再次問他。

「在奈菲瑞特的頂樓套房裡。特西思基利以黑暗卷鬚囚禁了她。」他說。

「你怎麼沒把她救出來？」我好想舉起拳頭，捶他的胸膛，撕裂他更多傷口，讓他痛，跟我一樣痛——跟阿嬤一樣痛。但我沒這麼做。我只用我的眼神和話語傷害他。「你說如果奈菲瑞特抓走了阿嬤，你可以救她。你跟黑暗有好幾世紀的交情！爲什麼沒把她救出來？」

「黑暗的爪牙不再聽從卡羅納的話。他眞的選擇了回歸妮克絲的道，因此已不再與邪惡爲伍。」桑納托絲說。

「喔，眞他媽的太讚了。你眞會找時間改邪歸正啊，卡羅納。」愛芙羅黛蒂說。她和達瑞司、史塔克已經從鐵梯爬上來，後面跟著簫妮、戴米恩——我驚訝地發現——以及夏琳。

「那你怎麼就這樣逃跑了？爲什麼不跟卷鬚大戰一場，打敗它們，把紅鳥阿嬤救出來？」史塔克說：「你把事情搞砸之前，你的全職工作不就是對抗黑暗，保護妮克絲嗎？難道你忘了怎麼對抗黑暗嗎？」

卡羅納轉向史塔克。「我看起來像不戰而逃嗎？」

史塔克立即回嗆。「對，你人在這裡，而阿嬤沒在這裡。你這就是他媽的逃跑了。」

卡羅納怒吼一聲，朝史塔克逼近。達瑞司從袖子裡抽出一把刀，史塔克則舉起隨時帶在身上的弓箭。我氣炸了，一個箭步擋在他們之間。

「這樣無濟於事，卡羅納！告訴我，為什麼阿嬤仍在奈菲瑞特手裡。」我說。

「我可以跟黑暗的傀儡廝殺幾天幾夜，最後一定能打贏它們，頂多流點血，受點皮肉傷。可是，它們接收到的指令不是跟我對打，而是吸食我的血，壯大自己，以便突破席薇雅·紅鳥藉由大地力量替自己築起的保護罩。」

「說下去，告訴我一切。」我的語氣聽起來堅強，但我得用手摀住嘴巴，才沒哭出來。

我不哭！

「綠松石和銀賦有大地的力量，可以保護她。可是，卷鬚一旦吸了我的血，就能慢慢突破這層保護。如果我留下來繼續跟它們廝殺，我是會贏，但席薇雅·紅鳥會死。」

「我們必須派出黑暗的生物，才能打破囚禁妳阿嬤的黑暗囚籠。」桑納托絲說。

「這個生物就是我。」元牲走上前來。

「喔，慘了，這下真的慘了！」愛芙羅黛蒂說。

悲哀的是，我不得不同意她的話。

20 柔依

「我辦得到。我是黑暗創造的，來自黑暗。」元牲說：「卷鬚不會吸我的血，因爲這等於吃它們自己。說不定我還能命令它們。萬一它們不聽我的話，那我就消滅它們，把席薇雅．紅鳥救出來。柔依，我在乎阿嬤，非常在乎。我知道我一定能救她出來。」

「你沒辦法控制你裡面那個混帳！」史塔克咆哮道：「對，奈菲瑞特會讓你進她的套房。開玩笑，她怎麼可能不讓你進去？她那裡有好多阿嬤的血，只要拿一些去餵黑暗，她就能再次掌控你！」

「卷鬚沒辦法吸席薇雅．紅鳥的血。」卡羅納說：「這是奈菲瑞特自己承認的，我也親眼見到。我猜，這是因爲神奇的大地力量非但屏障了她的身體，也保護了她的血。」

「但你還是可能被控制，對吧？」戴米恩走向元牲，以冷靜的口吻說道。我知道他一定正在翻查他那顆大腦袋裡的生物學檔案。「你是黑暗創造的工具人，所以，你裡面的那頭野獸基本上來自白牛的邪惡，即便沒有祭品，也會現形。之前史塔克和達瑞司痛毆你時，我們都見到了這種情況。」

「對，那頭野獸以暴戾和憎恨、情欲和痛苦爲養分。」元牲說。

「可是，你對牠多少有些控制力。上次你並沒有眞的變成野獸。」桑納托絲說。

「我努力不讓自己變身。我努力控制牠。」

「嗯，那你知道你是怎麼辦到的嗎？」史蒂薇．蕾問，加入大家的討論。

「不知道。」元牲的語氣聽起來很難過。

「所以我們才來這裡。我們必須教會元牲控制變身過程，起碼要讓他撐得夠久，來得及突破黑暗的囚籠，把席薇雅．紅鳥救出，從奈菲瑞特的陽台扔出來。」桑納托絲說。

「扔出來？」我問，嗓子變尖。我控制不了自己的聲音，因爲我的頭快爆炸了。

「我會在那裡盤旋，接住她，帶她到安全的地方。」卡羅納說。

「我們有多少時間可以搞清楚如何才不會**誤觸按鈕**，導致元牲變身？」愛芙羅黛蒂問。

「我怕她撐不過明天晚上。」卡羅納說。

「好，」我說：「那麼，我們開始幹活吧。」我看著元牲。「你眞的關心我阿嬤？」

「眞的，非常關心。如果有需要，我願意爲她捨命。」

「搞不好眞有這個需要。」我說，然後將視線轉移到史塔克、達瑞司和卡羅納。「看來你們有需要讓元牲充分感受到痛苦和憤怒。動手吧。」

戰士們轉頭望著桑納托絲。「我同意。讓元牲痛苦吧。」她說。

元牲

「樂意之至。」史塔克說，將弓箭放到一旁，把手指關節壓得喀喀響。

「我也是。」卡羅納說，開始繞著元牲打轉。「你欠我兒子一頓揍。」

「欠龍老師的份，我來跟你討。」達瑞司告訴他，從腰帶裡抽出一把看起來很恐怖的七首。

「你們可別殺了他。」柔依說，聲音冰冷，毫無情緒。

這種冷冰冰的語氣比三位戰士更讓元牲害怕。

「我敢說他沒那麼容易殺死。」愛芙羅黛蒂說，交叉手臂抱胸，對達瑞司使個眼色。

「帥哥，你放馬過去吧，藉機好好練練刀法。」

「那頭野獸以憤怒爲食。所以，要玩眞的，要憤怒。」桑納托絲告訴三位戰士。他們三人隨即靜默下來，向他逼近。

元牲立刻感受到他們的能量起了變化。之前，他們三人固然不喜歡他，不信任他，但他們不憤怒。而現在，他們散發的怒氣愈來愈強烈。他裡面的野獸開始蠢動、醞釀。

元牲咬緊牙關，繃緊神經。**不，我不會失控。那是楚卡努思迪納，不是野獸。我馴服得了這頭牛！**

卡羅納先出手。他以非人的驚人速度轉身，反手摑了元牲一巴掌，打得他跪倒在地。他還沒起身，達瑞司就衝過來。元牲肩頭一陣劇痛，彷彿電流穿過，接著他感覺到一股溫熱，一道細淺的傷口開始流血。緊接著，史塔克狠狠地往他肚子揍一拳。

元牲捧著肚子，彎下腰。戰士們眞的憤怒了。他血液的氣味刺激了那兩名成鬼，他可以感覺到他們愈來愈暴戾，尤其是史塔克。**黑暗——我感覺到黑暗的存在。史塔克體驗過邪惡，雖然他選擇了不同的道路。**元牲站起來，才剛擺好防衛姿勢，卡羅納就往他另一邊的臉狠狠送上一拳。元牲隨著這一拳轉身，並舉起手，及時擋住史塔克的拳頭。

他移動、轉身、阻擋。他裡面的生物蠢蠢欲動，試圖擺脫元牲的意志。他的肌膚開始抽搐，骨頭也出現融解的可怖感覺，長角的野獸亟欲從男孩體內脫出。但他依舊是原來的他，野獸仍在他的掌控中。

「你必須反擊。」柔依對他喊道。

元牲又擋下史塔克一拳。「不行！」他喊道。「我一出手，就會變身。」

「那你有什麼用？」愛芙羅黛蒂沮喪地舉起雙手。「奈菲瑞特可不會讓你走進那裡，任由你叫黑暗滾開，然後和阿嬤手牽手走出來。」

「她們說得對。」桑納托絲說：「你必須反擊，而且反擊時必須控制住那頭野獸。」

元牲點點頭，心裡怕得要命。他低頭避開達瑞司的一刀，揮拳擊中戰士的下巴。

元牲感覺到疼痛和怒氣在達瑞司體內爆開，野獸也感覺到了。這些情緒立刻注入元牲的身體，滋養了裡面的野獸。元牲努力阻止牠，控制牠，但當他迴身踢中史塔克的肚子，痛得史塔克喘不過氣來，他察覺他的腳開始變硬，即將化爲獸蹄。

「想著月光！」具有眞視的雛鬼對他喊道：「你裡面有月光，找到它。」

他想著月光、薰衣草、銀鐲、綠松石，以及四周的土。

卡羅納再次攻擊——又是一記猛烈的反手掌。這次，元牲抓住他的手腕，以驚人的力道將不死生物甩開。

野獸怒吼。

「他快控制不住了。」愛芙羅黛蒂說。

「你們退回坑道。」史塔克喊道：「我不曉得我們還能控制他多久。」

「你最好控制住他，因爲我們哪裡都不去！元牲，撐著點！」柔依喊道。

「我盡力！」元牲大叫，退後，拉開和三位戰士的距離。他們大口喘氣，但沒再次發動攻擊。「我會撐住！」

「如果你沒控制住，如果你傷害他們任何一人，我會摧毀你。」卡羅納沒有咆哮，沒有裝腔作勢，語氣冷靜。但元牲可以感覺到他說到必做到。**不死生物也許真的有辦法摧毀我**。這個念頭讓野獸往內撤退，釋放出一些憤怒。

元牲站穩腳步。「我控制住了！我控制住了。」

「我就指望這個。」柔依說：「三位，休息一下。我有個主意。」三位戰士點點頭，但仍提防著元牲。柔依繼續說：「戴米恩、簫妮、史蒂薇．蕾，各就各位，以元牲爲中心圍成一圈。」三人立刻散開，站在各自的元素位置。「愛芙羅黛蒂，妳拿依琳的蠟燭，站在水元素的位置。」

「我有更好的點子。」愛芙羅黛蒂將藍蠟燭遞給眞視雛鬼。「去西邊，想著水。」

「水？我？」女孩接過蠟燭，但搖著頭，一臉茫然。

愛芙羅黛蒂從口袋掏出一個銀色的小東西，將蓋子彈開。元牲看見亮光從鏡面閃過。她將鏡子拿高，對準女孩的臉。「看妳自己的靈氣。」

雛鬼嘆一口氣，看著鏡子。接著，她驚訝得揚起眉毛，眼睛睜得好大好大。

「天哪！哇！我從沒想過要看自己呢。是各種不同的藍色欸！」

愛芙羅黛蒂把鏡子喀的一聲闔上，放回口袋裡，洋洋得意。「是啊，跟我預期的一樣。好，去西邊。」

雛鬼面帶微笑，在守護圈中就定位。

「聰明，女先知。」桑納托絲說。

「我也有聰明的時候。」愛芙羅黛蒂說。然後，她對跟其他雛鬼一起瞠目結舌地呆站在那裡的柔依大聲說：「不客氣。」

「好，現在，看我能不能也一樣聰明。」柔依說。

「我幫得上忙嗎？」桑納托絲問。

「妳來設立守護圈。這一次，我只想當靈，不想扮演其他角色。」柔依立刻回答。

「贊成。」桑納托絲說。

「元牲，你還控制得住自己嗎？」柔依問他。

他仍喘著氣，而野獸就在皮膚底下盤桓，隨時準備出柙。不過，由於三名戰士已停止攻擊，元牲又掌握住了自己。「可以，暫時。」

「好，現在這麼辦。」柔依邊說邊走向元牲。「桑納托絲，請設立守護圈。我們會讓元素顯現，並將它們留在這裡待命。戰士們，一旦所有五元素顯現，立刻對元牲發動攻擊。元牲——」她在他和三位戰士幾步外站住——「我要你反擊，並盡力控制野獸。不過，萬一控制不住——我們都看得出來有時情況非你所能控制——我們會跳出來幫你。」

「怎麼幫？」他問。

「我以前稍微試過，請靈元素增強你的力量。而這次，試想，我們將挹注五倍的力量。」她解釋道。「你說野獸從暴戾、憤怒和痛苦汲取養分，對吧？」

「對。」他說，點點頭。

「這些元素本身是中性的，不好也不壞，但它們帶給我們的感受肯定是美好的。我猜想，如果我們五個人把元素的力量傳遞給你的同時，也把我們感受到的美好轉移到你身上，或許**你**可以獲得足夠的正面能量，控制住野獸。」

「元牲，如果這個辦法行得通——」桑納托絲走進守護圈，站在柔依旁邊——「就可以證明你雖然來自黑暗，卻不只是黑暗的生物。」

「那麼，一定行得通，因爲我不是黑暗。我不可能是。」他堅定地說。

「證明給我們看。」史塔克說。

「我會的。」元牲說，迎視柔依的目光。「我準備好了。」

「那麼，我們從風開始。」桑納托絲接過柔依遞上的打火機，走到戴米恩面前，直截說道：「風，你是第一個元素，我召喚你到守護圈。」一點燃戴米恩的黃蠟燭，她便走向簫妮，以同樣的方式召喚火。但是，當她站在眞視雛鬼面前，她花了比較長的時間。「水，你恆常善變，總在調適。之前多次召喚你、彰顯你的雛鬼，是依琳·貝茲。但她已跟水一樣，改變了，融入另一個環境。現在，站在這裡的是妮克絲的新女兒。她敞開心胸，雀躍地接受跟你之間的感應。身爲女祭司長，我邀請你到這個守護圈。來吧，水，讓夏琳看看她有滿滿的祝福！」元牲注意到，桑納托絲點燃雛鬼手中的藍蠟燭時，雛鬼開心地倒抽一口氣。

「我感覺到了！水就在這裡，在我周圍！」

桑納托絲微笑。「讓我們深深感謝妮克絲賜予這樣的天賦。」女祭司長走向史蒂薇·蕾，召喚土，點燃綠蠟燭。元牲聞到青草和大地的氣味，深深吸一口氣，想起那天早上他在紅鳥阿嬤的歌聲中醒來。

我必須辦到。阿嬤相信我。我絕不會棄她於不顧。

接著，桑納托絲站到柔依的面前。「靈，你是最後一個加入守護圈的元素，負責開啓和彌封我們的團隊。我以響亮的聲音召喚你，歡喜相聚！來吧，靈！」

打火機一碰觸紫蠟燭，立刻響起嘶嘶聲，柔依的蠟燭發出純淨的銀色光芒。燭光逐漸擴大，熠熠閃耀。忽然間，銀色燭光變成一條發亮的繩子，沿著圓圈把大家串連起來。元牲感覺到他的四周有股能量擾動氣流。他深吸一口氣，做好準備。

「開始吧。」柔依說：「戰士們，痛毆他！」

這次史塔克先出手。元牲以為自己準備好了，但吸血鬼的招數出其不意。史塔克沒出拳，而是伸腳從底下踢他的雙腿。元牲重重摔倒。他努力鎮定下來，準備起身時，卡羅納已一腳踢中他的肚子，而達瑞司的刀刃劃過他的另一邊肩膀。

元牲本能地開始反擊。他抓住不死生物的腿，轉身時用力一扭，並揮出拳頭——他的手已變成獸蹄——打中達瑞司的背。兩位戰士痛得哀號，而這痛苦隨即在他心裡點亮，猶如火柴點燃乾燥的火絨。他裡面的野獸破柙而出了。他嚎叫，準備衝向史塔克。

「時候到了！」桑納托絲說。

「大家命令元素灌入元牲！讓他也感受到風、火、水、土和靈的喜悅！」柔依喊道。

元牲隱隱約約聽見柔依在說話，把頭轉往她的方向。她捧持在面前的銀色燭焰吸引住野獸的目光。他吼叫一聲，想改變方向，轉而攻擊那盞燭焰。

「小心，柔！」史塔克喊道。「過來，王八蛋！不准你看她！」戰士以肩膀衝撞元牲，撞得他往後退。元牲故意踉蹌一下，同時佯裝右手出拳，已完全變成獸蹄的左手卻出其不意地擊中史塔克的肚子，教他痛得彎下腰。當元牲低下頭，準備以牛角攻擊戰士，元素傳到了他身上。

這次，他的踉蹌不是裝出來的。他最先感受到靈。他覺得內心深處有東西翻騰，那東西截然不同於和他共享肌膚的黑暗野獸。怦然悸動的喜悅竟是如此熟悉，元牲轉頭，目光自然而然地搜尋柔依。他跟柔依四目相交時，見到她淚水盈眶。她一隻手拿著發出銀色燭光的蠟燭，另一隻手撫著胸口正中央。

「別哭，小柔，妳會哭得一把眼淚一把鼻涕的。」他聽見自己這樣說，以非常正常的人類的聲音。

接著，風元素咻地奔向他，他倒抽一口氣，然後哈哈大笑。眞像迷你龍捲風啊。火嘶嘶作響，轟地噴過來，但隨即被水冷卻。接著，充滿薰衣草芬芳的大地氣息鎭定了他，也帶給他力量。

元牲邊笑，邊低頭，看到駭人的獸蹄已經轉變，他的手和腳恢復原狀了！

「別高興得太早。如果你不能打仗，就什麼屁用也沒有。」史塔克狠狠地朝元牲揮出一拳，他的鼻子一陣劇痛，血流如注。

元牲呻吟一聲，出手揮拳，打中史塔克的下巴側邊。「我當然能！」他咆哮道。史塔克跌倒在地。

野獸又開始在他裡面蠢蠢欲動，但他想著元素，讓它們帶給他力量。他可以感覺到裡面的生物變小，蜷縮起來。

當達瑞司出手攻來時，元牲面帶微笑，一手架開達瑞司這一拳，另一手狠狠地擊中戰士的手腕。達瑞司的手一鬆，刀子掉落，滑向地板另一頭。元牲繼續帶著笑容，伸腳踢中達瑞司的雙腿，戰士一屁股跌坐在地上。

不過，卡羅納沒那麼容易對付。卡羅納速度驚人，而元牲已失去野獸的本能反應，所以卡羅納揮來的三拳，他只擋住一拳。但無所謂，重點是元牲仍繼續奮戰，也仍是人類。

「好！夠了！」桑納托絲下令。這時，史塔克、達瑞司已重新加入戰局，和卡羅納一起逼近元牲。戰士們一聽到桑納托絲的命令，立刻止步，但元牲覺得他們好像不很情願。

「靈、土、水、火、風——我感謝你們精神抖擻地來到我們當中。現在你們可以退去。歡喜相聚，歡喜散場，期待歡喜再聚！」桑納托絲解除守護圈，五根蠟燭的燭焰同時竄高，接著熄滅。

「哇，成功了。」柔依打破沉默。

元牲用襯衫抹去嘴巴和鼻子的血。接著，他連想都沒想，只是讓雙腳帶著他，大步走向柔依，雙手抱起她轉圈，轉了一圈又一圈，大聲喊道：「妳辦到了！成功了！」

柔依開心大笑，但他一放下她，她立刻往後退，走到史塔克身邊。

「不是我辦到了，是我們大家辦到了。」她握住史塔克的手，不理會元牲，逕自對著其他人微笑。「你們眞了不起。」

「好，沒錯，守護圈奏效了。」史塔克說：「不過，這要怎麼幫他把阿嬤從奈菲瑞特的套房救出來？奈菲瑞特可不會讓我們在那裡設立守護圈。」

「喔，我沒想那麼遠。」柔依說。

「你們一定得雙眼見到元牲，才能用元素支援他嗎？」卡羅納問。

「其實不用，」柔依說：「但比較困難。我不曉得那樣能撐多久，但我們不必見到他也能把力量傳遞給他。」

「我想，利用保護咒法就能辦到。」桑納托絲邊想邊慢慢地說：「我們把馬佑大樓圍起來，我在那裡設立守護圈，並施念咒語，並用鹽持咒。柔依，只要靈置身守護圈的中央，也就是大樓的中心位置，應該可以維繫住守護圈。」

「馬佑飯店的大廳很大，裡頭有個酒吧和餐廳。」愛芙羅黛蒂說：「那裡的食物相當不錯，還有很優的香檳酒單，而且燈光昏暗，非常羅曼蒂克。」

「這關我什麼事？」柔依問。

「當然跟妳有關啊，因爲妳和我要到裡頭，坐在角落的包廂。我可以喝一杯上等香檳，而妳可以讀一本既厚又無聊的教科書，同時偷偷地點燃一根沒那麼起眼的紫色小蠟燭，把五元素的力量傳遞給牛男孩。」

「那我們呢？」史塔克問，一臉不悅。

「待在外頭啊，這樣你們才能守護蠢蛋幫，以免哪個在街上遊蕩的瘋子搖搖晃晃地走來——比方說啦——撞上戴米恩，害他尖叫一聲，扔下蠟燭，搞砸一切。」愛芙羅黛蒂說。

「我才不會扔下蠟燭。」戴米恩說。

「萬一那傢伙很臭，臭到你覺得他身上有蝨子呢？」愛芙羅黛蒂問。

「噁。」戴米恩說著打了個哆嗦。

「我就說嘛。」愛芙羅黛蒂說。

「元牲，你辦得到嗎？」柔依問。

他看著她的眼睛，毫不遲疑地說：「可以，我辦得到，我一定會辦到，只要有元素支援我。」元牲打住話語，忍不住油然露出笑容。「我！我不只是野獸，不只是黑暗的生物。」

他的目光從柔依轉向桑納托絲。「妳說我可以選擇。現在，我選擇光亮和女神之道。」

桑納托絲面帶微笑，看著他。「好，孩子，好，我相信你做了這樣的選擇，我也相信妮克絲聽見你的話了。」

「他說得這麼大聲，女神要不聽見也難。」史蒂薇．蕾說，但她也對他露出微笑。不過，柔依完全沒笑，而是把注意力轉向卡羅納。「你眞的接得住阿嬤？這一招聽起來很扯，很恐怖。我是說，元牲要把阿嬤從馬佑大樓的屋頂丟出來。」

卡羅納展開翅膀，巨翅環住所有人，碰到天花板。不死生物的傷口已在搏鬥中裂開，血汩汩流出，淌滿全身。元牲心想，他看起來眞像一個復仇之神。

「我一定會接住她，而我一接住席薇雅．紅鳥，她就絕對安全了。」

柔依點點頭。「我就指望你了。好，那就這麼辦。」

21 柔依

等待日落，實在難捱。我緊緊閉住嘴巴，看著火車站裡的雛鬼一個個慢慢醒來，睡眼惺忪地晃過來晃過去，好整以暇地吃穀物片，閒聊作業和學校的事，以及其他無助於拯救阿嬤的蠢事，害我頭怦怦作痛，胃揪成一團。

當然，讓我心神不寧的還有元牲。此刻，他就躲在火車站的一號塔樓裡，靜待我們稍晚從學校折返，接他一起去進行「設立守護圈拯救阿嬤」大作戰。愛芙羅黛蒂說：「絕不能讓任何人看見他。萬一奈菲瑞特聽說牛男孩在夜之屋露面，我們卻沒把他抓起來嚴刑拷打，那就等於提醒她特別留意他，而阿嬤就慘了。」

所以，對，此刻的我一個頭兩個大，大腸激躁症發作。

「喝點可樂吧。」史塔克說，拉了一張椅子到餐桌旁，坐在我旁邊。

「已經喝了。」我說。

「再喝一些。」他靠向我，親我的臉頰，壓低聲音說：「妳像瘋了一樣猛晃腳，大家都在看妳，怕妳會爆炸。」

「是有可能爆炸。」我轉頭磨蹭他，藉機低聲告訴他。

「來點巧古拉伯爵吧，柔？」史蒂薇·蕾說，誇張地故作輕鬆愉悅狀。

「我不——」我話還沒說完，就被愛芙羅黛蒂打斷。

「她想來一碗。早餐是一天當中最重要的一餐。」她說。

「妳自己從不吃早餐。」我說，對她皺起眉頭。

愛芙羅黛蒂舉高她那杯喝剩一半的香檳，作勢跟我乾杯。「我的早餐是用喝的，而且我每天都喝。柳橙汁有益腦袋。」

「香檳則會殺死腦細胞。」夏琳說，滿嘴的幸運符穀物脆片。

「我倒認爲，女神是用這種方式讓競爭公平些。想想看，如果不是我喝那麼多香檳，我不是會比你們聰明上好幾倍嗎？」

「我覺得妳的邏輯有瑕疵。」戴米恩說。

「我想你的頭髮才有瑕疵咧。我現在看到的，是男人的禿頭先兆嗎？」

戴米恩倒抽一口氣。

我嘆一口氣。

「說話別這麼毒。」史蒂薇．蕾對愛芙羅黛蒂說，然後遞給我一碗穀物片。

「說到毒，我都還沒說到妳咧。妳穿的這條鄉巴佬Roper牛仔褲，褲腰這麼高，警察會以爲裡頭藏了毒品。」愛芙羅黛蒂一邊再度斟滿香橙氣泡酒，一邊譏諷史蒂薇．蕾。

「我覺得史蒂薇．蕾這樣穿很可愛。」夏琳說。

「那當然嘍。我看，明天妳會穿兩隻不同款的鞋子，因爲這就是妳的時尚品味。」

我一邊聽著朋友鬥嘴，一邊努力吃下穀物片。史塔克緊緊靠在我身邊，一隻手放在我的大腿上，三不五時捏捏我，試圖安撫我。

但我的心就是靜不下來。好，我知道爲什麼非得等到太陽下山才去馬佑飯店。代表元素的五個人當中，有兩個一暴露在陽光下就會著火。這還不包括史塔克，他碰到陽光也會變成烤肉乾。我也明白爲什麼我們非得去上第一堂課不可。這堂課是桑納托絲教的，她會藉口爲週六舉辦校園開放日做準備，將學生分組，分派不同的任務。當然，她交付我們這幾個的任務剛好都必須到校外進行。但願這一招奏效，可以瞞過依琳、達拉斯或其他跟奈菲瑞特有聯絡的人。重點是，不能讓他們起疑，以爲我們在幹麼，甚至懷疑我們已發現阿嬤失蹤。

最難熬的部分是等待，尤其是看到這些孩子——沒參與我們計畫的那些——對狀況一無所知，照常晃來晃去，彷彿在上巴士之前，得花上一輩子的時間準備。

元牲就躲在這棟建築屋頂的塔樓裡，而阿嬤被關在黑暗打造的囚籠裡。我實在很難假裝沒事。我想踱步，想尖叫。要命，我好想搥打什麼東西，或什麼人。嗯，最好是搥打奈菲瑞特。不過，我不想哭。或許這也算是個好徵兆。

就在我的穀物片快吃完，耐心也快耗盡時，克拉米夏像一團煙火走進廚房。喔，好吧，或許像煙火的只是她的穿著。她穿一件繃緊屁股的黃裙子，紫色毛衣的胸口繡著五年級的徽章：妮克絲的金色馬車拉著一串星星。而她腳上那雙鮮紅色漆皮楔跟高跟鞋，和她頭上那頂鮮紅色短假髮，可說是搭配得相得益彰。

「巴士在等欸。就算達瑞司無所謂，也沒必要讓人家坐在外頭等，納悶大家怎麼磨菇這麼久吧。」她朝還在廚房裡逗留的其他雛鬼做了個驅趕的手勢。「喂，快上車去啦！」

我差點抱著她親。但接著她那雙黑色眸子凝視著我，說：「我有東西要給妳。」

我的心往下沉，看著她把手探入那只LV大袋子，拿出她的紫色筆記本。

「你們不知道我有多討厭詩。」愛芙羅黛蒂說。

「別對我擺那種臉色。」克拉米夏對她說：「妳今天有沒有出現靈視？」

「沒有，今天我只有香橙氣泡酒，沒有靈視。不過，多謝關心啊。」愛芙羅黛蒂說。

「看來妳該做卻沒做的活兒現在由我接手了。所以，**女先知**，別討厭我的詩啊。」克拉米夏也做個手勢，驅趕愛芙羅黛蒂。「去，上車嘍。我說了，這是要給柔依的。」

「很好。有人說去他媽的瑜伽，我說去他媽的比喻。喔，不，我現在可不是在打比喻喔。」愛芙羅黛蒂頭髮一甩，扭腰擺臀離開。

「需要我留下來嗎？」史蒂薇．蕾問。

我揚起眉毛，以表情詢問克拉米夏。

「不用。」她說，然後望向戴米恩、夏琳和史塔克。「你們也先走。」

「喂，我不一定喜歡這樣。」史塔克說。

「你非喜歡不可。我有一種強烈的直覺，非得**單獨跟柔依談**不可，而我打算聽從直覺。」克拉米夏仍抓著那本紫色的末日筆記本，交叉手臂抱胸，看著史塔克，腳尖不停地點著地板。

「去吧，」我說：「克拉米夏的直覺通常是對的。」

「她所謂『通常』是指每一次。」克拉米夏說，口氣很不耐煩。

「好吧，雖然我一點也不喜歡。我先去巴士上等妳。」史塔克親我一下，皺眉看了克拉米夏一眼，然後離去。

克拉米夏搖搖頭。「對於這傢伙，我只有三個字：控制狂。」

「他只是想確保我平安罷了。」我說。

克拉米夏哼了一聲。「對，我姨媽的第二任丈夫也這麼說。然後，他說我姨媽誤解了他，一拳把她打得從房間這一頭飛到另一頭。」

「克拉米夏，史塔克不會打我的！」

「我只是打個比方。好，這首詩是要給妳**一個人**的。我不曉得爲什麼會有這種強烈的感覺，總之，妳得仔細聽，仔細想，而且放在心裡，不能跟別人講。妳是女祭司長，妳要怎麼做隨妳。不過，我有些什麼直覺，我得老老實實、一五一十地告訴妳。」

「好，好，我懂。快拿給我看吧。」我伸手要拿她的筆記本。

「不。」出乎我的意料，克拉米夏竟然拒絕我。「不曉得爲什麼，但我必須把它唸出來，而妳必須用耳朵聽。」她一開始唸，聲音立刻變得不一樣。她沒提高音量，但唸起來鏗鏘有力，咬字清晰，聽起來更像吟詠，而非只是唸出押韻的詩。

古老之鏡

魔法之鏡

灰影一層層積囤

隱匿
禁忌
遺忘，在內裡猶存
撥開迷霧
魔法吻觸
召喚靈精於一瞬
將過往揭開
把咒法安排
我，這就扭轉乾坤！

她唸完時，廚房裡似乎變得非常安靜。

「嗯，似乎很詭異。」她說，聲音聽起來又像原來的她。「在妳聽來有任何意義嗎？」

「我不曉得欸，聽起來很有力量，好像不只是一首詩。」我說：「我喜歡最後這句，**妳**要扭轉乾坤。」

「柔，它不是要給我的。是要給妳。我連這是什麼東西都不知道，它完全不像我其他的詩，感覺起來比較像咒語，而不像預言。」

「咒語？」我環顧四周，什麼事也沒改變，什麼事都沒發生。「妳確定？」

「不，我不確定。拿著吧。」她把紙撕下來，遞給我。「我知道妳和妳的守護圈正在進行什麼事。我知道如果可以說，妳一定會告訴我。」她舉起一隻手，阻止我說出毫無說服力的解釋。「妳不需要跟我解釋。妳是我的女祭司長，我信任妳。我只是必須把它交給妳，並告訴妳，妳會用得著它的。當妳需要它，記得要用我剛才唸它的方式唸它。這些字句裡頭有能量。」

我接下詩，小心翼翼地把紙摺好，塞進牛仔褲的前口袋。「謝謝妳，克拉米夏。我希望很快就能告訴妳，它到底對我有什麼意義。」

「妳會的。就像我說的，我信任妳，柔。現在妳也該相信自己。」

「對，我知道，所以我才會害怕。」我聽見自己竟然承認了。

克拉米夏把我拉過去，給我一個溫暖的擁抱。「柔，如果妳不害怕，那我會說妳少根筋。堅強一點。還有，記住，妮克絲不是笨蛋，是她挑選妳來面對這些壓力，不是妳自找麻煩。」

「聽妳這麼說，我覺得好多了。」我告訴她。

「唔，我不是主持諮商節目的費爾博士，但我也算聰明吧。」她說。

「而且妳的鞋子比他的可愛。」我說，努力讓自己聽起來勉強算正常。

「是啊，這雙鞋子讓我想到《綠野仙蹤》裡桃樂絲的紅鞋子。不過，我的鞋跟是楔形，因爲我比她有時尙感。」

她這番話說得眞好，因爲我覺得自己就像沿著黃磚道，走向要毀滅我的飛猴群。這樣看來，元牲應該就是北方的好女巫格琳達。而我呢？我很確定我是那隻膽小的獅子……

我以爲我已準備好面對依琳，沒想到我大錯特錯。我早預期她會表現得疏離、冷漠，畢竟這幾天她一直都是這樣。我甚至知道她跟達拉斯的事——夏琳告訴過我們，前一晚她看見他們在一起，還說他們的顏色很濁、很噁。另外，簫妮也承認她見過他們在親熱（但她拒絕吐露她所謂的「恐怖細節」）。即便如此，我還是沒想到依琳會表現得這麼明顯。她就在那裡，黏在達拉斯身上，跟其他可惡的紅雛鬼坐在教室後方。

「喔，要命。」愛芙羅黛蒂咕噥著，因爲我們走進第一堂課的教室時，就聽見依琳發出那種炫耀自己有多性感的笑聲。

「別看她，一點都不要理她。」簫妮從我們身邊走過時低聲說。那時，大家都瞠目結舌地盯著依琳，想看她墮落到什麼地步。但簫妮例外，她連瞥她的前孿生姊妹一眼都省了。她走路時頭抬得高高的，彷彿沒聽見依琳幼稚的咯咯笑聲，沒感覺到投射過來的齷齪眼神。

「簫妮說得對。」我壓低聲音，只讓我們這夥人聽見。「依琳就像那種想要引起別人注意的壞小孩——不管是正面的關注或負面的注意。所以，就當她和他們那群人不存在吧。」

於是，我們對她視而不見。我坐在教室前排。史蒂薇・蕾、利乏音和簫妮坐在我的右手邊，愛芙羅黛蒂、夏琳和戴米恩坐在我的左手邊。

我發覺，元牲那張空著的座位特別醒目。**這會兒他在做什麼？在他準備去面對奈菲瑞特，拯救阿嬤的當下，他心裡想些什麼？他會不會臨陣退縮？搞不好我們回火車站接他時，他早已不見人影了。說不定他已經在逃往巴西的路上……**

「看那邊。」夏琳的聲音打斷我內心焦躁的自言自語。她越過愛芙羅黛蒂，上半身探過來悄聲對我說話，同時朝我們左邊的一個學生點了點頭。我驚訝地發現，那學生是妮可。她獨自一人，坐在教室前方，跟達拉斯和他那夥人顯然不同掛。

「什麼顏色？」愛芙羅黛蒂低聲問夏琳。

「幾乎沒有紅色了。」夏琳的聲音小得大概只有我聽得見。「而且沙塵暴似的褐色也變成了金色。看起來真的好美。」

「喔。」我說。

「詭異。」愛芙羅黛蒂說。

「是詭異。」史蒂薇．蕾在另一邊低聲說：「不過，我還是不喜歡她。」

就在我想著該說些什麼有智慧的話時，桑納托絲走進教室。「歡喜相聚！」她說。

「歡喜相聚！」大家齊聲回應。

桑納托絲馬上進入正題，絲毫不浪費時間。這點讓我超感激的，因爲我已經受夠了等待，受夠了浪費時間。

「如果這間學校處於正常狀態，我或許會要大家交作業，但今天我不會這麼做。我不會假裝你們沒失去你們的領導人奈菲瑞特，也不會假裝你們的生活沒分崩離析。」

戴米恩迅速在他的iPad上點了點，然後拿高，讓我們看見上面的字：**分崩離析=裂成碎片**。

「我想知道誰該爲馬廄的火災負責。」教室後方忽然傳來依琳的聲音。被這個突如其來的問題嚇一跳的，顯然不只我一人，教室各個角落都有人竊竊私語。簫妮臉色發白，表情驚愕，連桑納托絲都似乎遲疑了一下，不像一個老師正常的反應。

「看起來這是一起不幸的意外。」桑納托絲說。

「喔，我可不曉得有哪樁意外是幸運的。」達拉斯語帶譏諷。

「你是說每樁意外都是不幸的嗎？」桑納托絲和顏悅色地問他。

「你自己不就是意外的產物嗎？我記得你告訴過我，你媽和你爸只是去達拉斯市度個週末，沒打算去製造寶寶，結果你媽就在那裡懷了你。」史蒂薇．蕾將他一軍。

全班哄堂大笑。桑納托絲提高音量，說：「有時，緊急的、意外的時刻可以產生最美好的結果。你同意我的說法嗎，達拉斯？」

他咕噥著什麼，但沒人聽得懂。我聽見依琳對他發出性感女神瑪麗蓮．夢露的嬌喘聲音，一會兒後他再度開口說：「所以，基本上沒人需要為馬廄的縱火事件負責？」

「那不是人爲縱火。」妮可不像在回答他，因爲她的眼睛看著桑納托絲，彷彿整間教室裡只有她和老師。「我告訴過蕾諾比亞，當時我在現場。那時風大，把提燈吹翻，結果火勢一發不可收拾。我碰巧要把馬刷放回馬具房，親眼目睹了整個過程：突然起了一陣大風，提燈被吹落，剛好掉在一大捆乾草的正中央，結果就像點燃仙女棒一樣。」接著，妮可轉頭，面向達拉斯，說完剩下的話。「這是一場意外，就這樣。」

「喔，幸好妳人還算值得信賴，不然大家都會認爲妳在說謊。」達拉斯分明在侮辱她。

「對，確實如此，」桑納托絲打斷他的冷嘲熱諷。「我們的馬術老師贊同妮可的說法。

總之，我們很高興沒有人在這場火災中喪生。」

「不過，馬廄現在一團亂了。」我聽見自己開口打破尷尬的沉默，企圖把大家拉回比較正常的氣氛。「那，馬術課會取消嗎？」

「不，不需要取消。」桑納托絲說。我確定她向我投來一個表示感謝的眼神。「繼續按照課程表正常上課，只不過選修馬術課的同學可能暫時無法騎馬，要幫忙整理馬廄，清除垃圾。」語畢，她拍了拍額頭，彷彿忽然想起什麼。「喔，對了，我需要一些同學幫我籌備週六的校園開放日。」

戴米恩舉手。

「戴米恩，有什麼問題嗎？」桑納托絲問。

「不算是問題啦，我只是想說我自願幫忙。」

桑納托絲微笑。「非常謝謝你。」

「妳是說，幫忙的人要做校外教學嗎？」依琳的聲音從教室後方傳來，聽起來很詭異。

「我看，有些事情確實需要到校外才能辦妥。依琳，妳願意幫忙嗎？」

「如果可以不上課，那麼，願意幫忙的人肯定不只依琳一個。」達拉斯說。

我連偷瞄史蒂薇．蕾或愛芙羅黛蒂一眼都不敢，但我從眼角看見史蒂薇．蕾食指和中指交叉，祈求好運。

「達拉斯，我需要你幫我。我今天白天花了很多時間上網搜尋陶沙市的各種慈善活動，發現其中最成功的一次好像是『美酒與玫瑰之夜』，幫陶沙花園中心募了不少錢。當晚該中心的玫瑰園到處懸掛了燈泡，太陽下山後還有美酒品嘗的節目和晚宴。我想，這樣的活動應該最適合像你這麼有意思的年輕紅成鬼了，對吧？」

「適合？我不怎麼喜歡酒。」達拉斯說。

我聽見愛芙羅黛蒂哼了一聲，但我雙眼仍直視前方，緊張到連氣都不敢喘。我知道桑納托絲在設陷阱給他跳，希望她這招能奏效。

「不，你誤會了。」桑納托絲說：「我只是想把他們的燈飾手法用在校園開放日。達拉斯，想想看，如果我們這些老橡樹都掛上一串串的電燈泡，整個校園一定很美。」

「多用點電是對的。我一直在說學校的電力設備應該升級了。現在又不是六〇年代，我們需要真正的照明，我們的眼睛應付得了的。」達拉斯的語氣照例很臭屁。

「嗯，我同意你的話，只要時間不長。」桑納托絲說，對他微笑。她精湛的演技再次讓我折服。接著，她把注意力轉向依琳。「依琳，看來妳和達拉斯可以搭配得很好，我可以請妳幫忙指揮校園的裝飾布置嗎？當然，除了美麗的燈飾，操場四處還得排上桌子，鋪上漂亮的桌布。妳可以跟本地人類協調，配合達拉斯的電器專業，負責裝飾校園嗎？」

「我天生擅長裝飾和採購。給我一張學校的金卡，我絕對包辦到好。」依琳說。

「妳會有充裕預算的，」桑納托絲跟她保證，「尤其時間剩下沒幾天。最重要的是如期完成。」

「如果預算充裕，那我很擅長如期完成。」依琳說，一副不屑的口氣。

愛芙羅黛蒂抓住機會，舉起手。「喂，這裡。」她口氣粗魯，一副百般不耐的樣子。

「有問題嗎，愛芙羅黛蒂？」桑納托絲問她。

「不是問題，應該說是明智的建議。如果妳要找人負責場地布置，那就要找真正的專家，也就是**敝人在下我**。我可是從小在中產階級所謂**派對籌畫**當中長大的。」

桑納托絲微笑，像個長輩那樣和藹地說：「我相信妳有這方面的天分，但依琳和達拉斯已經自願接下這份工作。不過，我倒有另一項工作要妳幫忙。我希望妳跑一趟，回家跟妳父母談一談，邀請他們參加校園開放日。根據妳昨天在記者會上說的話，我想他們應該會支持這個活動。」

「好吧，隨便啦，我去問他們一聲。」愛芙羅黛蒂實在太會演了，一副不爽的樣子，好像真的很氣桑納托絲沒拿掉依琳，改由她負責布置的工作。如果依琳和達拉斯相信他們做的事情很重要，而我們其他人只能眼紅不爽，在一旁閒晃，那他們一定會得意洋洋，露出討厭的嘴臉。**他們會得意忘形，只想到去跟奈菲瑞特吹噓，說桑納托絲有多仰賴他們，賦予他們重責大任**。計畫的第一步，成功。

戴米恩高高舉起手來。桑納托絲叫他說話時，他的口氣簡直像在央求。「我可以跟愛芙羅黛蒂一起去嗎？我一直想了解陶沙市的政治運作。」

「嗯。」愛芙羅黛蒂說。

「可以，你跟她去吧。」桑納托絲說。

現在，換我舉起手來。我心裡已做好準備，但聲音還是很難保持鎮定。「呃，我打過電話給我阿嬤，請她那天來這裡義賣薰衣草產品，可是她沒接電話。」

「妳留言給她了嗎？」桑納托絲問。

「有啊，留了。」我吐出長長一口氣。「我不訝異她不想接電話，畢竟我們才剛舉行過揭發眞相的儀式，看見我媽是怎麼死的。」我的聲音有點顫抖，幸好講到這件事會這樣是正常的。「我可以開車去她田裡，直接找她談嗎？」

「應該可以，不過改天再去吧。」桑納托絲說，揮揮手打發我。「我想，今天有件事更重要。我要妳陪我去流浪貓之家。我很想認識這個組織的負責人瑪麗．安潔拉修女。柔依，我們已經很篤定妳阿嬤會支持我們，所以最好先把時間用來爭取流浪貓之家的認同。」

「喔，好，沒問題。」我說。

「我可以和妳們一起去流浪貓之家嗎？」夏琳沒舉手就直接說話。「我很希望有貓咪挑上我。」

桑納托絲微笑。「當然可以，小雛鬼。」接著，桑納托絲把她銳利的目光轉向史蒂薇・蕾。「女祭司長，我要妳跟妳母親談一下。昨天電視訪問時妳提到，妳母親很會烘焙。我想，週六我們需要更多媽媽的餅乾來滿足陶沙市民的味蕾。」

「我媽跟家長會的其他媽媽組了一個亨利耶塔鎮棒球隊的後援會，經常做一大堆餅乾來替球員加油打氣。我可以請我媽找她們來幫忙。」

「那，餅乾點心的事情就麻煩妳了。」桑納托絲說：「好，總結一下，現在各項任務分組都有負責人了：達拉斯、依琳、愛芙羅黛蒂、柔依和史蒂薇・蕾，你們幾個各自去找要好的同學，分派工作給他們。達拉斯，你本身就是傑出的戰士，所以你也負責紅雛鬼的安全。柔依、愛芙羅黛蒂和史蒂薇・蕾，妳們離開校園時，只要覺得必要，可以找妳們的戰士陪同。我信任妳們的判斷力。大家一定要小心，保持低調。記得把記印遮蓋起來，別穿學校制服。我們不需要引人注意，免得製造吸血鬼和人類之間的緊張。

「此外，從現在開始到下週一，忙籌備工作時無法來上課也沒關係。不過，各任務小組的負責人要來跟我報告進度——當然，有需要的話也可以來尋求協助。今天我在外頭忙完就會回夜之屋，留在校園裡，你們可以隨時來找我。

「好，不用等下課鐘響了，大家解散。我知道你們心裡都會為學校著想。這才是重要的，不必死守規矩。去吧，分頭去執行你們各自的任務，在此祝福各位歡喜相聚，歡喜散場，期待歡喜再聚。」

就這樣，桑納托絲打發掉達拉斯、依琳，和他們那夥隨時偷窺、到處探聽的耳目。他們深信桑納托絲是個很好騙的女祭司長，可以任他們操控，而現在他們被賦予布置校園的重責大任，我相信他們一定會忙著跟奈菲瑞特交頭接耳，想辦法破壞校園開放日。

而我們，正準備出發去拯救阿嬤，給奈菲瑞特來個措手不及。然後，無論達拉斯、依琳和他們的狐群狗黨給校園開放日惹出什麼麻煩，我們有的是時間來收拾。起碼，我們是這麼盤算的。

22 元牲

在舊火車站的塔樓等候，給了元牲放鬆一下的機會。這種感覺很怪，不過，自從被賦予拯救紅鳥阿嬤的責任，他內心的混亂和騷動就平息下來了。他知道自己走在正確的道路上。當元素碰觸他，增強他的力量，讓他的**意志**得以控制那頭野獸，元牲興奮極了。

「我不只是黑暗製造出來的軀殼。」他的話語迴盪在塔樓的石牆之間。元牲微笑，他真希望能在馬佑飯店的樓頂這樣大喊。「我會的，」他對自己承諾，「一旦紅鳥阿嬤平安沒事，我就要大聲宣告，我選擇了光亮，唾棄了黑暗。」此刻，他說的話只有他自己聽得見，但光是說出來，他就很開心了。

除非女神也在傾聽……

元牲抬頭凝望清朗的夜空。雖然火車站位於市中心，仍看得見滿天繁星，及一彎細細的、皎潔的弦月。

「弦月，妳的符號。」元牲對著月亮說：「妮克絲，如果妳聽得見我，我要跟妳說聲謝謝。一定是因爲妳，我才有辦法選擇，不讓自己只是黑暗的產物。黑暗不會給我選擇的機會，所以一定是妳，我要爲此感謝妳。另外，如果妳能增強紅鳥阿嬤的力量，我也會感激妳。請幫助她撐下去，直到我去那裡救她。」元牲心情愉快，充滿自信，身體靠著塔樓的圓弧形牆面，閉上眼睛，帶著微笑進入夢鄉。

元牲通常不做夢，也難得記得夢。因此，這個釣魚的夢打從一開始就很不尋常。元牲不曾釣魚，但他總覺得這個碼頭很熟悉。平靜的湖面一片湛藍，四周環繞著看起來非常古老的樹林。他沒握過釣竿，但手中拿著這把釣竿的感覺很自在。元牲把釣線往內捲，然後拋出，浮子落入湖水的噗通聲眞悅耳。他心滿意足地吁一口氣，慵懶地低頭望向如鏡的湖面，忽然心頭一驚。

湖面上回望著他的不是元牲的臉。而是另一個男孩的臉。他有一頭紅褐色的亂髮，一雙藍色眼睛睜大，流露出元牲所感受到的震驚。

元牲舉起手摸臉。

「這不是我。」他對著出錯的倒影說話，再次感到震驚。聲音是他的沒錯，卻來自那個男孩的身體！「這是夢，這只是睡夢中我看到的影像。」元牲心想，只要醒來，一切就會消失，但他忍不住一直盯著倒影。

這時，倒影張開嘴巴，元牲聽見自己身不由己地開口說：**「喂，搞清楚，你只是借了我的選擇和我的女神。那不是你自己的選擇。」**

元牲心頭又一陣驚惶。這個男孩——這個身體說的是實話。元牲在倒影裡看見自己不停地搖頭，否認他的心告訴自己的話。

「不，我選擇了光亮，唾棄了黑暗。我的確做了選擇！」

「老兄，我再說一次，做出選擇的人是我，你只是搭我的順風車。所以，你可沒本錢放輕鬆，尤其如果你還得去拯救小柔的阿嬤。」

「小柔，」元牲皺起眉頭，「我不可以這樣稱呼她。」

「讚，不愧是大偵探。那是因為我以前都叫她小柔。總之，我只是要提醒你，別太有自信，這任務可沒那麼簡單。反正我盡力而為，但最後該上場打擊的人是你。」

一條魚上鉤，擾亂了如鏡的平靜湖面，粉碎了他的夢。

元牲睜開眼睛，倒抽一口氣，坐直起來。他喘得厲害，心臟怦怦跳，他甚至感覺到裡面的野獸在騷動。元牲站起來，踱過來踱過去，想踱掉焦慮。

他抬頭望著夜空。銀色弦月已經移動了一些。元牲看著史塔克借他的手錶，將近十點。

桑納托絲隨時都會來找他，他收拾心情，鎮定下來，下樓到舊火車站的大門等候。他必須找回自信，準備面對奈菲瑞特和黑暗。

元牲爬上生鏽的鐵梯，從塔樓跳到火車站的屋頂，然後快速從側梯爬下。他必須遵照桑納托絲的吩咐，在那裡等他們。她仰仗他，柔依指望他，他們全都指望他。

他將會證明，他們沒看走眼，把紅鳥阿嬤的生命交託給他是對的。

「那只是夢，沒什麼大不了的。」元牲對著空蕩蕩的黑夜說，安慰自己，但內心閃過一抹如幽魂般的懷疑。

柔依

「他在那裡，照桑納托絲的吩咐，在屋簷下最陰暗的地方等。」我指著廢棄火車站陰森的入口——看起來真像《蝙蝠俠》電影裡的高譚市。元牲雖然躲在暗處，他金黃色的頭髮和月光石般的眸子卻無從遮掩。史塔克將車子開近，桑納托絲打開學校休旅車的後車門，揮手叫他上車。

「不是所有人一起去？」元牲關上車門，環視車內一圈。

「對，當然不是一起去。」我說，覺得他的聲音聽起來很緊張。「你忘記了嗎？桑納托絲假裝把我們分開，要我們分頭去處理不同的事，免得奈菲瑞特聽到風聲起疑。」

「喔，對，對。」他停頓一下，然後接著說：「歡喜相聚，桑納托絲。」

「歡喜相聚，元牲。別擔心，其他人會在馬佑飯店對街跟我們碰面。」

「你還好嗎？你看起來很蒼白欸。」坐在後座的夏琳說。

我伸長脖子往後看。「哪種蒼白？他的靈氣改變了嗎？」

「不是，他的靈氣沒變。我是說臉色蒼白，他的臉眞的很白。」夏琳說。

「我沒事。」元牲語氣堅定地說：「只是有點焦慮。」

「我們也一樣。」桑納托絲說：「冷靜下來，保留力氣來應付待會兒那一仗。」

元牲點點頭，陷入沉默。我咬著下唇，望向窗外，想著阿嬤。幸好，馬佑飯店離火車站不遠。史塔克將車子停在第五街萬歐廣場的後方。那裡已停了另一輛休旅車，達瑞司、愛芙羅黛蒂、簫妮和戴米恩陸續走下那輛車。簫妮和戴米恩手裡拿著他們的蠟燭，愛芙羅黛蒂一手拉著達瑞司，另一手拿著一本超厚的幾何學課本。

「幾何學？不會吧？這是我們假裝自習的最佳選擇？」我發現自己緊張得喃喃自語，可是我眞的討厭幾何學啊。

「重點是**假裝**，又沒要妳眞的讀它，智障。」

「喔，對，好。」我說：「我知道我們沒眞的要讀它。我只是擔心阿嬤，太緊張了。」

「完全可以理解。」戴米恩抱了抱我。「所以我們才會來這裡。我們會把阿嬤救出來的。」他看著元牲。「你準備好了嗎？」

元牲點點頭。我實在不覺得他看起來像準備好了，但話說回來，恐怕我自己看起來也不像準備好了，所以我決定不妄加評斷。夏琳和我從包包裡拿出元素蠟燭時，卡羅納從天而降，無聲無息，宛如黑夜本身。

「學校的情況如何？」桑納托絲問長翅膀的不死生物。

「達拉斯和依琳在紅雛鬼之間挑撥離間。他們到處散播歧見，連自己的族類也不放過。等這件事結束，我們得好好收拾他們。」

「好，」桑納托絲說：「不過看來我們的計畫奏效了。」

「沒錯，他們藉口妳交付的任務，忙著對其他學生頤指氣使，沒時間理會柔依和妳，或者我們其他人在做什麼。」卡羅納說。

「依琳眞糟糕。」簫妮靜靜地說。

「我很高興妳沒跟著她一起糟糕。」戴米恩說。

「這一點我們都很高興。」我附和。

這時，我的金龜車駛過來，史蒂薇．蕾和利乏音下車。「不好意思啊，各位，」她說，拿著她的綠蠟燭匆忙走過來。「依琳和達拉斯的車一直跟在我們後面，所以我只好假裝要開往亨利耶塔。天哪，我好怕他們會一路跟到底，幸好他們後來就下了公路。原來他們只是要去嘉比燈飾店。」她停頓一下，看我一眼。「妳還好嗎，柔？妳的表情讓我想起馬路中央突然被汽車頭燈照到的鹿欸。」

我眨眨眼，忽然明白我正盯著她瞧。「喔，看到妳臉上沒刺青，感覺好怪。」

史蒂薇．蕾舉起手，小心翼翼地摸了摸她的額頭，生怕弄糊遮住美麗記印的厚厚粉底。

「對，我也覺得很怪。大家看起來都很怪。」

「不過，這樣比較不引人注目，而今晚的重點就是要低調。」史塔克說。

我明白也同意今晚必須保持低調——要命，連卡羅納都穿了一件皮革長大衣來隱藏那對大翅膀。不過，即使遮蓋了記印，我們依然看起來既奇怪又平凡。太平凡了。今晚，我們應該雄赳赳氣昂昂，自信非凡。我盡可能正面思考，相信我們都會沒事，但事實上我緊張得胃痛，而且還得努力不哭。

不，我不哭。只有軟弱的小女孩才哭。領導人要行動。就算不是為了自己，為了阿嬤，

我也得採取行動。

「嘿，記印是在心裡，遮蓋不掉，遺失不了，也不可能忘記。」史塔克說，顯然感受到了我的焦慮。

「謝謝你提醒。」我說，輕輕地摸了摸他那張暫時沒有刺青的臉。

「我們要記住，我們的力量不是來自吸血鬼可見的外在標誌，而是藉由我們的選擇和女神賜予的天賦，來自我們的內在。」桑納托絲說：「好，開始吧。今晚的第一步是設立守護圈，施念保護咒語。咒法一旦施設，就可以掩蔽守護圈。只要守護圈不打破，你們五個就很安全。人類的眼睛看不見你們，他們的手無法傷害你們。不過，施咒之前和之後都是你們最脆弱的時候。」

我的前臂寒毛直豎，得深呼吸才勉強保持冷靜。同時，我不斷地偷瞄元牲。接他上車以來，他很少講話。我在心裡想著最近一次見到的女神的模樣——豐滿、強壯，充滿智慧——默默地對她祈求：**女神，請幫元牲做好準備！**

「簫妮，馬佑的正門面向南方。雖然是冬天，門外還是擺了幾張桌子。我要妳拿著妳的蠟燭到那裡去。達瑞司，你在旁邊守著簫妮，保護她。」桑納托絲說。

「我會的，女祭司長。」達瑞司嚴肅地說：「如果必要，我會盡可能靠近餐廳，同時保護愛芙羅黛蒂和柔依。」

「那些桌子也是餐廳的，擺在外面是爲了給癮君子用。」愛芙羅黛蒂解釋道，然後把手伸入包包，摸索一番後拿出一包菸，扔給簫妮。

「妳抽菸？」這問題很蠢，可是，相處這麼久，今天忽然發現愛芙羅黛蒂抽菸，我還是很震驚。

「才沒有呢。妳知道抽菸會造成多少皺紋嗎？要命，皮膚看起來會像三十歲，跟牛肉乾一樣。我會知道那是吸菸區，是因爲我以前到過馬佑飯店的餐廳。我可是有備而來。」愛芙羅黛蒂看著簫妮。「我和柔依在餐廳裡假裝讀書時，妳可以假裝抽菸，假裝達瑞司是妳的男朋友。再說一次，重點是**假裝**。如果我從窗戶看見妳裝得太像，我可是會殺了妳。喔，對了，妳可以點雞肉辣湯。這個，就不必假裝吃。它眞的很好吃。」

「多謝。」簫妮說：「雖然妳很討人厭，還是謝謝妳把妳的戰士借給我。」

「不客氣，眞的，不必客氣。」

「戴米恩，」桑納托絲逕自轉移話題，顯然和我們一樣，不想理會愛芙羅黛蒂。「沿著馬佑飯店的東牆是一條小巷子，那裡燈光昏暗，是他們放垃圾的地方。你就站在那裡。史塔克，你陪戴米恩。守護圈還沒設立，保護咒語還沒施念之前，如果有人想打擾戴米恩，就用你控制人類心靈的能力讓他們走開。」

史塔克點點頭。「我懂，我不會讓任何人打擾戴米恩，就像達瑞司不會讓任何人騷擾我的柔。」

「這點我可以保證。」達瑞司說。

我捏了捏史塔克的手，知道他不想跟我分開，但我們都了解當前的情勢。守護圈得有人保護，而戴米恩的風是第一個被召喚的元素，所以，他得拿著蠟燭，站在陰暗寒冷的巷子裡，等著桑納托絲繞完一大圈，再施設保護咒法。這段時間，戴米恩遠比坐在高級餐廳裡假裝念書的我脆弱。

「史蒂薇．蕾，沿著戴米恩所在的那條巷子往北走，會碰到馬佑飯店正後方員工出入的窄巷，就在第四街的這一側。」

史蒂薇．蕾向桑納托絲點點頭。「那裡是我的北方，利乏音和我會守在那裡。」

桑納托絲轉向夏琳。「夏安街在馬佑飯店的西側，那裡沒地方讓妳躲藏。街道旁邊就只有一條跟大樓平行的人行道。水是第三個要召喚的元素。我老實告訴妳，在土和火顯現之前，妳必須單獨一個人待在那裡。」

「不，她不會是單獨一個人。」我趕緊說，多虧了直覺引導我說話。「妮克絲會與她同在，她不但賜給夏琳了不起的天賦——眞視，還賜給她水的感應力，以及每個紅雛鬼都有的心靈控制能力。」

「沒錯，夏琳。」史蒂薇·蕾接著說：「妳才被標記沒多久，加上我們基本上認爲去刺探一般人的腦袋好像不太禮貌，所以，妳還沒有時間練習這種能力。不過，妳放心，妳做得來。如果有人想打擾妳，妳就注視著他們，逼他們看著妳的眼睛，然後心裡用力想，叫他們去做妳要他們做的事情。」

夏琳點點頭，看起來似乎一點也不緊張，反而像石頭一般堅定。「好，我就想著，**走開，別煩我，忘記你見過我**！這樣對吧？」

「對，就是這樣。」史蒂薇·蕾笑著說：「瞧，很簡單吧。」

「我也會看著妳。」卡羅納說。

「不！夏琳可以照顧自己，我們都能照顧自己。你的視線絕對不能離開馬佑飯店的頂樓和套房陽台。一看見阿嬤，你就要飛過去接住她。這是你今晚的唯一任務。」我說。

「不盡然，小女祭司。」桑納托絲說：「卡羅納是我的戰士，因此，除了保護我，他也有責任保護我們的雛鬼。」她走向卡羅納。「我設立守護圈，施念咒語時，你跟著我，並看著所有人，確保我們完成部署，好執行今晚的計畫。」桑納托絲望向我，然後望向站在邊邊的元牲。「你必須等到守護圈設立，才能進入奈菲瑞特的巢穴。」

「我會等到元素的力量充滿我，才開始行動。」元牲說。

「記住，元牲，倘若沒有元素的力量，你就沒辦法控制那頭野獸，而一旦奈菲瑞特發現你是爲她的囚徒而來，野獸一定會現形。」桑納托絲說。

「我會記住的。」他說。

「我會確保妳的守護圈能順利設立。」卡羅納說：「我會從空中看著妳，看著你們大家。」長翅膀的不死生物將他那雙冰冷的琥珀色眸子轉向元牲。「你應該知道，我沒法子幫你，你必須自己設法離開奈菲瑞特的巢穴。」

他這話讓我震驚。我滿腦子只想著救阿嬤，壓根兒沒想到元牲完成任務後的處境。

「等等，你不能把他和阿嬤一起接走嗎？」我問卡羅納。

「妳是說把他們平安接走？沒辦法。我雖是不死生物，力量還是有限。」卡羅納說：「元牲，如果我從空中拋下你，你會死嗎？」

聽見卡羅納這麼問，感覺好奇怪。他問元牲從空中掉下來會不會摔死的口氣，好像在問他比較喜歡火腿起司三明治，還是火雞肉起司三明治。

元牲的肩膀不安地聳一下。「我想，這要看當時我裡面的野獸有沒有現形。那頭野獸比我不容易死。」

「阿嬤安全後，我們就撤回所有的元素。」真怪，這會兒我說話的語氣竟跟他們兩人一樣冷靜。「元牲，這時你就釋放野獸，讓牠有足夠時間幫你殺出來。」

「你覺得這樣可行嗎？」桑納托絲問他。

「或許。我想，這很大一部分取決於奈菲瑞特的反應。我－我沒想過怎麼逃出來，我只想著怎麼進去。」元牲說。

「我同意柔依的看法。利用那頭野獸。之前奈菲瑞特需要祭品才能控制牠，現在也一樣，而那時我們應該已拿走她的祭品。」桑納托絲說：「所以，她應該無法控制那頭野獸，也就是說，你應該不會有事。等你又變回你自己，就自己想辦法回夜之屋。」

元牲整張臉亮起來。「留下來嗎？我也可以留在學校讀書嗎？」

「這件事恐怕不是我一個人說了算。你的命運得由最高委員會決定。」桑納托絲說。

我屏住呼吸，等著元牲雙手一攤，臨陣退卻——他忽然發現這根本是自殺任務，於是告訴我們，你們自己去死吧，然後掉頭走人。

但他沒這麼做，而是注視我的眼睛，說：「我有個問題問妳。」

「好，什麼問題？」

「搭別人的順風車是什麼意思？」

如果元牲蹲下來孵出一窩小貓，我或許還不會那麼驚訝。有那麼片刻，我想不出怎麼回答，半晌後才說：「意思是，你所得到的好處是別人努力的結果，不是你自己掙來的，你只是沾了他的光。」

元牲的臉像一張毫無表情的面具。他深吸一口氣，然後緩緩吐氣。大家全注視著他，但他不發一語，只是站在那裡，吸氣、吐氣，看起來就像一尊雕像。

「所以，你是搭誰的順風車？」史塔克的聲音打破沉默。

元牲把他那雙月光石般的眸子轉向我的戰士。「沒有誰。我沒搭任何人的順風車。今晚我會證明這一點。」接著，他再次注視著我。「我一感覺到元素顯現，就去找奈菲瑞特。一等阿嬤安全了，你們就照妳說的話做，撤除元素，趕快離開。這樣一來，我就沒機會傷害你們，畢竟我沒有把握控制得住野獸。幫我告訴阿嬤，她給我的庇護比我自己還重要。」元牲的目光掃過所有人，說：「歡喜相聚，歡喜散場，期待歡喜再聚。」語畢，他轉身走開，小跑步越過街道，消失在馬佑飯店的大門裡。

「他今晚可真慘。」史塔克喃喃地說。

「喂，太輕描淡寫了啦。」愛芙羅黛蒂說：「他**這條命**可真慘。」

23 奈菲瑞特

「說，老太婆，妳的血為什麼臭到我的孩子都不敢吃？」

席薇雅．紅鳥慢慢把頭轉向奈菲瑞特，她的眼睛在黑暗的囚籠裡炯炯發亮。

「妳的傀儡無法吸吮我的血，是因為我已準備好等妳。」

老婦的聲音沙啞，但依然殘存著驚人的力量，既令奈菲瑞特吃驚，也激怒了她。

「對喔，我都忘了，妳是如此特別，深受妳的女神寵愛。不過，等等，」奈菲瑞特故作震驚狀，「如果妳眞的這麼特別和受寵，怎麼會淪落到這裡，被我的孩子折磨？妳的女神怎麼沒來救妳？」

「特西思基利，是妳說我特別，我可沒說。如果妳問我，我會說，我受到大地之母的珍惜。如此而已，不多不少。」

「如果妳的大地之母就這樣任由她珍惜的孩子哀號求救，那我會建議妳考慮換個女神。」奈菲瑞特啜飲著手上摻血的紅酒。她不曉得自己為何要逗弄老太婆。她的痛苦和她即將面臨的死亡，應已足以滿足不死生物的需求。但是，沒有。奈菲瑞特痛恨席薇雅沒哀號，沒求饒。卡羅納逃走後，席薇雅甚至不再呻吟。現在，她要不是安靜無聲，就是開口唱歌。

奈菲瑞特痛恨她唱那該死的歌。

「我沒跟大地之母求救。我只求她祝福，而她給了我十倍的祝福。」

「祝福！妳被關在黑暗的囚籠裡，慢慢地被凌遲而死。幹麼，妳是天主教聖徒啊？要不要我把妳頭下腳上倒著釘在十字架上，順便把妳的頭砍下來？」奈菲瑞特被自己的笑話逗得哈哈大笑，但連她都覺得這笑聲空洞。**我需要有人奉承，有人崇敬！沒有崇拜的人，我如何當個女神，施行統治！**

「妳殺了夜之屋的老師。」

席薇雅這句話不是問句，但奈菲瑞特覺得有必要回答。「對，我殺了他們。」

「爲什麼？」

「當然是爲了製造人類和吸血鬼之間的混亂。」

「這樣做對妳有什麼好處？」

「混亂能燒毀人類、吸血鬼、整個社會。而在灰燼中站起來的勝利者將控制全世界。我，就是那個勝利者。」奈菲瑞特露出微笑，覺得得意洋洋，不可一世。

「可是妳已經擁有權力了。妳曾是夜之屋的女祭司長，深受女神的寵愛。爲什麼拋棄這一切呢？」

奈菲瑞特瞇起眼睛看著席薇雅。「權力不等於控制。如果妳的大地之母連我要不要取妳性命這麼簡單的事都無法控制，還能說她擁有權力嗎？我早就了解，控制才是眞正的權力。」

席薇雅搖搖頭，終於顯露該有的疲態。「特西思基利，除了妳自己，妳沒辦法眞的控制任何人。表面上看來或許不是這樣，但我們都自己做出選擇。」

「是嗎？那就來測試測試妳的理論吧。依我看，妳會選擇活下去。」奈菲瑞特打住，等著席薇雅回答。

「對。」席薇雅的聲音細微如耳語。

「而我相信我能控制妳的生死。現在，讓我們看看誰眞正擁有權力。」奈菲瑞特舉起手腕，用另一隻手尖銳的指甲迅速而熟練地劃破在那兒搏動的血管。「我厭倦了這種交談。」當手腕流出血，奈菲瑞特的聲調變得宛如吟詠。

來吧，孩子，品嘗我的憤怒

使用我的力量，將她牢牢禁錮！

她忠心的黑暗卷鬚滑行前來，迫不及待地吸吮她手腕的血。力量倍增之後，它們繞回席薇雅身邊。老婦舉起雙手防衛，但就在這時，有幾個鐲子斷裂，綠松石和碎銀掉出囚籠的柵欄縫隙，落在地上那灘逐漸加大的血泊中，再無用武之地。

老婦試著開始唱歌，但搏動的卷鬚立刻占滿她手臂上裸露的肌膚，截斷她的歌聲。

席薇雅·紅鳥終於又發出痛苦呻吟，奈菲瑞特滿意地放聲狂笑。

卡羅納

人類總不仰望天空。有些事，即便世界一天一天老去，依然不變，此其一。人類已經征服天空，然而除非有絢爛的夕陽，或皎潔的滿月，否則人類很少往頭頂之上瞄一眼。卡羅納不明白為何如此，但他為此感到慶幸。他盤旋馬佑大樓一周，看見戴米恩、史蒂薇·蕾、夏琳和簫妮已經就位，才返回萬歐廣場大廈，降落在桑納托絲身邊。

「他們四個就定位了。」

桑納托絲點點頭。「很好，柔依也進去裡面了。準備開始吧。」她把手伸入寬鬆的紫絨長袍裡，拿出一個深色的大囊袋和一盒木製的長火柴。

卡羅納指著那囊袋。「持咒用的鹽？」

「正是。這棟建築很大，我需要很多鹽。」

不死生物點點頭，心想，其實他還滿欣賞桑納托絲這種冷幽默的。「希望那袋子裡也裝了幸運。」

「幸運？我以爲不死生物不信這種東西。」

「我們要去拯救的是人類，不是不死生物。人類會交叉手指，祝彼此好運，我只是入境隨俗。」他說：「再說，我相信，我們需要所有可能的助力。如果一點幸運有幫助，那我樂意接受。」

「我也是。」桑納托絲向他伸出手。「不管今晚的結果如何，我知道你都會遵守對我的誓言，並藉由我而忠於妮克絲。祝福滿滿，卡羅納。」

他抓住她的前臂，畢恭畢敬地鞠躬。「歡喜相聚，歡喜散場，期待歡喜再聚，女祭司長。」

卡羅納縱身飛向天空時，桑納托絲穿越第五街，走入戴米恩在史塔克護衛下等候的暗巷。卡羅納高踞在飯店東牆的石頭拱壁上，俯視著他們。他驚訝地發現，桑納托絲的聲音竟清晰地傳到他的耳裡，但緊接著，他提高警覺。女祭司長施咒的力道是如此顯著，如果他聽得見，隨便一個人類也聽得見。

降臨吧，風，來到今晚我召喚的守護圈
保護，防衛，留在這裡——所有動靜都聽見

桑納托絲點燃火柴，黃蠟燭立刻迸出火焰，照亮戴米恩凝重的臉。史塔克站在他的前方，手中拿著弓箭。卡羅納盤旋在女祭司長的上空，陪著她疾步走出巷子，折回馬佑飯店的正面。她的手藏在長袍底下，沿路撒鹽巴。華麗門廳的燈光映照著水晶碎粒般的鹽巴，從上空俯瞰，眞像桑納托絲一路上留下碎鑽。

桑納托絲走向達瑞司和簫妮坐著的小圓桌。年輕的雛鬼把她的大包包放在面前，遮住長柱狀的紅蠟燭，以免路人瞧見。

降臨吧，火，來到今晚我祈請的守護圈

警戒，壯盛，請滿足我們的需求與心願

桑納托絲還沒擦劃，火柴就迸出火焰，轟的一聲，點燃紅蠟燭。

卡羅納繃著臉。雖然元素顯現是好事，他眞希望它們能稍微安靜一些。

桑納托絲繼續沿路撒鹽，快步繞過飯店轉角，來到夏安街邊的人行道。猶如小巷那側，這棟建築這邊在九樓的地方也有突出的拱壁，卡羅納就棲在那裡，往下看見雛鬼盤腿坐在一排灌木叢中間。夏琳躲藏得很好，連桑納托絲都差點錯過。卡羅納不禁點點頭，稱許這孩子。「年紀輕輕，」他喃喃自語，「卻很機靈。妮克絲賜她天賦，果然沒看走眼。」

降臨吧，水，來到今晚我請求的守護圈

流動，洗滌，盈滿，給予力量——將任務承擔

藍蠟燭沒有像簫妮的火那樣，突然迸出火焰，而是穩定地燃燒著。卡羅納可以聞到春雨由下而上朝他飄拂的清冽氣味。

他展翅高飛，再次跟隨女祭司長的腳步。

史蒂薇．蕾和利乏音在大樓的後方等著。桑納托絲步下一座陰暗陡峭的階梯，繞過停在那裡的幾輛快遞貨車。卡羅納盤旋著，密切注意下方。**利乏音保護他的史蒂薇．蕾，而我保護我的兒子**。不過，看來他不須這樣戒慎恐懼。當桑納托絲走到史蒂薇．蕾面前，夜晚就跟死神本身一樣寂靜。

降臨吧，土，來到今晚我懇請的守護圈

支撐，護持，請隨時堅定我們的信念

綠蠟燭噴濺出火焰。在閃爍的燭光中，卡羅納瞥見利乏音往上仰的臉。這孩子看起來沉穩而篤定，彷彿今晚只可能有正面的結局。

卡羅納希望自己也有兒子這般的信心。

他振翅飛翔，隨時留意著桑納托絲的步履。這時，女祭司長從飯店後方切到小巷，靜靜地疾步走過戴米恩和史塔克，繞返飯店前方，完成這趟路程，在大樓周圍撒上一圈鹽巴。當桑納托絲再次來到正門，她稍微遲疑一下，往上空瞄一眼。卡羅納與她目光相接後，飛到萬歐廣場大廈的頂端，棲息在那兒。從這個制高點，不死生物看著身披罩袍的桑納托絲走進飯店，從他的視野消失。一會兒工夫之後，他看見她出現在餐廳大景觀窗旁的包廂裡，和柔依與愛芙羅黛蒂會合。

卡羅納聽不見桑納托絲說話，但他自個兒喃喃唸出召喚元素的最後一段咒語。

降臨吧，靈，來到今晚我所呼求的守護圈

賦予真實，填滿空虛，仰賴你的大能是我們所願

柔依進餐廳時口袋裡藏著一根紫色小蠟燭。之前，她和愛芙羅黛蒂曾提起過，要把教科書立起來，將蠟燭藏在書後面。卡羅納的視線角度看不見燭光，但他確知守護圈業已完成，保護咒法也已施設。他感受到元素的力量襲來，全身肌膚微微刺痛，彷彿電流爆出火星。

不！長翅膀的不死生物想對夜空大喊。**如果我感覺得到咒法，那麼奈菲瑞特也可以！**卡羅納驚惶地從他所在的大廈屋頂直直望向奈菲瑞特套房的陽台。他的視線無法穿透厚實的石欄杆。為了看清屋內的情況，他是不是該冒著被奈菲瑞特發現的風險，飛高一點？**那裡頭究竟是什麼狀況**？

「快啊，小子，快上樓，分散奈菲瑞特的注意力，以免她發現底下設立了守護圈，讓她把復仇的憤怒只發洩在你一個人身上。我會確保他們所有人都平安脫身，並在特西思基利殺你之前帶走老婦人！」卡羅納不禁著急地低聲說道。這是未曾言宣的實情，他知道，他相信元牲也知道。元牲一旦踏進奈菲瑞特的房間，就絕無活著出來的可能。今晚，奈菲瑞特會殺了背叛她的工具人。

這時，卡羅納感覺到一陣熱氣，知道冥神俄瑞波斯現身了。但他沒有轉身，雙眼繼續緊盯著奈菲瑞特的陽台。

「準備接受我的幫助了嗎，兄弟？」

「我爲什麼需要你幫助？我自始至終是比你優秀的戰士。」卡羅納說。

「或許是更優秀的戰士，但不是更美好的伴侶。」

「伴侶是你的頭銜，不是我的。」卡羅納拒絕上鉤。「回到你的女神身邊，我今晚沒時間，也沒耐心跟你爭辯。」

「黑暗沒辦法同時應付我們兩個。」俄瑞波斯的聲音不帶任何情緒。「如果我跟你一起飛過去，我們一定能救出老婦人，送她回她的摯愛身邊。奈菲瑞特阻止不了我們。」

卡羅納微微移動，以便能夠既看到他的兄弟，又繼續盯著陽台。「你爲何要幫我？」

「當然是爲了得到我想要的。」俄瑞波斯說。

「你想要什麼？」

「我要你離開夜之屋，離開任何一所夜之屋。吸血鬼非你族類，你應該到別的地方尋找永恆，把這些孩子留給黑夜和她的太陽。」

「我已立誓成爲死神的戰士，我不會毀誓。」

「你已經毀過一次誓，再多一次又何妨？」

「我永遠不會再毀誓！」卡羅納發出他的怒氣，攪動他們四周的空氣，月光的冷冽能量隨之震顫。當怒氣拂過他兄弟那對金色翅膀的熱度，一陣霧氣從俄瑞波斯蒙受太陽祝福的身軀飄起。

俄瑞波斯搖晃翅膀，霧氣蒸發消散。「一如以往，你只想到自己。」他嘲諷卡羅納。

卡羅納嫌惡地搖搖頭。「如果妮克絲聽到你拿老婦的生命跟我談條件，她會怎麼想？」

俄瑞波斯哼了一聲。「你敢跟我談老婦的生命？在你被放逐的這幾個世紀裡，你摧毀了多少女人，不分老少？」

「妮克絲不知道你來這裡吧。」卡羅納背對他的兄弟。「我是被放逐，我是違背了誓言，但我的頭腦夠清楚，知道她若發現你來這裡，一定會鄙夷你的所作所爲。」

「我的女神鄙夷的人是你！」

卡羅納沒看見他離開，但他的熱氣和敵意已經消失，足以確定伐瑞波斯已返回另一個世界的國度。

靜靜地，卡羅納繼續盯著那個陽台。沒多久，桑納托絲來到他身邊，跟他一起警戒。

「守護圈已開啓，咒法也已施設，現在只能等待。」桑納托絲說。

「以及警戒。」卡羅納說，心裡默默地補上一句：**並納悶接下來會發生什麼事**。

元牲

元牲感覺到保護咒法已經施設，知道這代表什麼意思。他毫不遲疑地奔進電梯，按下通往頂樓的按鈕。「快！拜託快一點！」他對著關上的電梯門喊道。**怎麼這麼慢！我必須立刻到那裡！如果我感覺得到咒法，她也感覺得到！**元牲好想捶打這個慢吞吞的大鐵箱的牆面。沮喪的情緒盈滿他的心，又濃又熱，野獸開始騷動。

元牲僵住。驚慌之餘，他放慢呼吸。**控制野獸……控制野獸……**他心裡一遍又一遍地複誦。當電梯終於抵達頂樓，電梯門緩緩開啓，元素追上了他。伴隨著能量的湧現，元素賦予他力量，帶給他平靜，也淹沒了野獸的熱氣。

他長長吁一口氣，帶著重燃的信心，踏入光可鑑人的大理石玄關。奈菲瑞特血液的氣味瀰漫在空氣中，有那麼半晌元牲不明白這是怎麼回事。難道紅鳥阿嬤傷了女祭司？

接著，他聽見笑聲，以及黑暗卷鬚進食時熟悉的窸窸窣窣聲。他也聽見一個婦人的痛苦呻吟。元牲打起精神，從元素汲取勇氣，安靜而快速地走入頂樓套房的客廳。

元牲以為自己已經做好心理準備，可以面對即將見到的景象。他知道奈菲瑞特把紅鳥阿嬤關在黑暗的囚籠裡，他知道阿嬤一定嚇壞了，而且全身是傷。但是，眼前的景象比他想像的還糟。他只瞥了阿嬤一眼——只跟她那雙充滿痛苦的眼睛對望一秒鐘。現在，他必須專心應付奈菲瑞特。

她似乎沒察覺他來了，正慵懶地斜躺在半圓形黑色大沙發上，兩臂張開，掌心朝上，放聲狂笑。大群黑暗卷鬚圍繞著她，在沙發上翻攪蠕動，互相推擠，急切地爬向奈菲瑞特淌血的手腕。一旦有一張嘴從她的肌膚抽離，另一張嘴立刻遞補上來。元牲看到那些飽足膨脹的卷鬚爬向阿嬤的囚籠，加入其他夥伴，持續地鞭打老婦。剃刀般鋒利的鞭子在她肌膚留下的傷，跟卡羅納才剛痊癒的鞭痕長得一模一樣。元牲知道，阿嬤沒卡羅納那麼幸運。

他大步走向奈菲瑞特，跪在她面前。「女祭司！我回來了！」

她的頭原本懶洋洋地往後仰，一聽到他的聲音，立刻抬起來，瞇眼看著他，彷彿視線一時無法對焦。半晌後，她睜大眼睛，似乎這才忽然認出他。接著，一反她貌似慵懶的樣態，奈菲瑞特動作迅疾，一把抓起一條剛吃飽的卷鬚，擲向元牲。蛇一般的生物擊中他的胸口，劃開他的衣服，撕裂他的肌膚。

「你回來得可眞晚！」奈菲瑞特咆哮道。

元牲沒畏縮。「原諒我，女祭司！我昏了頭，找不到回來的路。」元牲背誦出這套他認爲奈菲瑞特最可能相信的說詞。

奈菲瑞特坐直身子，溫柔地撥掉聚集在她手腕的卷鬚，嘴裡發出嘖嘖聲響，安撫它們，彷彿它們是她的愛子。

「你視我的命令如無物。我得獻祭才能控制你的野獸，你卻還是辜負了我。」她朝他扔來另一根卷鬚，他手臂上的二頭肌立刻割出一道血紅傷口。

痛苦加劇，野獸感覺到了，開始蠢動。元牲閉上眼睛，心裡浮現發光的守護圈，想像它圍繞著他，用亮光保護他。

野獸不情願地安靜下來。

重獲力量後，元牲睜開眼睛，懇求奈菲瑞特。「我沒忽視妳的命令！都是因爲他們設立了守護圈，召請了死神，我才失敗。女祭司，桑納托絲召喚的光亮和能量如何湧現，我沒辦法描述。它們影響了野獸，害我無法叫牠出來！」

「但我叫牠出來了。只是，在那之後，你居然還是沒能摧毀利乏音，破壞守護圈。」奈菲瑞特又朝他抛出一根卷鬚。這次，它不只割傷他，還纏住他的脖子，開始吸他的血。

元牲依然沒畏縮，但在他內裡，野獸開始怒吼。幸好一陣水的冰涼淹沒吼叫聲，一道風的強勁吹散它。

「那是龍．藍克福特的錯，他跳出來保護利乏音。」元牲說，努力維持身體不動，任由黑暗吸吮他的血。

奈菲瑞特惱怒地搖頭。「龍不該出現在那裡。我以爲安娜塔西亞的死已讓他成了行屍走肉。眞可惜，我誤判了。」她嘆一口氣。「但我還是不懂，爲什麼龍死了之後，你還是沒殺死利乏音。」

「就像我剛才說的，女祭司，那咒法影響了我，我不再是我，無法控制野獸。以牛角攻擊御劍大師之後，我就沒辦法留住牠，終結利乏音。牠跑掉了，我阻止不了牠。直到今天我才恢復神智，我一清醒就立刻回來找妳。」

奈菲瑞特皺起眉頭。「唔，你應該沒什麼神智可以恢復。我想，我早該料到這種事，畢竟不完美的祭品只能造就有瑕疵的工具人。」她這番話比較像自言自語，而不像對著元牲說。「不過，結局也不算太糟。」奈菲瑞特再次對他說話。「你終究結束了龍・藍克福特惹人厭煩的所謂高尚生命。你沒遏止揭發眞相的儀式，害我被吸血鬼最高委員會罷黜，不過，我已決定不把這事放在心上。反正我有本地人類和一小撮吸血鬼可以玩弄。」她傾身向前，對元牲伸出她血跡斑斑的手。「來吧，我原諒你了。」

元牲握住她的手，低下頭。「謝謝妳，女祭司。」

纏住他脖子吸血的卷鬚鬆開嘴，掉落在奈菲瑞特的手上，沿著她的手臂往上蠕動，蜷縮在她的乳房旁邊。

「其實，見到你回來，我突然有個想法。龍・藍克福特因配偶過世而幾乎崩潰——眞淒慘，眞軟弱，竟讓一個人左右你的情緒——不過，這不關我的事。總之，我要說的是，龍成熟而睿智，配偶之死還是差點毀掉他。而柔依・紅鳥既不成熟又不睿智，之前卡羅納蠢到殺了她的人類男友時，她就肝腸寸斷，靈魂碎裂，我差點除掉了她。」奈菲瑞特伸出一根沾滿血污的手指，點著自己的紅唇，目光從元牲轉向房間角落。「席薇雅，妳能想像，一旦妳死了，妳那可憐、貼心的**嗚威記阿給亞**會有多傷心嗎？」在那角落，黑暗的囚籠懸吊在半空，愈縛愈緊，牢牢困住阿嬤。

紅鳥阿嬤的聲音既虛弱又痛苦，但她毫不猶豫地說：「柔依比妳想的還要堅強，妳低估了愛的力量。我想，這是因爲妳從不容許自己認識愛。」

「我絕不容許它掌控我，搞得自己像個笨蛋！」奈菲瑞特的眼睛閃爍著怒火。

元牲好想哀求阿嬤，**別跟奈菲瑞特作對——保持沉默，別說話，等我把妳救出去**。

但阿嬤就是不閉嘴。「接受愛不會讓妳變成笨蛋。愛讓妳有人性。特西思基利，這正是妳缺乏的。妳如今已被玷污，不值得愛，所以只有在欺凌人時，才會開心。」

元牲看得出來，老婦的話深深刺激了奈菲瑞特。特西思基利站起來，臉上露出冷笑，整個人霎時看起來像爬蟲。她對元牲下令：「工具人，叫出你的野獸，殺了席薇雅．紅鳥！」

24 元牲

雖然元牲需要奈菲瑞特的命令，才能靠近紅鳥阿嬤，拯救她，但這個指令還是讓他的胃縮緊，心跳加速。他站起來，開始往黑暗卷鬚形成的囚籠移動。

「扭斷她的脖子，別毀損她的身體。我的孩子在她身上留下的傷已經夠多了。我要柔依認得出這是她外婆。」

「是的，女祭司。」元牲木然地回答。

他不看籠子下方染污地毯的血泊和掉落在那裡的綠松石，只一味注視著紅鳥阿嬤的眼睛。元牲試著用眼神告訴她，毋需害怕，他絕不會傷害她。他以嘴形對她說出三個字：**跑**，**陽台**。

阿嬤也一直盯著他，並點點頭，說：「我會想念日出、薰衣草和我的**鳴威記阿給亞**。但是，對我而言，死不足懼。」

元牲幾乎只差一步，就可以搆到囚籠。他知道自己該怎麼做。卷鬚會爲他退開，阿嬤會奔跑，他會追上去，擋在她和奈菲瑞特蠕動爬行的孩子之間，然後在陽台趕上阿嬤，抱住她，等卡羅納把她帶走。

接著，元素會拋下他，野獸會現身奮戰，設法逃脫。元牲知道機會渺茫，不冀望能逃出生天。但他堅信，只要救出紅鳥阿嬤，就是勝利。元牲舉起雙手，撥開卷鬚。

「爲什麼還不叫出野獸？」奈菲瑞特的聲音在他背後數吋外響起。

紅鳥阿嬤往後退縮，盯著他的肩膀後方。

元牲轉身，奈菲瑞特就在那裡，飄浮在一窩蠕動的卷鬚上方。他看不見她的腳。她的膝蓋以下似乎跟她餵養已久的孩子交融在一起了，她變成黑暗的一部分。

他開始害怕。恐懼像冬風，在他體內簌簌戰慄。幸好火元素送來一陣溫暖，元牲拾回聲音。「女祭司，在揭發眞相的儀式之後，野獸已不再聽從我的命令。不過，沒有牠，我也能扭斷一個老太婆的脖子。」

「可是，我喜歡見到野獸。我幫你叫牠出來吧。」迅疾如出擊的蛇，奈菲瑞特掌摑元牲。

野獸蠢動，土元素立刻舒緩螫人的痛，讓元牲得以再次控制野獸。

奈菲瑞特揚起眉毛。「這可有趣了，我怎麼連一絲絲野獸的氣味也沒聞到？」她底下那窩黑暗爪牙負載著她，朝元牲移動。他聞到她的氣息，惡臭難當，彷彿她吃了腐肉。他強迫自己站定不動。她靠過來，雙手環抱住他，宛如他是她的戀人。「不過，你知道我聞到什麼嗎？」

元牲說不出話，只搖搖頭。

「我告訴你，」她銳利的指甲劃破他的臉頰，血液湧出，四周的卷鬚興奮地顫動。「我聞到背叛的氣味。」她又摑他一巴掌。這次，她的手像獸爪，在他的臉上汲出更多血。「你是工具人，為我而受造。你是我的，受我指揮；野獸是我的，供我召喚。」奈菲瑞特再次出手，引出更多血。野獸再次蠢動，但靈給了元牲力量，讓他支撐下來。

「靈？你身上怎麼會有靈？」奈菲瑞特巍然臨近。在她的盛怒之下，她的孩子開始繁殖延展。「攻擊他！」特西思基利將一根黑暗絲線擲向他。這次，元牲舉起手來抵擋，前臂立刻被卷鬚劃出一道深深的傷口。野獸騷動，汲取元牲的痛楚。

霎時間，另四個元素加入鎮靜的靈，水帶來舒緩，風予以冷卻，土加以穩定，火賜予力量。

奈菲瑞特怒氣沖天。「元素竟都與你同在！賤人柔依在哪裡？她的守護圈呢？」

「在妳碰不到的地方，巫婆！」元牲吼道，然後轉身，撕開黑暗的囚籠，將紅鳥阿嬤一把拉入懷中，開始奔跑。

「打呀！砍呀！我要元牲痛苦難當！」

卷鬚纏住元牲的腳踝，絆倒他，深深割入他的肌膚。他的手鬆開，放掉紅鳥阿嬤。老婦大喊：「元牲！」

他想回應，想叫阿嬤奔向陽台，想讓她知道自由在那裡等候。但奈菲瑞特的動作更快，才喘個氣就唸完咒語。

源自黑暗的野獸，出來吧！聽從我的號令！

元牲被黑暗卷鬚包圍。它們不只割傷他，還成群壓住他。他的肌膚顫動著，蛇一般的可怖生物開始往裡面鑽，帶來灼熱的疼痛。隨著他狂亂的心臟跳動，黑暗在元牲體內怦怦搏動，攻擊元素，直到它們撤離。終於，野獸被喚醒。

紅鳥阿嬤哭著伸手過來。他體內的痛難以承受，他的身體劇烈震顫，開始變形。「不！快走！」元牲終於喊出聲來，但他的聲音已經變了，變得凶猛異常，毫無人性。

野獸現形，在痛苦、憤怒和絕望中誕生。

老婦站起來，踉踉蹌蹌地奔向通往陽台的那道玻璃破碎的門。

「殺了她，馬上！」奈菲瑞特下令。

憑著僅存的一絲神智，元牲吶喊，而野獸怒吼一聲，聽命攻擊。

柔依

愛芙羅黛蒂點第三杯香檳時，我不住地搖頭。「妳怎麼有辦法喝成這樣？」

「用假身分證啊，上面寫著我芳齡二十五，名叫安娜塔希雅·畢佛豪森。」

我翻了翻白眼。她竟然用了電視影集《威爾和葛莉絲》（Will & Grace）裡凱倫經常盜用的假名。

「好啦，我用的假名其實是凱娣娜·瑪麗亞·巴托維克。」

「不錯嘛，比較沒那麼假喔。」我說，再次賞她一個白眼。

「隨便啦，反正騙得過。」

「但妳沒聽懂我的意思。重點不在妳未成年，而是在妳喝太多。」

「有，我有聽懂。是妳聽不懂我的幽默。」她啜一口起泡的粉紅液體。「對了，妳的臉色怎麼忽然變得那麼糟？怎麼了？」

我顫抖著手抹了抹額頭。我的胃快痛死了。

愛芙羅黛蒂假裝對幾何學教科書很感興趣，靠了過來，壓低聲音說；「如果妳現在咳血死掉，今晚就沒戲唱了。」

「我沒有要死掉，我只是——」我打住話語，因爲有一股能量忽然充滿我。「啊，不！」

「怎麼了？」

「是靈，元素回來了。」話還沒說完，我已拿起手機撥桑納托絲的號碼。從旁邊的大窗戶，我看見簫妮的肩膀抽搐一下，像是也被什麼東西砸中。我發誓，她四周的空氣爆出火花。她隨即轉身，我們四目相接，她抓起紅蠟燭。

桑納托絲在第一次鈴響時就接起電話。「卡羅納接到阿嬤了嗎？」我問。

「還沒，沒見到她的人。柔依，妳不能——」我掛斷電話，抓起我的紫色小蠟燭。

「她有危險？」

「不行，」我已經站起來，「我要上樓去。」沒等愛芙羅黛蒂提出異議，我就奔出了餐廳，穿越大廳，直抵電梯。簫妮和達瑞司同時抵達，她手上的紅蠟燭，火焰遠比我手上的紫蠟燭亮。不過，我的蠟燭也還在燃燒。

「火回來了。」簫妮說。

我猛按箭頭往上的按鍵。「我知道。阿嬤還在上面。」

史塔克衝進大廳，戴米恩緊跟在後。同樣地，他手裡仍拿著點燃的蠟燭。「風回來了！火和靈也回來了？」

我點點頭，然後面向史塔克。「阿嬤沒出來。我要上去。」

「得有我陪著才行。」史塔克說。

「還有我。」史蒂薇．蕾滿臉通紅地跑過來，手裡仍緊緊握著燃燒的蠟燭。

夏琳跑進大廳時，表情驚恐茫然，不過手仍拱成杯狀，護著藍蠟燭的火焰。「事情不妙，我的水回來了。可是桑納托絲還沒解除守護圈，所以我想我最好進來看看。」

「妳做得很好。」我說：「好，大家聽著，」電梯門打開，我跨進電梯，「元牲失控了，很可能奈菲瑞特做了什麼可怕的事。史塔克和我要上去，確定那可怕的事不會害死阿嬤。你們留在這裡，維持住守護圈，別讓蠟燭熄了。」

「不行，」簫妮說，大步跨進電梯，「如果妳去──火也去。」

「我們都去。」史蒂薇．蕾說。

「豁出去了啦。我也去。」愛芙羅黛蒂說。

就這樣，我的朋友和我擠進電梯。我按下「頂樓」那個按鍵。

「你們應該知道，待會兒電梯門一開，一定會發生驚天動地的鳥事。」愛芙羅黛蒂說。

「留在守護圈裡，緊緊跟著柔依。」達瑞司告訴她，他兩隻手各握了一把刀。

史塔克搭上弓箭。我伸出沒拿蠟燭的那隻手，搭在他的胳臂上。「別殺元牲，除非逼不得已。」

「柔依，那一定已經不是元牲了。那是野獸，記住這一點。」他說。

我點點頭。「我會記住的。那你要記住，我愛你。」

「永遠。」他說。

電梯門打開，眼前是門廳，沒有半個人影。我們走出電梯，手持點燃的蠟燭，維持著守護圈。

血的氣味撲鼻而來。可怕的誘人味道當中，摻雜著薰衣草和別的我無法辨識的氣味。那氣味讓我想起阿嬤薰衣草田邊的陡岸。

「綠松石。」史蒂薇・蕾說：「我聞到氣味了。」

這時，我聽見阿嬤哭喊元牲的名字，然後是一聲吶喊，以及一聲恐怖的怒吼。接下來的聲音錯不了，是奈菲瑞特在下令：「殺了她，馬上！」

我衝進套房。「風、火、水、土、靈！阻止野獸！」

已變成野獸的元牲衝向阿嬤，一道刺眼的亮光閃過，元素的力量罩住他，能量嘶嘶作響。野獸憤怒地咆哮，繞著阿嬤走動，那張駭人的嘴巴吐出唾沫和血液。

「**嗚威記阿給亞**！」

「去陽台！」我大喊。阿嬤身後數碼外是一道玻璃破碎的門。穿過那道門，我看見卡羅納張著翅膀，降落在星空下的頂樓陽台。

「不！這次別想。」奈菲瑞特忽然現身，站在我們面前。「封住門！」奈菲瑞特下令，破門立刻被一張黑網封住，阻斷阿嬤的去路。奈菲瑞特轉身，面向我們。「這次是你們自投羅網，我可沒邀請任何紅雛鬼或成鬼進來！」

「喔，不！」史蒂薇．蕾尖叫。她、夏琳和史塔克飛起來，狠狠撞上關閉的電梯門。夏琳痛得大叫。她和史蒂薇．蕾手上的蠟燭掉落，守護圈破了。

「柔依！」史塔克大喊，痛苦難當。我看見他的身體反覆往電梯門撞。

「住手！」夏琳喊道。

我明白了。紅吸血鬼跟一般吸血鬼不一樣：他們照到太陽會燃燒；他們能操控人類的心智；他們不能不請自來，進別人家。

愛芙羅黛蒂也清楚這些事情。她跑向電梯，壓下按鍵，電梯門開啓，史蒂薇．蕾、夏琳和史塔克倏地飛進電梯。史塔克第一個站起來。

「把弓丟給我！」他對利乏音大喊。

「不，我可不喜歡你拿弓。」奈菲瑞特說，手一揮，黝暗黏稠的東西撞得利乏音摔倒在地。「不過，我倒希望你們三個好好地觀賞。」她手指一彈，蜘蛛網狀的卷鬚撐住電梯門，不讓門關上。然後，她轉向我。「妳眞好，來陪妳阿嬤受死。我們來點好玩的，怎麼樣？工具人，殺了老太婆！」

奈菲瑞特的命令像鞭子打在野獸身上，牠咆哮，撞擊纏住牠的元素牢籠。元素快要撐不住了。

我丟下蠟燭，伸出兩手。戴米恩抓住我的右手，簫妮抓住我的左手。

「靈，定住他！」我大喊。

「風，撲打他！」戴米恩喊道。

「火，燒灼他！」簫妮說。

野獸周圍的能量怦怦顫動。有那麼一瞬間，我以爲元素撐住了。不料，這時奈菲瑞特再次唸咒。

我在裡面的孩子們，神聖黑暗的生物

出來吧，吞食吧，成全我的報復！

野獸的肌膚開始顫抖、抽搐。當牠張嘴怒吼，嘴巴裡吐出醜陋的黑色生物。它們猛烈地衝撞元素能量的牢籠泡泡，我覺得全身虛脫，彷彿有人狠狠揍了我的肚子一拳。簫妮尖叫，我聽見戴米恩痛苦地喘氣，但他們仍緊緊抓住我的手。

「靈，撐住！」

「風，撐住！」

「火，撐住！」

我們三個盡全力撐住，但我知道我們輸了。黑暗生物的數量太多，力量太大，破裂的守護圈擋不住它們。

「柔依！快走！」阿嬤蜷縮在地板上，她後面就是那張切斷她往陽台逃生的黑暗蛛網。

我看見卡羅納在蛛網的另一邊，激烈地跟黑暗奮戰。他又扯又撕又砍，殺進了一點路，但我知道這樣太慢了。

「阿嬤，過來我這邊！」

「我動不了，**嗚威記阿給亞**，我太虛弱了。」

「試試看！妳得試試看！」史蒂薇．蕾在電梯裡喊道。

阿嬤開始爬向我們。

奈菲瑞特狂笑。「眞好玩！我從沒想過可以一次解決你們這麼多人。搞不好連卡羅納也可以一併除掉。如果最高委員會得知卡羅納變得非常暴戾，跑來攻擊我，而你們適時趕來救我，卻不幸全被他殺了，她們一定會很難過。」她盤腿坐在一張圓形大沙發上，手放在膝蓋上，一副端莊的模樣。她的黑色長裙蓋住她的腳，但我總覺得不對勁。奈菲瑞特的身體沒動，但衣服的布卻不斷翻動。我打了個寒顫，因爲我發現她腿上好像覆蓋著一大堆蟲子。

「沒人會相信的。桑納托絲在這裡，她見證了一切。」我說。

「可惜啊，卡羅納先背叛了他的女祭司長。」她說。

「妳逃不掉的！」我對她咆哮。

她再次狂笑，手指一勾，做出「過來」的手勢。從野獸嘴裡冒出的生物彷彿精力倍增，不斷擠壓元素泡泡。

簫妮踉蹌一下，手一滑，放開我的手。困住野獸的元素力量頓時減弱。

「對不起，柔依，我撐不住了。」戴米恩也放開了我的手，跌跪在地，開始乾嘔。元素的能量泡泡不停地顫動。

我感覺到我裡面有一股力量猛地往外拉扯，知道我也快失去靈了。一旦我撐不住，野獸就會破籠而出。

「識相點，柔依，這一次妳別想扭轉乾坤。」奈菲瑞特說。

史塔克在我的身後大叫。達瑞司和利乏音並肩站在敞開的電梯門前，與試圖溜入電梯的黑暗絲線搏鬥。

但這一切似乎變得非常遙遠，因爲奈菲瑞特最後一句話一遍又一遍地迴盪在我的腦海裡。**我扭轉乾坤……我扭轉乾坤……我扭轉乾坤……**

我想起來了，**那不是一首詩！那是咒語！**

就在我察覺靈猛然撕離之際，我往前跨出一步，從牛仔褲口袋裡抽出那張摺疊起來的紫色紙張。在這同時，我的占卜石開始發熱。

我沒時間疑惑，現在只能行動。我迅速拉出項鍊，把占卜石拿到胸前，當作盾牌。然後，我開始吟誦，聲音因驚恐而變得洪亮。

古老之鏡
魔法之鏡
灰影一層層積囤
隱匿
禁忌
遺忘，在內裡猶存
撥開迷霧
魔法吻觸
召喚靈精於一瞬
將過往揭開
把咒法安排
我，這就扭轉乾坤！

透過占卜石，我看見世界全然變了。我手上拿的，不再是一顆救生圈形狀的小石頭。它在我眼前延展擴大，變成一個表面光滑的圓狀物。一開始我不明白那是什麼，接著我看到圓狀物的表面隱約映照出屋內的景象。

「妳以爲用一面鏡子就能打敗我？」

我再無猶疑，我知道答案。「對，」我語氣堅定地說：「我是打算這麼做。」我雙手拿著鏡子轉動，讓它捕捉奈菲瑞特的影像。

她從沙發上站起身，朝我滑行而來，鏡子一路照著她。她發出冰冷殘酷的笑聲，不屑地往鏡中瞥一眼——這時，她整個的身體語言乍然改變。奈菲瑞特的頭開始左右搖晃，嘴巴張開，開始啜泣，身體往後退縮，彷彿想躲開隱形的攻擊。她反常的舉動令我驚訝，於是我伸長脖子，往前探，看她的鏡中影像。

那是我不認識的奈菲瑞特。看起來很年輕，約莫是我的年紀，長得還是很美，非常美，但身上的綠色洋裝撕破了，露出身體被毆打過的痕跡。顯然被打得很慘。她的臉完美無瑕，沒被碰過，但胸脯似乎有咬痕，手腕腫脹瘀青。最慘不忍睹的，是她的兩腿內側沾滿血污，鮮血還沿著大腿往下流淌。

「不！」奈菲瑞特哭著說：「不要再這樣！永遠都不要再這樣！」她把臉埋入掌心，絕望地痛哭。就在特西思基利哭得不能自已時，黑暗卷鬚開始潰散。

「靈！」我呼喚我的元素。它仍守著那一圈逐漸消褪的能量，勉強困住野獸。「放開他。」然後，我往前走，繼續把鏡子對準奈菲瑞特。「元牲！」聽我這麼一喊，野獸把頭從癱倒在地上的阿嬤轉向我。「你不受黑暗控制，回來我們這裡！你辦得到！」他那顆畸形的頭顱左右搖晃，我繼續走向他。他開始繞著我打轉。我持續凝視著他那雙月光色的眼睛。

「靈！別囚禁他——請幫助他！」

我感覺到元素進入野獸的身體。他踉蹌一下，跪倒在地，放聲吼叫。

「反擊吧！你不只是黑暗的生物！」我對他喊道。

他抬起頭，我燃起熊熊的希望。他的肌膚顫抖著，抽搐著。他開始變形！

「柔依，小心！」史塔克大喊。

我趕緊將目光從元牲身上移開，發現奈菲瑞特正在逼近。她仍注視著我手上的鏡子，雙眼流出血的淚水，宛如利爪的雙手已撕裂自己的肌膚。她舉起那雙血淋淋的手，說：「妳這個賤人！我不許妳重現我的過去！去他媽的妮克絲——我要親手殺了妳！」奈菲瑞特衝向我。

元牲猛地衝過來，狠狠地撞向她。半人半獸的他，此時還長著一對牛角。只見牛角的雪白尖端刺向奈菲瑞特的胸口。撞擊的力道帶著他們兩個往前衝，撞破卡羅納奮戰過的黑暗蛛網。長翅膀的不死生物及時跳開，看著半獸半人的生物頂著扭動、尖叫的奈菲瑞特，衝上陽台。才一眨眼，他們已撞上石頭欄杆。野獸的驚人力道撞碎了欄杆，他和奈菲瑞特雙雙從屋頂墜落。

25 柔依

我丟下鏡子，跑上前去。「卡羅納！救他！」我話還沒說完，不死生物已張開翅膀，越過毀壞的欄杆，消失在黑夜裡。我追過去，在屋頂邊緣停住，往下一看，發現卡羅納抓住了元牲的腳踝。再差個一秒，已經完全變成人類的男孩就要撞上人行道了。

奈菲瑞特就沒那麼幸運了。我也看得見她。她墜落時撞到大樓的銳利邊緣，一路翻滾而下，掉在第五街的馬路中央。從屋頂上往下看，她像個殘破的洋娃娃，脖子扭曲，手腳屈折，頭顱的位置是一灘黝暗的血泊。

桑納托絲來到我身邊，強壯的手摟住我，彷彿怕我會跟著奈菲瑞特掉下去。然後，每個人都來到了陽台邊緣，站在我身邊。史塔克從桑納托絲手中接過我，而我仍一邊顫抖，一邊盯著奈菲瑞特的身軀。卡羅納帶著元牲降落在屋頂，愛芙羅黛蒂攙扶著阿嬤。阿嬤伸手握住我的手。

「我的**嗚威記阿給亞**，這麼可怕的景象別再看了。」她說。

但我仍目不轉睛地往下看。所以，當奈菲瑞特的身體開始痙攣震顫，我看到了。我什麼都看到了。她的手和腿不斷揮舞，頭髮飄動，背弓起。接著，特西思基利似乎開始融解潰散。她那身被血浸透的衣服蠕動著，成千上萬隻黑色蜘蛛從褶皺的地方迸出來，迅速爬進陰溝，消失在黑暗中。

我別過頭，看著桑納托絲，說：「她沒死。」

雖然我這句話不是問句，死神的女祭司長還是回答了我。

「我不曉得。」桑納托絲臉色蒼白，似乎餘悸猶存。「我們剛剛目睹的事情，我不曾見過，也不曾想像過。」

我內心很平靜，不覺得疲憊，既沒哭，也不生氣。非常，非常平靜。「我想，我們得有心理準備。我的直覺告訴我，奈菲瑞特還會回來找我們。」我說。

「對，女祭司，我同意妳的話。」桑納托絲說。

我摟住阿嬤的腰，讓她靠在我身上。「妳得去醫院。」我輕聲對她說。

「不用，**嗚威記阿給亞**，我只需要回家。」

我凝視著她那雙溫柔的眼睛。「好，阿嬤，我懂。史塔克和我會送妳回家。」

「不過，有件事妳得先做。」史塔克告訴我。

「她可以待會兒再吻你，跟你說她愛你。現在我們先離開這個鬼地方吧。那些蜘蛛會讓已經夠刺激的夜晚變得更精彩。我得洗個熱水澡，吃顆抗焦慮的小藥丸。」愛芙羅黛蒂說。

我沒說話，因爲我感覺史塔克怪怪的。

「等一下，大家得看看這個。」他捏了捏我的手，然後走進屋內，回來時手裡拿著鍊子已經斷裂的占卜石。

它變回救生圈的形狀了，看起來安全得不得了。但我知道它的厲害，所以當史塔克把它遞給我，我小心翼翼地接下，彷彿它是一枚未爆彈。就在我要把它塞進牛仔褲的口袋時，史塔克阻止我。

「不，別急著收起來。把它拿高，對準元牲，再唸一遍咒語。」

「什麼？」頓時，我的語氣變得一點也不成熟、冷靜、聰明。

「我？」元牲說，大家的目光全轉向他。嗯，這男生看起來好慘，衣服破破爛爛，臉和手不是瘀青就是流血。「爲什麼要對準我？」

「因爲，當你用角去戳奈菲瑞特，我瞥見你在這面魔鏡裡的倒影。大家都得看看我所見到的東西。」史塔克說：「柔依，再唸一遍剛剛那個咒語。」

「我不曉得這個咒語還能不能發揮作用。它是那種很古老的魔法，很詭異，難以捉摸。」我說。

「唸吧，**嗚威記阿給亞**。」阿嬤說。

「我沒——」

史塔克將皺巴巴的紫色紙張遞給我。「有，在這裡。」

「好吧，開始嘍。」我舉起占卜石，對準元牲。即便還沒開始唸紙上的咒語，我已感覺到占卜石在發熱。

古老之鏡
魔法之鏡
層層灰影一層層積囤
隱匿
禁忌
遺忘，在內裡猶存
撥開迷霧
魔法吻觸

召喚靈精於一瞬
將過往揭開
把咒法安排
我，這就扭轉乾坤！

我的聲音已不像剛才那麼洪亮，但唸出來的字句依然清晰有力。唸完後，占卜石再次變化，延展擴大成一面圓鏡，對準了元牲。

「哇靠，眞的欸。」愛芙羅黛蒂說：「我見過的怪事多了，但從沒見過這麼怪的事。」

元牲淚水盈眶地盯著鏡子。阿嬤一跛一跛地走到元牲跟前，撫摸他的臉頰。元牲轉頭看著阿嬤。

「我就知道我可以信任你，**楚卡努思迪納**。」阿嬤對他說：「謝謝你救了我，孩子。」她身體往前靠，他彎下腰，讓阿嬤像個慈母，在他的臉頰溫柔地吻了一下。

「柔，妳得看看鏡子。」史塔克說。

「不，不用。」我覺得全身發麻。「我知道西斯長什麼樣子。」

元牲再次盯著鏡子瞧。「所以，這個人是西斯？」

「對，」史塔克說，嘆口氣，「這個人是西斯。這代表，不知怎地，你是我的朋友。」

元牲仍盯著自己的鏡中影像，忽然表情改變，對鏡子微笑，說：「很高興再見到你。」

這次，他的聲音害我打了個哆嗦。

元牲從鏡子轉過頭來，凝視著我的眼睛。「那妳呢？」他問我：「西斯是妳的什麼人？」

很多答案從我心頭掠過：**他是我的麻煩——讓我頭痛的人——我的戀人——我的伴侶——我的磐石——我永遠的男朋友**。

「西斯代表我的人性。」我聽見我的嘴巴說：「看來，現在他也代表你的人性。」

我鬆手丟下鏡子，它在砸碎之前發出小小聲的爆裂聲，再次變回占卜石。這次，我終於把它塞進口袋。

阿嬤走過來，我摟住她的腰。史塔克拉起我的手，親吻我的掌心。

「別擔心，」他輕聲說：「不管還會發生什麼事，我們有愛，始終有愛。」

隱現 / 菲莉絲.卡司特（P. C. Cast），克麗絲婷.卡司特（Kristin Cast）
著；郭寶蓮譯.
— 初版. — 臺北市：大塊文化，2013.04
面；　公分. —（R; 50）
譯自：Hidden : the house of night, book 10
ISBN 978-986-213-435-1（平裝）

874.57　　　　　　　　101013668

LOCUS

LOCUS

LOCUS

LOCUS